傀儡之城

寒知了 著

時代文藝出版社

图书在版编目（CIP）数据

傀儡之城 / 寒知了著. --长春：时代文艺出版社，2018.3

ISBN 978-7-5387-5632-6

I. ①傀… II. ①寒… III. ①中篇小说－小说集－中国－当代
②短篇小说－小说集－中国－当代 IV. ①I247.7

中国版本图书馆CIP数据核字（2017）第317831号

出 品 人 陈 琛
产品总监 郭力家
责任编辑 闫松莹
特约监制 李 铮
特约编辑 李学涛
装帧设计 弘果文化传媒

傀儡之城

寒知了 著

出版发行 / 时代文艺出版社
地址 / 长春市泰来街1825号 时代文艺出版社 邮编 / 130011
总编办 / 0431-86012927 发行部 / 0431-86012957 北京开发部 / 010-63108163
官方微博 / weibo.com / tlapress 天猫旗舰店 / sdwycbsgf.tmall.com
印刷 / 北京中科印刷有限公司
开本 / 880mm × 1230mm 1 / 32 字数 / 200千字 印张 / 10
版次 / 2018年3月第1版 印次 / 2018年3月第1次印刷 定价 / 49.00元

图书如有印装错误 请寄回印厂调换

目录

CONTENTS

二

傀儡之城

当他站在紫竹中心的顶层放眼望去，
看到无数不同颜色的线从云间垂下来，瀑布一般。
他知道每一根线上都连着一个人。
这种景象让他遍体生寒，他忍不住去怀疑自己的真实性。
或许这座城市也是假的，所有人都是牵线的木偶，是生是死，
是升官发财还是身败名裂都早已注定。

❶ 上吊的学问

你知道一个罪案小说作家，最擅长的是什么吗？

描写犯罪心理？不是。

塑造各种杀手？也不对。

编织诡计和谜题？错，那是推理小说家干的事儿。

其实，答案很简单，那就是为故事中的人物设置千奇百怪的死法。

举凡刀劈、斧砍、火烧、水溺、车祸、坠楼、剧毒、爆炸，乃至超现实的生化病毒、诡异寄生、时空撕裂、人间蒸发，罪案小说作家张元一都一一进行尝试。有好事者曾经做过一个罪案小说死亡方式集锦，除了域内名宿外，张元一凭借自创的几种离奇死亡方式排名相当靠前，甚至获得“死亡设计师”的美誉。

然而张元一此时却为自己选择最庸俗的死亡方式——吊死。

绳索是从楼下五金店买的，拇指粗，通体白色，盘在一起像一条优雅的白蛇。手头是一本厚厚的《绳结编法图解大全》，他照着书中的指导，打出一个不太完美的绞刑结。

对于绞刑，张元一有过系统的了解。在死刑还很普遍的旧时代，这种死亡方式在世界范围内盛行，不过在西方世界大多数是平民阶层被执行绞刑，贵族多选择斩首，而在中国，则正好相反，因为绞刑能留下全尸，被认为是体面的死法而多被贵族们选择。绞刑有很多操作手法，其中最具技术含量的一种叫作“长距坠落”——利用犯人猛然下坠时产生的重量把颈椎扭断，令大脑瞬间失去血氧供应，最短一秒内就可致人昏迷。这样，尽管脑死亡在几分钟之后才能发生，身体的完全死亡还需要再多一些时间，但犯人不会有任何知觉，可以说死得迅速、安详。

这种听起来比较人道的死法需要专业人士来执行。

他们被称为绞刑师。执行绞刑的时候，绞刑师会事先根据犯人的身高、体重和体型计算出合适的绳索长度，给犯人留出一个足够的下坠空间，从而达到足够的下坠速度，以不大不小的力量恰到好处地把颈椎扭断。

说来简单，但这其间的分寸可不好把握，绞刑师一个没算好，犯人就会死得很惨、很难看。

除了长距坠落，绞刑还有很多方式，比如“短距坠落”“标准坠落”和“悬吊”。短距坠落基本就相当于长距坠落时绳子过短，犯人是被慢慢勒死的；标准坠落与长距坠落相似，但绳子长度固定，犯人是被勒死、断首还是瞬间昏迷完全凭运气；悬吊与坠落相反，犯人不是从高处落下，而是被从地面拉起——如果拉得动作够猛，犯人会被折断脖子，如果拉得很慢，犯人就要慢慢体味死神的降临。另外还有一种绞刑方式，是犯人跪在中间，旁边两个人像拔河一样拉扯绳索把犯人勒死。

所以，一般人想要上吊自杀很难死得痛快和完美。张元一为了自杀时能够少些痛苦，专门学习绞刑的理论知识，并用和他等重的沙袋反复实验，总算是找到最恰当的绳子长度。自杀场所是客厅，天花板上被他打了三个孔，安装了一个小型铁架，绳索就系在上面，铁架的受力程度不错，承受他的体重完全没有问题。

时间就要来临，张元一坐在沙发上静静地等待。对面墙壁上镶嵌着一面从天花板延伸到地面的墙壁镜。从这个角度，他能清楚地看到一根漆黑如墨的悬丝直直地从天花板插入他的天灵。

就像一个木偶，被线牵着。

这根悬丝出现在半月前，张元一遭遇意外后。

彼时，张元一刚刚和苏蓝分手，说分手不太准确，确切地说应该是被苏蓝抛弃。

❷ 铃兰之歌

苏蓝是张元一的书迷。

大约一年前，张元一在《潘朵拉之窖》的签售会后认识了苏蓝。

签售地点是在一个书城的一楼大厅，排很长的队伍，队伍中有男有女有老有少，有身着校服的中学女生，也有穿着职业套装的OL（白领女性）。这是张元一出道以来的首场签售会，来之前还忐忑不安地担心现场没几个人会很尴尬，却没想到火爆程度远超预料。看着队伍中那一张张陌生的面孔，他觉得有些恍惚。在此之前他从未了解过究竟什么人会读他的故事，偶尔猜测的话也会将自己的读者描画为年纪不大、有猎奇倾向的男性青年，却没想到现在看来并非如此。

经过主持人的简短介绍之后，签售开始。每个人都拿着一本书走过来把自己的名字告诉给张元一，有的甚至会期望能得到一两句祝福的话，例如永远快乐、逢考必过什么的，张元一也都一一应允。偶尔会有读者在他写字的时候告诉他某本书中最喜欢的人物和最想不到的情节，张元一连声道谢。

两个小时后，签售结束，张元一甩着酸痛的手腕离开，心里却满满都是感慨。

他住的地方距离签售会现场乘地铁五站，因为是周末，地铁上人不是很多。

张元一一迈进车厢，就看到对面门边斜倚着的女孩儿，手里正捧着《潘朵拉之窖》聚精会神地看着。

他猜想可能是刚刚从签售会离开的读者，便走过去，心想如果对方注意到他，可以给对方一个惊喜什么的。然而他站了半天，女孩儿依然专注地看着书，丝毫没注意到身边一个男人在偷偷打量她。

既然没被发现，张元一不免认真去观察这位书迷。

女孩儿看上去二十七八岁的样子，165厘米左右的身高，穿着黑色衬衫、黑色的裤子、黑色的帆布鞋，乌黑的头发长及脖颈，脸有些瘦，线条凌厉，鼻梁挺直，长睫毛，点漆的眸子，纤细的右手拇指上戴着一枚卷曲羽毛造型的戒指，上面还有一个点金的飞鹰标志。许是全身的黑，衬托出她的皮肤异样的白，像霜一样，透着一股寒气。

越过肩膀，张元一发现她似乎正看到女主逃脱的情节。那段是他全书中写得最顺畅也是最满意的段落，紧张感和压迫感都非常强。果然，效果不错。只见她眉头微皱，呼吸似乎都停了。几页之后，女主逃脱，暂时安全。女孩儿松了一口气的样子。

张元一知道这是自己搭讪的最好时机：“这本书好看吗？”

“啊？”女孩儿有点儿被吓到，瞪大眼睛。

“对不起，我没吓到你吧！”

“噢，没事儿，我刚刚看得太入神，”女孩儿囧了一下，立刻欣喜反问，“你也喜欢这个作者吗？”

“呃！”张元一有点儿尴尬，看来对方不是刚刚参加签售会的读者，“对，我看过他的不少作品。”为了不让对方觉得自己是没话找话的猥琐男，张元一只好顺势伪装成自己的书迷。

“真的吗？我看过他目前出版的所有作品，除了《铃兰之歌》。”女孩儿说。

《铃兰之歌》是张元一八年前的第一本书，因为没什么名气，所以印数很低，大概只有几千册，勉强达到印刷厂的开机最低限。负责出版发行的公司也很弱，据说即便是只有几千册，他们也就只卖出一百多本的样子，剩下的库存都在公司破产的时候化为纸浆，可以称得上出版即绝版的最佳典范。以至于多年后，张元一小有名气时，那本书竟然成了收藏品一般的东西。在贩卖旧书的网站上，甚至有人堂而皇之地以上千元的价格出售。

这令张元一想起美国恐怖小说大师爱伦·坡的早期作品《帖木儿及其他诗》，同样的印数极少（似乎不到一百本），同样的籍籍无名。但在爱伦·坡死后品相稍微好点儿的《帖木儿及其他诗》的价格已然飙升到几十万美元，还一书难求。

算是与有荣焉，以至于有出版商想要获得《铃兰之歌》的新版授权，都被张元一拒绝。

目前市面流通的《铃兰之歌》至多也不过几十本，当年出版商赠送了张元一五本样书，他曾将其中的四本签名送给好友，目前还有一本在自家书架上。

“真巧，我有《铃兰之歌》。”张元一鬼使神差地说出这句话。

女孩儿激动地一把抓住张元一的手臂：“真的吗？可以借我看看吗？”

这次轮到张元一吓了一跳：“可，可以，不过要走去我住的地方。”

女孩儿开心得差点儿欢呼起来。

十分钟后，两个人从地铁里出来。

张元一看着女孩儿美丽的侧脸，再次确定：“你真的和我去取书吗？”

“不然呢？”女孩儿诧异反问。

“你不怕我是骗子、坏蛋什么的？”

“啊，你提醒了我，”女孩儿驻足，前后左右地寻找着什么，随后松了一口气，“放心吧，你不是。”

张元一莫名其妙：“你是怎么确定的？”

“我有特异功能。”女孩儿一边走一边一本正经地胡说八道，没一会儿又开始抱怨起来，“究竟在哪儿啊你家？真够远的。”

“前面不远就到了。”张元一双手插兜往前晃，把女孩儿的抱怨当耳边风。

行至楼下，女孩儿的戒备之心似乎终于苏醒，借口说腿酸不想上楼，要张元一送下来。

张元一独自上楼取书，等电梯时，暗骂自己真是没事儿找事儿。取书下来，女孩儿迫不及待地夺过去，前前后后地翻看。

“你知道这本书现在的价格吗？”张元一把在脑海中盘旋半天的话说出来。

“你不会要收我钱吧？”女孩儿不答反问。

“万一你借了不还怎么办？”张元一理所当然道。

“小气鬼，”女孩儿撇嘴，随后从包里翻出钱夹，“喏，这是我的名片，这是我的身份证，这五百块钱当押金好了。”

张元一接过名片，只见上面写着“文身师——苏蓝”，电话：139××××××××，地址：石鼓巷293号。身份证上的名字也是苏蓝，还有籍贯和出生年月日，似乎比之前估算的年龄还要小个一两岁。

“钱就算了，你快点儿看，看完好还我。”张元一把身份证还给苏蓝，名片留下。

“喂，我还不知道你叫啥。”

“张兀。”

“呃，什么鬼名字。”

❸ 蜘蛛神阿拉克涅

三天后，张元一接到苏蓝的电话，叫他去取书。

按照名片上的地址，张元一找到隐藏在小巷子里的文身店。

推开门进去，便听到叮当的铃铛响。张元一抬头见门框上有一枚黄铜色的“来客铃”。

而此时，哥特少女苏蓝正在给一个黑壮大汉右臂上文一条下山的猛虎。

“先等我一下，那边有椅子。”苏蓝头也没抬地说。

张元一没坐，转身打量小店的环境。面积不大，不到二十平米，中央有一张床，看起来是苏蓝的工作台，靠墙摆着一张三人位的布艺沙发，沙发前是一个圆形的玻璃茶几，靠近窗子是一张电脑桌，上面放着苹果的一体机、键盘和手写板。整个房间的装修风格诡异古怪，四面墙壁上画满各种宗教意味的符号和奇形怪状的图案，从门口看去如同远古时代的人们涂鸦壁画的幽暗洞穴。

最终吸引张元一目光的是一幅上半身女人下半身蜘蛛的图画。有段时间为写一篇小说，他曾细致地了解过蛛类。很多人都以为它们是昆虫，其实它们是节肢动物门、蛛形纲、柄腹亚纲的一目。全世界有四百多万种蜘蛛，从0.5毫米的施展蜘蛛，到30厘米的捕鸟蛛都是其中的成员。

“认识吗？”苏蓝不知何时已经送走客人，同张元一并肩立在那幅画前。

“不认识。”

“蜘蛛神阿拉克涅，传说她的蛛丝能控制所有人的命运，蛛丝之下的众生就像被吊起来的木偶。”

“你画的？”

“不然呢？”

“画得不错。”

“谢谢夸奖。”苏蓝毫不谦虚地笑道，她今天穿的是黑色蝙蝠衫，配高领黑色紧身毛衣，胸前坠着一枚银质的十字架。

似乎是克罗心的某一款，张元一盯着那吊坠看了一会儿，忽然想到这样很不礼貌，便尴尬地转移话题：“书呢？”

“又不是不还你，急什么？”苏蓝完全没意识到张元一的心虚，指指沙发，示意他去坐，“喝什么，咖啡还是茶？”

“茶吧，不是，我怕耽误你工作。”张元一走到沙发前坐下，沙发很软，整个身体都陷了进去。

“咖啡吧，没茶了，”苏蓝拿了两个雀巢速溶的咖啡包，剪开各自倒进两个马克杯中，走到饮水机旁加热水，“不耽误，下午没预约。”

“你们这行赚钱吗？”

“还行吧，看活儿。”苏蓝端着冒着热气的杯子走回来，放在茶几上，将黑色的杯子推向张元一。

“你算是活好的吗？”

“算吧，第一小时两千元，之后每小时一千元。”

“啊！”张元一被咖啡烫了一下。

“吓到你了？”

“我想转行。”

“欢迎，可以拜我为师。”

“对了，我有个问题一直很好奇。”

“你说。”

“有人让你在他们身上文情侣中对方的名字吗？”

“有啊！”

“真的有啊？”

“很奇怪吗？”

“不是，我是震惊。”

“震惊什么？”

“真的有人坚信自己会毕生对一个人忠贞不贰吗？”

“噢，你是说这个啊，你听过一个段子吗？”

“什么段子？”

“关于文身的。”

“你说说看。”

“就是有一个男的嘛，很爱自己的女朋友，然后就在后背上文了‘爱’加对方名字。过段时间，两个人分手了，他交了新的女友，但身上还文着前女友的名字，现任女友就让他去洗掉。你可能不知道，洗文身很疼的，男的刚洗了一点儿就受不了，就让文身师帮忙想办法，文身师想了想说，很简单，在‘爱’前面文一个‘不’就好了。男人想了想，对哦，连起来就是‘不爱×××’，这下回去可以交差了。结果没多久和现任也闹掰了，阴差阳错又和前任复合，妈呀，后背上是‘不爱×××’，这不是找打嘛，又来找文身师。文身师也有点儿犯愁，想了好久灵机一动地在‘不’字下面文了一个走之旁，就变成‘还爱×××’。然而，出乎意料的是，两个人复燃的旧情很快又熄灭，男人一怒之下在‘还爱×××’前面文了‘傻子’两个字，于是他的后背上最终留下的是‘傻子还爱×××’。”

苏蓝讲完时，张元一已经笑得上气不接下气。

“真有那么好笑吗？”

“接下来呢？”

“什么接下来，没有啦！”

“怎么可能？我记得还有的。”

“什么啊，你听过还笑得这么夸张。”苏蓝气呼呼地捶了张元一一拳。

“那什么，其实我不叫张兀。”

“我知道，谁会叫那么个鬼名字啊！”

“那你想知道我叫什么吗？”

“不用，我已经猜到了。”苏蓝晃了晃那本《铃兰之歌》。

自那以后，张元一和苏蓝愈来愈熟悉。苏蓝会吐槽张兀一作品中的故事情节，说他写的死亡一点儿都不冷冽；张元一则嫌弃苏蓝的着装风格，年纪轻轻却穿得像个禁欲的巫婆。

苏蓝怂恿张元一文身，张元一怕痛，死活不肯，便找借口反驳，说：“你一个文身师，身上都没有文身还好意思来怂恿我。”苏蓝说如果有怎么办，张元一细细回想……

苏蓝笑笑，没搭腔，只是站起身，走到门口咔嗒锁上门，转身脱光上衣，把赤裸的后背给张元一看。

蜘蛛神阿拉克涅就趴在她的后背。

张元一目瞪口呆，看着那占据整个后背的蜘蛛图案，屏住呼吸走到近前，手指沿着蜘蛛的节肢滑动，细腻的肌肤触手生温。

苏蓝倏地远离，转身，双手交叉挡住胸部，一瞬不瞬地盯着张元一看。

张元一叹口气道：“我认栽！”

苏蓝嘴角泛起狡黠的笑，拿出刺青的工具，故意把那些不锈钢材质的东西弄得叮叮当当响。

张元一吓得眼皮直跳，若不是男性自尊心作祟，他早落荒而逃了。

“说吧，要刺什么？刺在哪儿？”苏蓝穿好工作服，戴上橡胶手套。

张元一把一本图册翻了两遍也没确定下来。

苏蓝看出他是在拖延时间，就让他把上衣脱掉，躺在能调节高低的刺青床上。

张元一胆战心惊地躺在那里，如同待宰的羔羊。

片刻后苏蓝戴着口罩走过来，先用酒精擦洗他胸口部位，随后开始构图，描出一个轮廓之后一点儿点儿细化，其间换了几种不同的颜色。

两个人近在咫尺，呼吸相闻。苏蓝专注地为张元一刺青，张元一则专注地盯着苏蓝看。她的皮肤白皙，甚至能看到细小的青色毛细血管，一呼一吸的时候，胸口微微起伏，从他的角度能看到双峰之间深深的沟壑。他下意识地吞了一口口水，胸口忽地传来微微的刺痛，他抬眼看苏蓝，只见她蹙着眉瞪着他，显然发现他正在看不该看的东西。张元一大囧，尴尬一笑，把脸转向另一侧，但没过片刻又忍不住转回来看。

如此几个小时后，张元一的左胸口多了一只鹰形徽记。展翅翱翔，翎羽可辨，仿佛能听到刺穿九天的鹰唳。他对着镜子看，心下惊叹苏蓝技巧的高超。

“怎么样？满意吗？”

张元一用力点头，因那鹰虽刺在胸口，却已然飞进他的心里。

没有什么感天动地的告白，也没有曲折虐心的剧情，两个人很自然地就走到一起。就像春水初生，夏风微醺，秋雨潇潇，寒冬凛凛。

❹ 傀儡之城

两个人正式在一起的第三个月，张元一开始动笔写新书，而苏蓝也通知张元一她要去考驾照，至少需要两三个月的时间。于是两个人各忙各的事情，偶尔一起看个电影吃个饭。苏蓝声称她的培训进度很顺利，张元一则颇为坎坷。原因是创作之前确定的大纲，当他写到三分之二时霍然发现存在一个巨大的问题。于是他只能推翻原来的东西，重写构思大纲。而此时距离合同中约定的交稿期已然过了大半。他只好夜以继日地赶稿。苏蓝知道他的状况，也就不来打扰他。

这种创作状态持续了大约三个月，等他写完第一稿回过神来之后，发现苏蓝已经不是三个月前的苏蓝。人还是同样的人，但心已然改变。这种变化外人很难体察，只有情侣或者夫妻之间才有可能发现。说有可能是因为如果一方心思粗疏，则有很大概率根本不会发现。

张元一想起他曾经看过的一本小说，书中女主人公神秘死亡，男主人公通过几年的追查，终于找到妻子的死因，却随之发现妻子不为人知的另一面。十几年同床共枕，亲密无间，男主人公自认为世界上最了解妻子的人就是自己，最终结果却是自己从未了解过她。

这点和张元一很像，他也搞不懂苏蓝。有一句话说女人就像一个谜，对张元一来说，苏蓝恐怕是千古之谜。就算用一千年的时间来猜，张元一恐怕也猜不到谜底。她悲伤的时候不一定是你以为的悲伤，欢笑的时候也可能不是你认为的欢笑。

张元一能感觉到苏蓝骨子里流露出的对他的疏远，却错以为是因为这段时间忙碌所导致的距离感，直到他某一天看到苏蓝和另一个男的在一起时才知道原来她已移情别恋。

张元一气冲冲地找到苏蓝质问她为何如此，苏蓝抱歉地对他说最初和他在一起并非真爱，只不过是对偶像的崇拜掺杂着说不清道不明的情愫，经这几个月的谨慎思考，觉得两个人不适合做恋人，还是做朋友的好。说罢转身走了。

张元一被气得够呛，生过气后又抑制不住地伤心，心里空落落的像是被挖去一块似的。稿子是无论如何都进行不下去了，就打电话喊胡克出来喝酒。胡克是本地土著，年龄比张元一大六七岁，看着却像大一轮。其貌不扬，是个秃头络腮胡子的黑胖子。同是作家，同张元一不同，他只写历史小说。从春秋写到民国，搜罗各种野史奇谈，或以历史上闻名的人物为蓝本杜撰加工，穿凿附会。迄今为止写了几十本，本本都是大部头，摞起来几乎有他小半身高。张元一不止一次和他说，老胡你再加加油，著作等身不是梦。

胡克却嘴巴一咧，骂道："滚蛋，等个鬼身，还不是为了糊口，我可比不了你们这些畅销书作家，只能靠量上取胜。所谓多写多出，蚊子腿也是肉。我老婆孩子都靠这些来养活呢。"

两个人相识于某家出版社的年会，作为嘉宾，席中相谈甚欢，发现对方和自己说得来，年会后相互留了联系方式，偶尔一起吃个饭喝个酒，一来二去就成了好朋友。

胡克接了张元一电话，张元一就问："老胡，你在哪儿？"

胡克就说在哪儿哪儿哪儿。

张元一说："你去那儿干吗啊？"

胡克说："还能干吗，谈生意呗，这块儿有一家出版公司对我的新书有意向，来聊聊合作。"

张元一说："成，聊完过来，我请你喝酒。"

胡克无酒不欢，一听有酒喝，声调骤然提高了八分，说："好嘞，半个小时准到。"

随后张元一到对面街楼下的一家海鲜大排档坐下，点了烧烤小菜，还有两提啤酒。

还不到二十五分钟，胡克就到了。

张元一说："你够快的啊。"

胡克抱怨道："那帮人不拣实的聊，光说虚的，懒得和他们废话。"

两个人推杯过盏开始喝酒。

酒过三巡，胡克就问张元一是不是有心事儿啊，满脸的苦相。

张元一叹口气就说了和苏蓝之间的事儿。

胡克说："嗨，没啥大不了的，哥给你说，治疗失恋最好的灵药就是开始一段新的恋情。"

张元一只是叹气不说话，其实他心里明白，他还忘不了苏蓝。

喝到夜里11点多，张元一叫车把胡克送走，自己踉踉跄跄地回家。结果行至半路失足掉进路边一个修管道留下的深坑。原本坑边上有一个一到夜里就闪着灯的警示牌，说来也是张元一活该，来的时候心里郁气难发，路过这坑，飞起一脚就把警示牌踢飞了。却没想到报应来得这么快，大头朝下就跌进去，昏迷之前他用暂存的神志打电话报了警。

迷蒙中听到哗啦一声响，张元一悚然惊醒，正看到胡克碰翻护士的手推车，一叠声说对不起，手忙脚乱地帮着收拾。他这才发现自己正躺在一间病房中，略一回忆便记起之前自己失足摔进一个大坑中的悲惨遭遇。四肢都还健在，手肘膝盖蹭破了皮，大腿根部缠着厚厚的绷带，后脑似乎在跌落时遭受撞击，用纱布层层缠裹着。

这间病房只有张元一一人，周围都是空床。护士应是刚为他换完药，就被莽撞冲进来的胡克撞到。此刻两个人只顾捡拾散落一地的物品，并没有发现张元一已苏醒。经过短暂失焦后，视觉恢复清晰，紧接着张元一就看到俯身的两个人头顶悬着两条仿若透明的白线，那线自头部始一直向上穿进天花板消失不见。

张元一揉揉眼，那线仍在，还随着两个人头部动作晃动。

胡克帮着收拾完转过头见张元一醒了，一脸惊喜："我×，你总算醒了。"边说边向他走来。

张元一则一直盯着他头顶的那根线，等他移动到近前时，忽然伸出手去抓，然而那线就像一股极细的云烟，或者是水中的倒影，一碰便消散，随后又恢复正常。

胡克被张元一的举动弄得莫名其妙，一把抓住他还伸着的手，问："你这是怎么了？"

"你看我的头顶，"张元一抽回手指向自己，"上面有线吗？"

“什么线？”胡克盯着他，大圆脸上写满困惑。

是他看不到还是我头顶没有？张元一暗想，迅速指向正要出门的护士：“她头顶有线吗？”

“你怎么了？摔傻了吗？”胡克脸上显露出惊慌的神色，“你别急，我去喊医生来。”说罢就要往出走。

看来只有自己能看到，张元一赶紧喊他回来：“哎哎哎，老胡我开玩笑呢！”

胡克犹疑地盯着张元一问：“真没事？”

“当然没事儿！除了有点儿头晕。”

“头晕很正常，撞了后脑嘛，轻微脑震荡，会有眩晕和呕吐感。另外你摔下来的时候割破了大腿动脉，大出血，还好及时送来输血救治，不然你就废了。行了，你没事我回家了啊，医生说你得住院观察两天，我晚上再来看你。”说完，胡克转身走了。只剩张元一躺在病房里，病房内没有镜子，他看不到自己头顶是不是也有一根悬丝。或许只是幻觉，毕竟撞伤了头，胡思乱想了一会儿他又睡过去，等再次醒来，正看到护士给他换药，头顶悬丝并未消失。张元一开始慌了，在他的强烈要求下，医生又给他做了一次头部核磁共振检查，确定一切正常后，医生告诉他可以出院回家休养。张元一欲言又止，琢磨了半天还是把自己能看到头顶悬丝的事儿咽回肚子。

随后出院回家，一路上目之所见的所有人都像一个个傀儡一样被一根线牵引着。当然他自己也不例外，通过镜子的反射，能看到头顶的悬丝莹白夺目。

每个人都是傀儡吗？抑或这只是一个荒诞的梦境？如果是真实存在，那根线究竟操控在什么东西手中？是神祇吗？还是玄妙的命运？为什么只有自己能看到？因为自己是独特的吗？或者有什么使命已经降临在我身上？

起初的几天张元一被困于这种无解的疑惑中无法自拔，他曾一度怀疑那是自己的幻觉，甚至是眼睛的毛病。然而经过医生检查，眼睛没有任何问题，幻觉的解释也被推翻。

他没办法把自己看到的东西告诉别人，就算关系最好的老胡都不能说，他怕被当作疯子，怕被当作异类。人类就是这样，当一个人庸庸碌碌平平凡凡的时候，所有人都看不上他，但真的有一天他变得与众不同，超凡脱俗，那些原本看不上他的人忽然就开始憎恶他，甚至惧怕他。

经过几天适应和习惯，张元一已经可以忽略人们头顶的那根线。然而每当看到有颜色的悬丝出现时，他仍会下意识地去呆看。最初他以为所有悬丝都是莹白色，只是随着观察样本数量不断增加，他发现了黄色、青色、红色、灰色，以及区间的几种渐变色，例如近红色的粉色，近黄色的橙色和比黄色更浓的金色。

相对于那些莹白悬丝，这些色彩缤纷的悬丝更令他着迷。他弄不懂这些颜色究竟代表什么，直到有一天张元一在他所住小区街边的一家彩票站里看到一个头顶灼灼金丝的长脸男人，彼时他只是下意识地记牢那男人的长相，结果没几天就看到彩票站拉出横幅，上书：本站喜中双色球头奖十注，奖金五千万。幸运儿便是那个头顶金丝的长脸男人。

于是，张元一得出金色丝线等于财运的结论。或者说黄色系的悬丝都是财运的征兆，橙色是小财，黄色是中财，金色是巨财。弄懂黄色系意义之后，他更想搞清楚其他颜色代表什么。

一有时间张元一就到繁华商业区闲逛，在熙攘人群的头顶，在密如雨丝的悬线间，去追寻那些有颜色的悬丝。他看到一个红色悬丝的男人抱着一大束玫瑰求婚成功，看来红色代表姻缘；一名青色悬丝的女士经过不懈的努力成为公司的副总，青色也许代表平步青云的官运；而一位灰色悬丝的大叔在闹市中被贼偷了钱包，气得当街破口大骂，灰色显然是噩运的征兆。

❺ 囚禁

那段时间张元一每天早起的第一件事情是站在镜子前看看自己头顶的悬丝颜色。每次都失望又安心，因为那悬丝一直都保持着近乎透明的莹白色，这是无属性颜色，代表最近一段时间他不会发财，也不会升官，不会被人告白，更不会遇到小偷丢失钱财。有时候张元一会想如果再看到金色悬丝的人，他要跟着他，或许能沾点儿财气。方法都想好了，例如对方去买彩票，那他就买和对方同样的号码。只是有财运之人毕竟屈指可数，在彩票站门口一连徘徊半个月，除了见到一个微微泛黄的中老年大叔，余者皆是一片灰白。

后来有一天，张元一意外遇到苏蓝，她只身一人在逛商场，当时张元一和他的责编在商场二层中庭的COSTA咖啡聊新书的修改方向，远远就看到她穿一身黑色风衣飘一样走过去，张元一立刻和责编说暂停一下，去个洗手间，然后跑出去尾随，结果苏蓝走向电梯，走进去，和一群人站在里面，众人的头顶都是灰白的悬丝，只有她头顶的悬丝黑得发亮。

张元一怔怔地看着电梯门关闭，苏蓝也看到他，一脸吃惊。

随后张元一原路返回，一路上想为啥苏蓝是孤身一人。

回去和责编继续聊，然而满脑子都是苏蓝的身影。责编可能也看出他心不在焉，加上天色已晚，就说下次再说吧。张元一乐得早点儿结束就说好。出了商场发现下雨，正值晚高峰，出租车又打不到，结果无巧不巧在路边遇到胡克。没办法只好央求老胡送他回家。胡克满口答应，顺便讹了一顿酒。上了车之后，胡克说岳父家住附近，这两天岳母说想外孙了，让他把老婆孩子送过去待几天。

老胡的车是一辆看起来破旧得如同倒过三四手的大众Polo，外表蓝色，一点火颤抖得如同帕金森晚期病人，似乎随时都能散架。

小雨淅沥。昏暗的街道，胡克的Polo也在昏暗地行驶，他嘴里叼着烟，两手搭在方向盘上，嘴里的烟随着他说话发出的字句扭来扭去。见他头顶的丝线一直是灰白色，张元一松了口气。白色是无属性，灰白色稍微有点儿时运不济，但也不至于送掉小命。

他俩有一搭没一搭地聊天，Polo拐进主路，这时候后面一辆车不断地变换车灯，强劲的灯光从后背射来，搞得胡克和张元一仿若站在夜店闪烁灯光的舞池。还没等胡克开始骂街，那辆车奔放地并线拐进外侧车道，和他们并驾齐驱。是一辆高大的路虎，胡克的Polo顿时被比得如同土鸡瓦狗。

路虎的车窗摇下，露出一张看上去就欠揍的年轻面孔，头发五颜六色："嗨！傻帽，就你这破车也敢挡爷的路？吃屎去吧你！"

胡克暴怒，想要还嘴，结果那车呼啸向前，不断变道，很快就不见踪影。

张元一劝胡克消消气，犯不着和他们一般见识，恶人必有恶报。心里却暗自吃惊，因为他看那人头顶的悬丝是黑色的，如果不是后面的车灯照射，那线已经融进夜色中。真意外，除了苏蓝，这是最近几天他看到的第二根黑色悬丝。

胡克却还在骂骂咧咧，显然对张元一的善恶报论嗤之以鼻。

几分钟后，前面车流缓慢，最终停下来。胡克又开始骂街，骂了没几句，旁边应急车道驶过去好几辆警车，还有120急救车。似乎前面出现了交通事故，十五分钟后胡克的车蜗牛一般移过车祸路段，闪烁的警灯中，张元一和胡克看到一辆被撞得支离破碎的路虎，急救车旁湿漉漉的路面上摆着两具已经装进尸袋的尸体，胡克转过头来看张元一， 脸色白得吓人。

原来，黑色代表死亡！

随后胡克小心谨慎地把张元一送到楼下，张元一则不停嘱咐胡克回去时要小心驾驶。

胡克的车前脚开走，张元一后脚就打电话给苏蓝。一直是嘟嘟嘟的忙音，张元一一颗心也不断坠落。正在他将要放弃的时候，电话接通了，苏蓝在那边“喂”了一声，张元一顿时松口气，脱口而出：“你还活着吧？”

苏蓝沉默了一下开始在电话那边气急败坏地破口大骂：“张元一你真是够了，不就是分个手嘛，不用咒我死吧！”

张元一被骂得愣住，悬丝之类的事情断然无法说出，只好尴尬地解释：“你别误会，我昨天在公园看到一个算卦的瞎子，算我最近时运不济，不仅情场失意还会伴有血光之灾，我一想可不是嘛，走路都能掉沟里，确实极准，就拜托她帮你算了一下，你猜怎么着，瞎子说你也乌云盖顶，霉运正盛，过马路要倍加小心，所以我劝你这几天没事儿就在家待着。”

苏蓝气极反笑，呵气如霜：“张元一你也老大不小了，别跟小孩子似的，咱成熟点儿行吗？”说罢直接挂掉电话。

张元一气得把手机扔到床上，想要不管她的死活，却又于心不忍。

要怎样才能把她从死亡的厄运中解救出来呢？张元一在心里琢磨。上次见苏蓝悬丝已呈墨色，掐指算来至今已两三天时间，现在问题在于并不确定黑色悬丝会预示多长时间之内的死亡。既然苏蓝还活着，那么死亡预兆最短时间长于三天，但同样意味着接下来每一秒都有可能是苏蓝的死期。从片刻前的电话背景音中似乎并未听到车声，现在是晚上9点一刻，苏蓝有可能还在文身室。思及至此，张元一整个心向下一坠，意外有可能出现在她回家的路上。

一边往出跑，张元一一边拨打苏蓝的手机，听筒中却传来“你所拨打的电话暂时无人接听”。他整个心神顿时绷紧，跑到楼下拦了一辆出租车驶往苏蓝的文身室。

四十分钟后，张元一赶到石鼓巷293号，刚下出租车就看到苏蓝正要锁门离开。他喊了一声，苏蓝转身看到他，脸上表情先是惊讶继而愤怒，气冲冲道：“我们都分手了，你还来找我干什么？”

张元一走到近前，软语哀求：“苏蓝你听我说，这件事儿关系到你的生命。”

苏蓝撇嘴一笑，不发一言，脸上却显露出厌烦至极的神情。

张元一心下有气，却只能忍住，他知道如果自己也发火，苏蓝只会更加抵触。

“你究竟有什么事儿？没事的话我可走了。”

张元一一把抓住苏蓝的手：“你先别走。”

苏蓝甩了一下没有甩脱，气急败坏道：“我告诉你张元一，我们俩是不可能在一起的，你不要痴心妄想了。”一边说一边拼命挣扎。

张元一死死抓着苏蓝的手，说：“你不和我在一起，你会死的你知道吗？”

“放屁！”苏蓝挣扎不开，抬腿狠狠踢向张元一的膝盖。

张元一猝不及防被踢中，哎哟一声，疼得松开手。苏蓝还在用力扯着，张元一猛地一放手，她一下跌出去，无巧不巧脑袋正好撞在路边的路灯柱子上。

张元一俯身揉膝盖，结果一抬头就看到苏蓝脑袋撞在路灯柱子上，力度很大，发出砰的一声响，接着整个人都弹回来，直挺挺倒在路边。张元一吓了一跳，一瘸一拐地奔过去，俯身抱起苏蓝，拍打她的脸，怎么喊都喊不醒，只见她额头渐渐肿起一个鸡蛋大的红包。无奈，张元一只好抱起苏蓝，拦一辆出租车赶回家。

颅骨的正面很硬，撞了一下路灯柱子并不会造成什么大损伤，因此张元一直接把苏蓝抱回家。在路上她就苏醒了，只是意识模糊。回家之后，张元一给苏蓝脑门上涂了药膏，把她放在床上休息。看着陷入熟睡的苏蓝头顶依然悬着那根黑色悬丝，张元一忽然冒出一个想法。随后他剪了两条床单，编成绳子，将苏蓝的双手绑在床栏杆上。

苏蓝睡了大约六个小时，呻吟着醒来，发现自己被绑在床上，开始惊恐大叫。

当时张元一从另一间卧室走过来，看她醒了就问头还痛不痛。

苏蓝怒睁双眼对张元一破口大骂。

张元一如若未闻，给她倒了一杯水。

苏蓝抬手打翻，水洒了一床，也洒了苏蓝一身，脖子脸上都是。张元一拿纸巾耐心地擦拭苏蓝脸上的水。

苏蓝看着张元一忽然平静下来，叹口气说：“张元一你这是犯法你知道吗？”

张元一一边擦一边说：“我知道，非法拘禁，根据刑法第238条第1款、第2款的规定，犯非法拘禁罪的，处3年以下有期徒刑、拘役、管制或者剥夺政治权利，具有殴打、侮辱情节的，从重处罚。犯非法拘禁罪致人重伤的，处3年以上10年以下有期徒刑；致人死亡的，处10年以上有期徒刑。你放心我不会伤害你，如果能挽救你的生命，就算判个三年五年的我也心甘情愿。”

苏蓝像是看疯子一样看张元一：“你这样值得吗？”

“值得啊，用我的三年换你的一生。”

“就算你关我一辈子，我也不会爱上你。”

“没关系，不用爱上我，再说也用不了一辈子那么久。”

张元一简直油盐不进，苏蓝颓然躺倒不再说话。

❻ 必死之人

如此过了一周，苏蓝一直被张元一囚禁在家里。似乎知道张元一不会放自己走。苏蓝很配合，该吃吃该喝喝，甚至还央求张元一把新写完还未出版的小说给她看看。

张元一却犯了愁，苏蓝头顶的悬丝颜色一直未变。厄运如此纠缠不散。时间越长发生意外的可能性就越大。囚禁苏蓝的卧室里，所有边角都包了柔软的泡沫，尖锐物品一概没有。每天给苏蓝吃的食物也都是容易入口的，不会出现呛到噎到的情况。就连上厕所他都买了专供老年人使用的坐便器给她用。苏蓝似乎对现在的日子很享受，每天吃喝看电影刷剧，原本瘦削的小脸都丰润了许多，唯一的缺点就是不给张元一好脸色看。

两个人之前恋爱时也是各自生活，偶尔约会。如今以这种情况共居一室，吃喝拉撒睡，油盐酱醋茶，低头不见抬头见，有时竟会产生出来一种诡异的家庭温馨感。时间一长，苏蓝又顺从，张元一的戒备心就松懈下来。这一天他趁着苏蓝午睡出门采购，苏蓝之前抱怨绳索绑住手脚不舒服，张元一就把绳索去了，每次出去都把门反锁，苏蓝也都老老实实在屋子里待着。结果这次出了意外，刚进屋便听到卧室有动静，打开门的时候就看到苏蓝赤着脚从窗户的阳台翻出去。他的房子是三层，每层都有一个露台，他跑到阳台时，苏蓝已经跃到二楼的露台上，他发了一声喊，飞奔而出。打算在苏蓝跳到一楼前截住她。却没想到苏蓝颇为灵巧，等他跑出楼门时，苏蓝已然向小区外跑去了。

他在后面飞奔，大喊着苏蓝你回来。然而苏蓝却跑得更快了。小区门口是一条车流量比较大的四车道。张元一眼看着苏蓝跑到路中间，一辆公交车直直开过来，苏蓝竟然停住，怔怔地看着那即将撞向自己的公交车。张元一大叫一声，瞬间速度提高一倍，一下冲过去把苏蓝扑倒。公交车轰鸣着从一旁驶过。两个人在路面上滚了几滚，停住。各种车辆鸣笛急刹，现场顿时一片混乱，砰砰砰的追尾声不绝于耳。

苏蓝爬起来推开他，眼神惊恐，张元一气得本想骂她，忽地见她头顶悬丝的颜色变白，终于长长出了口气，说，你走吧。

苏蓝神情迷茫，像是还未从生死边缘回过神来，片刻后，忽然意识到自己重获自由，立即转身逃走。张元一从地上爬起来，看着苏蓝跑出人群，感觉手掌剧痛，仔细一看，发现手掌、胳膊肘、膝盖都蹭得鲜血淋漓。有人问他是否要去医院，他摇头说不要。还有人说这小伙子真勇敢，救了那小姑娘一命。张元一笑了笑，分开众人离去。

一边走一边想自己竟然真的改变了苏蓝的命运。回到家清洗了一下伤口，坐在客厅的沙发上涂紫药水，心中暗想苏蓝不知会不会报警来抓他。又想现在去自首会不会判得轻一些。胡思乱想半天，正要站起身去把医药箱放回去，霍然看到客厅穿衣镜中自己头顶的悬丝变成黑色。

他凝视着头顶的黑色悬丝木然而立。

为什么会这样？难道是因为自己改变了苏蓝的命运，死亡厄运转移到了自己身上吗？又或者冥冥之中那位命运之神，愤怒于一个卑微人类竟敢肆意更改它定下的命运，于是降下惩罚？

张元一苦苦思索，和衣倒在沙发上，睡过去又醒来，只要醒来就走到镜子面前去察看头顶悬丝颜色，一次又一次，一直到午夜。他双目赤红，面色死灰，濒临崩溃。随后跳起来跑到厨房里，把所有刀具都锁进抽屉，煤气拧死，电源关闭。《死神来了》看过不止一遍，里面意外致死的桥段当时看得趣味盎然，现在回想不禁遍体生寒。

浑浑噩噩地在床上躺了一宿，手机一堆未接来电，有胡克，也有出版社的编辑。张元一想象自己死了之后他们会有什么反应，会伤心吗？胡思乱想一阵，又昏昏然睡去。再次醒来已是中午，肚子饿得叽里咕噜。张元一摸摸肚子又到穿衣镜前看看头顶的黑色悬丝，豁然想通。如果死亡不可避免，那么就算逃避也没有用。参照苏蓝来看，一直待在屋子里并不能改变悬丝颜色，意外发生之际才是改变命运的关键时刻。

想通这点，张元一穿好衣服出门。

外面天气很好，已是初秋，天高云淡，凉风习习。

张元一跳上路边的一辆公交车，也不管去哪儿。

工作日，车上人不多，张元一到后边找了一个位置坐下，心里盘算着到哪一站下。眼神无意识地往前看，忽然发现车上乘客头顶的悬丝都是黑色。他吓了一跳，心想难道自己上了一辆死亡公交？否则为何会有这么巧，所有乘客都是黑色悬丝。如果真是这样，那这辆公交车上的人可能都会死。思及至此，张元一站起来，趁着公交车到站停稳，走到司机旁朝后面的乘客大声说："大家听我说，这辆车会发生事故，请大家都下车。"车内众人都莫名其妙地看着他。司机是个胡子拉碴的壮硕中年男人，圆脸圆眼，皮肤粗糙，穿着制服，戴着帽子，听他这样说，霍然站起，伸手推张元一一把，怒视着他吼道："你胡说什么呢，滚蛋！"

张元一被推得踉跄后退，兀自辩解："我没骗你们，真的会出事故，全都会死。"

"这人神经病吧！"有人低声说。

“看起来像模像样的，是不是疯子啊！”有人担忧道。

“大家不要相信他胡说八道，车子很正常，什么事儿都不会发生。”司机安抚众人，顿了一下一指张元一，“你滚蛋，下去。”见司机带头赶人，其余的乘客也开始加入，有人伸手推张元一，有人骂：“下去下去，不坐就滚。”

张元一被众人推得不住后退，依然不断地劝众人下车，却无人信他，最终被从后门推下去，跌坐在路边，无奈地看着公交车快速驶离。他站起来，拍了拍屁股上的尘土，气愤地想这帮人死了也活该，环顾四周，看到一个标志性建筑德茂大厦，他记得大厦里有一家日本料理味道不错，于是迈步行去。

日料店在23层，张元一独自一人乘坐电梯上去，点了生鱼片和寿司大嚼一顿。酒足饭饱之后乘电梯下楼，张元一最先进去，站在里面，不断有人进来，电梯很快就满了，这时张元一忽然发现众人头顶的悬丝正一根根变成黑色，以他为始，一点儿点儿蔓延到最外侧，他猛地意识到不对，大喊一声，趁着电梯关门前像一条泥鳅一样蹿出去，门在他身后倏然关闭，紧接着听到清晰的断裂声，再然后是轰隆的巨响，地面猛烈震动，张元一被震倒在电梯前，等他爬起来时，周围有人大喊电梯坠落了。

❼ 改命

电梯坠落死了11个人，公交车莫名起火燃烧，19个人被活活烧死。张元一却依然活着。

由此他发现头顶的黑色悬丝具有传染性。只要和他接近或者长时间在一起，头顶的悬丝都会被感染成黑色，而且厄运来得迅速猛烈，防不胜防。张元一自那日起不敢再出门，自己死则死矣，连累他人总是于心不忍。但既然活着总归还是要和别人产生联系，譬如父母亲人。张元一想不出还有什么方法能够避免将身边之人拐进自己的死亡旋涡，于是只好自杀。

一切都准备好，张元一把椅子放在绳索的下方，站上去，将绳索套在脖子上。最后看了一眼这个世界，正在要踢倒椅子的关键时刻，门铃响起。张元一停住，心想可能是塞卡片的推销员。最近这栋楼里总是有人从门缝塞各种促销卡片进来。然而那门铃声一直不停，搞得张元一心烦意乱。

他把绳索从脖子上摘下来，跳下椅子怒气冲冲去开门。没想到门外站的是苏蓝。他惊了一下，还未等说话。苏蓝劈面就问："你是不是能看到我头顶的线？"

张元一如同被雷击中，目瞪口呆，结结巴巴地反问："你，你，你怎么知道？"

苏蓝哼了一声，一把推开他，走进去。看到客厅的景象时，不可思议地转头盯着张元一看："别跟我说你这是要上吊自杀。"

张元一的关注点还在前面那句话，一把抓住苏蓝的手："你怎么知道我能看到头顶的悬线？"

苏蓝挣脱张元一，走到绳索下，用手拉了一下悬着的绳索，漫不经心地说："这有什么可奇怪的，我都看了二十多年了。"

"你是说你一直都能看到？"张元一几乎要跳起来。

“唉，可我现在却看不到了。”苏蓝沮丧地坐在沙发上，拍拍旁边的位置，对张元一道，“你过来坐，这是一个很长的故事。”

张元一站在原地摇头：“你快走，我现在头顶这东西能传染，我不想害你。”

“放心吧，”苏蓝说，指了指头顶，“颜色被你改变了，短时间内不会再恢复成黑色。”

“为什么这么说？”张元一不解。

“哎呀，你怎么总问这些无关紧要的。”

“那什么是紧要的啊？”

“例如，你知道你为什么能看到悬丝吗？”

张元一摇头。

“前段时间你出事故，医生把电话打到我这里，我赶到医院，你已经陷入昏迷，腿部动脉大出血，医院血库存血不足，咱俩血型一样，我就给你输了大约800CC的血。我猜想应该是我的血液进入到你的体内，导致你能看到悬丝。”

“可是——”

苏蓝伸手捂住张元一的嘴：“你先不要问，听我说完。我从小就能看到人们头顶的悬丝，我妈妈说我外婆也能，也许是隔代遗传，我妈妈就看不到。我外婆是家乡那边很有名的巫女，断人生死富贵无一不准，其实不过是根据头顶悬丝来推断的。我还没出生的时候外婆就去世了，外婆可能猜到我也会出现这种能力，因此在临死前就跟我妈妈说如果以后生女儿就告诉她不可改变别人头顶悬丝的颜色，无论多么重要的人都不可以，如果改变就会发生可怕的事情。我不知道外婆的死是不是因为违反这条规则导致的，后来我出生，我妈妈说我小的时候哪里都好，就是喜欢去别人头顶上抓，像是有什么东西悬在那里一样，这时她才意识到我能看到别人头顶的悬丝。于是她开始教导我不要盯着人家头顶看，也不要去抓。年幼时不知道不同颜色的悬丝代表不同的含义，慢慢长大后，才明白。后来妈妈和爸爸离了婚，我和妈妈一起生活。上高中的时候，学校离家很远，加上学习压力大，我住在学校的宿舍，每个月回家一次。有一次放月假，回家后看到妈妈头顶的悬丝变成黑色，我就开始哭，妈妈起初不知道我为什么哭，问我怎么了，我一直不说话，只是抱着她哭，她一下就明白了，说好孩子，人都有生老病死，这也没什么，你已经这么大了，就算妈妈离开，你也会坚强地活下去的对不对。我哭着点头。原来妈妈得了病，乳腺癌，已经扩散了，怕影响我读书就一直瞒着我，一个月后妈妈去世了，只剩下我自己。高中毕业后我考上一所艺术学校，学绘画，毕业之后不喜欢做设计，反而对刺青感兴趣，就去专门学。这么些年我看过很多人带着黑色的悬丝死去，我知道总有一天我头顶的悬丝也会变黑，却没想到会是和你在一起之后。那段时间你忙于写作，我一个人想了很久，觉得还是不应该把你牵扯进来，既然命运不可改变，就应该一个人去死好了。”

张元一终于忍不住打断苏蓝：“所以，这就是你和我分手的原因？”

苏蓝点头：“对不起，我伤害了你。”

“那个男的呢？”

“是我的一个顾客，我找他来帮我骗你。”苏蓝有点儿不好意思地说。

“那你是怎么知道我也能看到悬丝的，是因为我囚禁了你？”

“不是，不过你真的把我吓坏了，我还以为你真是一个变态。”苏蓝顿了一下，脸上浮现出一个大大的笑容，“但那段时间我还是过得挺快乐的，在你无微不至的照顾下。”

张元一有些生气：“那你为什么要逃？”

苏蓝撇撇嘴：“我怕我真的死在你家里，那你可就跳进黄河也洗不清了。”

张元一想了想还真是，那就不是囚禁，而是谋杀。

苏蓝继续道：“至于为什么知道你能看到悬丝，你还记得你把我从路上推开吗？”

张元说：“记得。”

“你说让我走的时候，我看到你一直盯着我的头顶，然后我突然发现我看不到别人头顶的悬丝了。我吓坏了，慌不择路地逃走。等我醒过神来，已经不知道自己身处何方。只好找了路人帮我报警，后来警察送我回家，我累得不行，昏天暗地地睡了一天一夜，醒来后一点儿点儿回想，从你给我打电话开始，一直在警告我要小心，又囚禁我，我当时一根筋地认为你是个疯子，直到将所有细节都串起来才恍然大悟。”

“那你外婆有没有告诉你如果改变别人头顶命运线的颜色该怎么办？”

苏蓝摇摇头。

张元一叹口气，站起身，走到绳索下：“那我还得吊死在这儿。”

苏蓝一把扯住张元一的胳膊：“你先别冲动，或许只要找到那些悬丝的源头就有办法破解。”

张元一问：“怎么找？”

苏蓝不答反问：“还记得我和你说过我在考驾照吗？”

张元一不明所以：“有什么关系？”

苏蓝笑了笑：“忘了和你说，我考的是直升机的驾照。”

❽ 纺织机

刚能看到悬丝那会儿，张元一曾经跑到城市最高的建筑物顶层，俯瞰整座城市。他想要看看每个人头顶的悬丝究竟伸向哪里。那天天气还好，有云，当他站在紫竹中心的顶层放眼望去，看到无数不同颜色的线从云间垂下来，瀑布一般。他知道每一根线上都连着一个人。这种景象让他遍体生寒，他忍不住去怀疑自己的真实性。或许这座城市也是假的，所有人都是牵线的木偶，是生是死，是升官发财还是身败名裂都早已注定。

在前往航空驾校的路上，张元一问苏蓝：“看来你早就想要知道这些线的源头了。”

苏蓝在开车，避让过一辆加塞儿进来的出租车后，说：“对啊，难道你不想知道是什么操纵着我们的命运吗？”

“不想，我对未知的抱有敬畏感。”张元一闷闷地说。

“其实你是害怕找到真相无法接受吧！”苏蓝揭穿他。

“你这么说也没错。”张元一缩在副驾驶上，一副生无可恋的表情。

“怎么这么𡵂啊！”苏蓝伸手砸了一下张元一的肩膀，“如果不是看不到那些线，我就不喊你来了。”

飞行学校位于城市的南部郊区，车行一个半小时后。苏蓝和张元一终于来到门口。学校的名字叫蓝天，倒是颇为应景。门口有一架直飞冲天的不锈钢的飞机雕塑，在阳光的照射下熠熠生辉。经过门卫的确认后，苏蓝把车开进去，停在门口附近的车位。

“学开飞机很贵吧？”张元一问。

“是啊，超贵，二十多万，我攒了好久呢！”

两个人一边说一边走进三层的办公楼，这家驾校除了航空飞行培训还有飞机可以租赁。苏蓝熟门熟路地找到一位专管航空器租赁的工作人员。她是个三十岁左右的年轻女人，穿着蓝白相间的制服，胸口的名牌上印着乔飞羽的名字。两个人寒暄了一下，乔飞羽就带着苏蓝进里面的办公室办手续，张元一远远地站在大厅的角落。

大约二十分钟后，乔飞羽带着苏蓝出来，苏蓝向张元一招手。张元一走过去，苏蓝说：“走吧，我们去选飞机。”办公楼后面是机库，里面有各种型号的直升机。张元一远远跟着，乔飞羽偶尔会回头看看他，然后笑着问苏蓝些什么，苏蓝则笑着解释，接着两个人就叽叽咯咯地笑起来。行至机库后，乔飞羽带着苏蓝连续看了好几架直升机，都是双人座小型的那种。最后苏蓝选了一架蓝白相间的，型号是罗特威A600,飞行高度可达3000米。

选定直升机之后，在机库中苏蓝又填了一些文件，机师就把直升机拖出去，加油检测。启动后，螺旋桨飞转，带起狂风卷得四下里尘土飞扬。确定一切都没有问题，苏蓝把张元一喊过去，然后两个人坐进机舱里。系好安全带，戴上头盔，苏蓝向地面的机师和乔飞羽打了一个手势，重新启动直升机。

张元一感到机身一阵震动，随后直升机缓缓升起。飞机乘坐过不止一回，然而直升机尚是首次体验。看着地面景物一点儿点儿变远，张元一稍微有些眩晕。苏蓝在耳机中对他说："我们先往城市方向飞，那边人多，然后一直向上飞，你帮我盯着悬线。"张元一说："好"。直升机轰鸣着飞向城市上空，随着慢慢接近，空中的悬线开始越来越多，汇聚在一起，如同天地间的帷幕。

"可以向上飞了吗？"苏蓝问。

张元一说："可以。"

就在那些悬线中间，苏蓝操纵直升机直向上飞去。1000米，2000米，3000米，还是看不到那些悬线的尽头。张元一想问苏蓝万一直升机飞到最大飞行高度还不能看到悬线的尽头该怎么办，转脸看苏蓝紧抿着嘴唇，脸色发白就没有问出口。高度很快逼近极限，驾驶室里响起警报声。然而那些悬线还在向上延伸，高度超过极限，张元一不说话，苏蓝当然知道还没到尽头。时间缓慢地流逝，警报声刺耳。高度仪已经不再显示数字。张元一能感受到直升机震动得越来越厉害。

苏蓝抓住张元一的手说："你别怕，就算坠落了我也和你一起。"

张元一朝苏蓝点点头，心里忽然安静下来。

直升机忽然闯入云层，周围都是浓得看不清方向的雾气。直升机的发动机像是患了病的肺一样剧烈地喘息着，似乎随时都有可能停止运转。

张元一和苏蓝互相对视，两手紧握。

就在他俩都觉得直升机就要坠毁之时，直升机忽然跃出云层，就像一尾鱼跃出湖海，见到澄澈的苍穹。

“快看那些丝线，”张元一激动大喊，喊完才意识到苏蓝看不见，只好又补充道，“那些丝线转向了，向那个方向。”说着手向东方指。

苏蓝确定方向，立刻降低飞行高度，于是飞机又坠入云雾中。出了云雾后，继续下降，不到半分钟，高度已经下降到3000米下。驾驶室玻璃上凝结的冰晶都融化成水流下，报警声停了，飞行也变得平稳。

苏蓝操纵着飞机按照既定的方向飞行了大约一个小时，飞越一片树林，一片荒地，张元一忽然盯着下面的一片破败的建筑说：“真奇怪，那些丝线汇聚到一起进入到其中一间房子里。”

苏蓝找了一块空地把飞机降下去，停稳后两个人从飞机中钻出来。张元一指着远处的一排房子说：“那些丝线落到那边去了。”

两个人跑过去，发现那一排房子都已废弃，大门上挂着锈迹斑驳的铁牌子，上面写着“蓝山纺织厂”。穿过大门以及荒草萋萋的院落，里面是空旷的积满尘土和垃圾的厂房。

苏蓝跟着张元一来到一间房子前，那是一栋单独的平房，红砖砌成的墙敷满了青苔，红瓦盖成的房顶破漏很多，屋内长了一株槐树，穿破屋顶，将枝丫都伸展到外面。到这里时四面八方都有丝线汇聚过来，根本无法分出彼此，融成一道汹涌的光流，从屋顶破洞处钻入。

“就是这里吗？”苏蓝问。

张元一点点头，向房门走去。握住门把手向外一拉，整扇门立刻四分五裂。腐朽的门框门板哗啦一声散开，灰尘四起。张元一掩面后退，扔掉门把手，呸呸呸地吐出嘴里的灰尘，再次走进去。

屋内杂草丛生，面积大约四十平方米，深蓝色的印花墙纸斑驳不堪，有两把椅子靠着墙角放着，上面积了厚厚的灰尘，槐树长在西侧屋角，一部分树干挤进墙壁，歪扭着从屋顶钻出去。正中间是一个古怪的木头架子，那些悬丝都缠绕在木架上。

"这是什么东西？"苏蓝问。

"像是一架纺织机。"张元一目眩神迷地说。

"那些悬丝还在吗？"

张元一点头，对着那纺织机目不转睛："嗯，都缠绕在这架纺织机上。太可惜了，你看不到，这景象真是太壮观了。"

"难道说这里就是一切的起点？"苏蓝围着那纺织机绕了一圈。

"应该是。"

"可是，为什么会是纺织机？"

"你听过'命运三女神'的说法吗？"

苏蓝摇头。

"是古希腊神话里的三位神祇，她们的任务是纺织人间的命运之线，同时按次序剪断生命之线。神话里说人一旦降临在这个世上，命运女神就为每个人包括神纺好了生命之线。她们纺织生命之线，并决定它的长短。"

"你是说这架纺织机就是什么'命运三女神'的？"

"我可没这么说，只是看到纺织机让我想起这个。"

“那我们把它砸烂了会不会就能把那些线毁掉？”

张元一像是被苏蓝的这个提议吓了一跳，还未等他回答，苏蓝走过去照着纺织机抬脚就踹，那纺织机原本就是木制的，又不知道放了多久，苏蓝一脚上去，哗啦一下就散架了。木条木块崩散一地。苏蓝不放心，又补了几脚，直到变成一地碎木片这才罢休。转身去看张元一，却见他大张着嘴站在原地发呆。

苏蓝问：“还有吗？”

“真的，真的消失了！”张元一不可思议地道。

“你确定？”苏蓝有些不敢相信。

“确定，确实看不到了，”张元一激动地抱住苏蓝，“我们成功了。”

9 尾声

“老公，你去帮小薰穿衣服好不好！”厨房里传来苏蓝的声音。

张元一答应了一声，放下笔记本电脑，走到婴儿房，女儿小薰正扶着窗栏杆站在小床里对着他伸开双手，奶声奶气地喊：“爸爸，抱抱。”

“小薰真乖，爸爸来帮你穿衣衣了好不好。穿完衣衣带你出去玩。”

张元一一边哄着一边抬起女儿的小腿，捡起旁边的衣服给她穿。小薰却总是动来动去的不配合，一条裤子说什么也穿不进去另一条腿。张元一只好把小薰抱起来放在膝盖上，用一只手托着她后背，费了九牛二虎之力，总算穿好了裤子。这时他忽然觉得奇怪，因为小薰一直在用手去够他的头顶，像是那里有什么东西一般。

二

黑暗深处

那东西来了。在手电筒的光照下，清楚地出现在视野里。像蛇，极长，看不到尾巴，头部尖细，昂着，身体圆滚粗壮，没有眼睛和嘴巴，褐色的皮肤裸露着，并无鳞片覆盖，光秃秃地闪着灰褐色的水润光泽。

❶

徐淮坐在车里发呆。

车子未熄火，发动机空转，车体轻微颤动。

从前挡风玻璃望出去，阴沉的天空铅云密布，一副风雨欲来的样子。

车外忽然响起单调的电子音乐，听旋律像是《梁祝》之类的传统曲目。

徐淮看一眼后视镜，一辆闪烁着硕大黄色双向箭头灯的清扫洒水一体车正缓慢地拐进他所在的这条街道。徐淮心想，真够蠢，马上就会下雨，还洒水，多此一举。

这是条偏巷，单向行驶，路不太宽，只能并行两辆车。徐淮的车停在路边，洒水车就不太容易通过，因而鸣一声笛，徐淮启动SUV往前让了让，那车终于缓缓驶过。徐淮看到那车的驾驶室里坐着一位戴着帽子叼着烟，面无表情的中年大叔。正巧那大叔也扭头看他，徐淮无聊之下向对方比个中指，结果那大叔毫无反应，僵尸一样又把头扭回去。

这下轮到徐准吃一惊，把后视镜掰过来看，镜中人戴着一个鬼脸面具，青面獠牙、狰狞可怕。可那司机竟然丝毫不为所动，真是奇怪。徐准骂了句脏话，暗想看来这个面具不如孙悟空那个有趣，早知道把孙悟空的抢来好了，就算抢不到孙悟空，猪八戒的也好。

正出神地想着，车门猛地被拉开，“孙悟空”气喘吁吁地跳进来，对他大吼：“快，快开车。”

❷

“有一单生意你敢干吗？”曲黎斜倚在门框上抽烟，圆脸，浓眉，大眼，身材壮硕，下身是阿迪达斯的黑色运动裤，上身黑色紧身T恤，T恤下肌肉鼓鼓囊囊。厚嘴唇，直鼻梁，头发剃得很短，只剩一层头发楂贴在头皮上。他毛发很重，下巴上的胡须刮得不干净，胡子楂短簇直立，像刺猬一样，年龄不过二十五六岁，乍看上去却颇为老相。

“啥生意？”徐准含糊不清地反问。他正在院子里洗头发，脚上趿拉着蓝色塑料拖鞋，下身穿着千疮百孔的牛仔裤，光着膀子，体型偏瘦，从曲黎的角度看去，能看到嶙峋的肋骨，后背的肌肉在午后阳光照射下闪着白光，满脑袋都是泡沫，空气中弥漫着洗发水的气味。

曲黎仰头向着湛蓝的天空吐出一口烟：“你先说你敢不敢。”

徐准抹掉脸上的水，抬头看曲黎：“只要给钱老子就敢。”

“好，”曲黎离开门框，站直身体，弹飞烟头，走向院门，头也不回地说，“晚上8点，峨嵋酒家。”

曲黎前脚离开，一个白发苍苍的老太太摸索着从屋内走出来，双眼睁着，瞳孔泛白，问：“谁啊？”

徐准一边用毛巾擦头发，一边快步走过去扶住老人：“奶奶，是曲黎。”

“找你干吗？”

“没事儿，给我介绍一个活儿。”徐准把老太太扶到院子里的椅子上坐下。

“准啊，听奶奶的话，少跟曲家小子打连连[①]，那孩子不走好路。”

徐准一叠声答应。

3

隔很远才有一盏路灯，投下昏黄的光，在漆黑的夜里如同突然降临的外星飞船。

徐准大力踩着油门，破烂不堪的尼桑在空旷的公路上呼啸前行。经过路灯的时候，光线照出他年轻帅气且专注的侧脸。

前面路口，将要转弯，车速并未降低，徐准双手行云流水般在方向盘和挡把间切换，破烂的车子在路口漂移，大片灰尘腾空而

① 打连连：掺和。

起，轮胎和粗粝的沥青路面摩擦发出刺耳的声音，分毫不差地拐进直行的大路。路上车辆渐多，徐准的车在车流中如同游鱼一般，左插右突，不断超越前面的车辆，道路两侧店铺林立，霓虹灯闪烁，投射在车窗上，以及徐准的眼中。

峨嵋酒家的硕大广告牌矗立在路旁。徐准将车开过去，停在路肩。开门前，从副驾驶的椅子上捡起一顶棒球帽扣在头顶。

4

峨嵋酒家是栋两层的独立建筑，门面装潢成古代酒楼的风格，雕梁画栋。

正值晚上用餐高峰时刻，徐准由正门进入，饭菜香气、鼎沸人声，扑面而来。

片刻前曲黎打电话来说他在楼上203包间，徐准找服务员问清方向，腾腾腾地向楼上奔去。

正对楼梯的就是包间203，红木门，门楣上钉着黄铜色的门牌号。

徐准站在门前敲了敲，片刻后门开，露出一张圆脸，是曲黎。

还未等他说话，曲黎就伸手把他拉进去。

屋内空间颇大，烟雾缭绕，圆形餐桌上摆满饭菜酒水，还散放着一些写满字迹的纸张照片。正对门坐着的是一个扎马尾的中年男人，看面相四十多岁，上身穿着不灰不黑的对襟衬衫，左手腕戴着一串珠子，脸瘦而狭长，丹凤眼，眉毛寡淡，直鼻薄唇，下颌无须，喉结硕大，随着吞咽上下耸动。

徐准一进门，那人一双眼睛就盯过来，目光锋利，咄咄逼人。

“辉哥，这就是我跟你说过的，徐准。”曲黎介绍道，随后又对徐准说，“徐准，这是辉哥。”

徐准点点头，说：“辉哥好。”

叫辉哥的男人没说话只是点点头。反而左侧身材瘦小、獐头鼠目的男人满脸不屑地说：“小曲说你车技不错，不知道怎么个不错法？！”

曲黎继续介绍：“这是肖鑫，可以叫他耗子哥。”

徐准听出对方语气不善，反击道：“看和谁比，职业车手肯定比不了。”说到此处，顿了一顿，毫不客气地上下打量那叫“耗子哥”的小个男人，“你的话，先跑一公里最后也只能吃我的车屁。”

这话一出，肖鑫就怒了，隔着桌子直接把手中的筷子扔过来，骂道：“小崽子挺狂啊！”

徐准歪头躲过，挑衅地看着对方。

筷子飞过徐准时，被曲黎迅捷地一把抓住，反手扔回去，大骂：“耗子，你是不是有病！”

扔回去的筷子又被辉哥右侧的眼镜男接住，顺手放在桌子上，哈哈一笑，指着徐准说：“小徐你不错，年轻人就该狂一点儿。”

肖鑫更怒，转头骂眼镜男：“吴跃，你他娘的是哪一头的？”

一直未出声的辉哥这时抬抬手，像是赶苍蝇，说：“别闹了，正事要紧。”他的嗓音闷钝，有金属感，像是两块秤砣相互撞击。他这一说话，本欲继续咒骂的肖鑫和想反击的吴跃就都闭了嘴。

见两个人止声，辉哥懒懒地端起茶杯抿一口，挑着眼皮看徐准：“来之前和尚和你说过吗？”

曲黎插口：“我什么都没和他说。”

徐准补充道：“曲黎只跟我说有个活儿我能干。”

“能不能干，还得再看看。”辉哥这句话说得慢条斯理。

徐准反问：“怎么看？”

辉哥点根烟，吸一口缓缓吐出：“招工还有个面试，总也不能和尚说你行你就行是吧！”

徐准无所谓道：“行，你说怎么面试？”

辉哥转头瞥了一眼肖鑫：“钥匙。”

肖鑫有些不情愿地从口袋里掏出一串钥匙扔给徐准。

徐准接过，见钥匙上有个豹子的标志。

“你去新世界商场楼下的‘段记’给我买一碗粉丝汤，现在八点二十，九点前回来就算你通过。”

徐准甩手把钥匙扔回给肖鑫，说：“用不着！”

5

徐准推门离开。

曲黎就黑了脸，忿然道：“辉哥你是不是不想用他？”

辉哥不动声色：“我可没说这话。”

“这还不明摆着吗，从这边赶到新世界，不堵车的话最快也要半个小时，来回就是六十分钟，可你只给他四十分钟，咱就找一个司机，至于吗？又不是去参加F1方程式。”

肖鑫撇嘴挤对道：“那小崽子刚刚牛吹得那么厉害，不是说除了职业赛车手都不惧吗？”

“你不是和他很熟吗，他技术如何你不知道？”吴跃也问。

曲黎猛然被问住，支吾了半天，叹口气说：“这些年他都在外面混，也是最近才回来，我只听说他在上海那边的一个车队里做事儿，具体做什么我也不清楚。前段时间他忽然来找我，问有没有挣快钱的门道。我一问，才知道他奶奶眼睛坏了，已去省城的大医院看过，医生说要尽快做手术，晚了就彻底瞎了，可光手术费就要好几万，加上住院费、医药费，至少十几万才能治好。他家穷得四面墙都是光的，急得满嘴燎疱，找我好几次，前几次我都推了，这不前两天正巧强子腿受伤，我才想到他。”

“这小兄弟挺有意思，靠谱吗？”吴跃继续问。

曲黎挠挠脑袋说：“徐准和我是发小，他家住镇东，我家住镇西，从小一起长大关系很好，知根知底，他爸很早就去世了，他妈随后就扔下他跑了，当时他才十岁，全靠他奶奶养大。我们一起读小学、初中。我初中毕业辍学跟我爸修车，他高中上了半年也不念了。不知道怎么想的就跑去上海。他那人很傲气，也仁义，断然不会做卖友求荣的事儿。而且他那么缺钱，给他十万命都能卖了。”

“我觉得不错，老大，就用他吧。”吴跃转头向辉哥建议。

“不错个屁，”肖鑫骂句脏话，“都这节骨眼儿了，还让一个生人进来，风险太大。”

吴跃白一眼肖鑫，粗声粗气道：“那怎么办？强子那腿没两三个月好不了，等他腿好，黄花菜都凉了。”

“那我也不同意用。”肖鑫翻着眼皮说。

“耗子你成熟点儿，不就怼你两句嘛！别那么小心眼儿。”吴跃指着肖鑫道。

“这不是小心眼儿的问题——”

“别吵了，”辉哥制止两个人，“人都还没回来，你俩吵这个有什么用！”

曲黎一直看着吴、肖两个人斗嘴，虽有心帮徐准说话，却又不好插口，正犹豫间，包厢门霍然被推开，徐准拎着外卖袋子走进来，顺手放在桌子上，推向辉哥，说：“趁热，凉了不好喝。”

屋内四个人都一脸震惊。

辉哥伸手接过，汤还烫手，看到外卖袋子上写着“段记粉丝汤”的字样，立刻推翻了徐准随便买来糊弄他的猜测。余下三个人则都下意识地看手机或看手表来确定时间，差五分钟9点，也就是说正常六十分钟的路程，徐准驾车只用半个小时多一点儿。还包括食铺制作打包在内。

“这，这不可能吧？”肖鑫求助似的看向吴跃和曲黎。

6

事实胜于雄辩。

肖鑫再看不上徐准也不得不服他的技术。

辉哥更是眉开眼笑，说："有小徐这技术，这单生意百分之八十做成。"

曲黎用力拍了拍徐准的后背，咧着嘴傻笑，笑毕，愣眉愣眼地对郭辉说："辉哥，你别怪我自作主张，徐准家里急用钱，你先把钱给他，他才能安下心来做事。"

郭辉丝毫不以为忤，点头说"应该应该"，俯身伸手从桌子底下掏出一个旅行袋，放在旁边的椅子上，拉开，里面都是成捆的钱，他拿出十捆放在桌子上推给徐准，说："去治你奶奶的眼疾，给你一星期时间安排，钱不够再来找我，一星期后，我要你踏踏实实为我做事。"

徐准双眼冒光，脱下衣服铺在地上，将一堆钱一摞摞放上去，包好抱在怀里，抬头对郭辉说："辉哥，我徐准这条命从今天起是你的了。"

第二天，徐准就把奶奶送到省城的大医院，做检查化验，又找了上次找的医生，包了一个红包给他，托他在紧张的医院腾出一张病床来给奶奶，随后又安排好手术的时间，一周后徐准回来，曲黎问他怎么样，他笑着说奶奶的眼睛可以复明，但还要住半个月的院，他花钱找了远房的亲戚帮忙照看。

徐准拿郭辉的钱时就知道郭辉他们要干的事儿不是什么正常工作，但当他知道他们要抢银行时还是吓了一跳。虽然加入团队，但郭辉并不想让他掺和进来，只说让他熟悉城区的道路，告诉他动手的时候，将车停在什么位置，从什么位置逃跑。由此，徐准才知道他们要抢的是农业银行龙山路支行。

7月5日下午4点，徐准开着郭辉给他找的车，加满一箱油，停在龙山路与兰花街交会处，紧贴着农业银行的后墙。

7

SUV在岚山的街道上狼奔豕突，曲黎在后座上哀号，猪八戒的面具扔到一边，半边身子都是血，吴跃抱着曲黎，满脸惊慌，肖鑫则在后面大力拍着徐准的椅背，声嘶力竭地咒骂着命令徐准加速。他们脚下应该还踩着一个人质，女的，穿着银行柜员的制服，片刻前被挟持着塞进车里。徐准并未看清长相。

郭辉坐在副驾驶，满头是汗，不时回头紧张地打量后面的情况。车子被徐准开得险象环生，超车、逆行、横穿绿化带、爬阶梯……甚至还穿过一个人来人往的室内商场，徐准觉得自己恐怕把这辈子能违反的交通规则都违反了。效果倒是很明显，片刻前紧紧咬在屁股后的警车已经不见踪影，只是隐约能听到警笛的鸣叫。

“曲黎怎么样？”徐准哑着嗓子朝后面吼。

“没事儿没事儿，只是胳膊中了一枪。”吴跃沙哑着嗓子回答。

可徐准从后视镜中看曲黎脸色发青，神志已有些恍惚，显然不像只是胳膊中枪的样子。

“不行，我们得把他送医院。”

“送什么，”肖鑫拍着椅背大骂，“别管他了，被‘条子’抓到我们都玩儿完。”

徐准从后视镜中怒视肖鑫："浑蛋肖鑫，曲黎是我哥们儿，我不能眼睁睁看着他死。"

说着，车子已经转上红旗大街，直接开过去就是市人民医院。徐准不顾一切地加大油门向医院驶去。这时一把枪猛地顶在徐准的太阳穴，郭辉面目狰狞地威胁："不能去医院，继续开车。"

徐准吓得一脚刹车踩住，SUV像是被什么东西绊了一下，后轮几乎离地，随后在路面上向前蹭了好长一段才停下来，因巨大惯性，后排的三个人都撞在前排椅背上，只有郭辉牢牢地抓着副驾驶侧的扶手，钉子一样定在座位上。徐准举起双手，看向郭辉，哀求道："辉哥，车给你，我送曲黎去医院，你们跑还不行吗？"

"不行，没有你，条子肯定追上来。"

"那我也不能看着曲黎死！"徐准急得快哭出来了。

郭辉根本不听徐准的话，只是用力顶着徐准的太阳穴，说："你有两个选择，曲黎死，或者你俩都死。"

黑洞洞的枪口顶得太阳穴生疼。徐准看着郭辉铁青的脸，郭辉与他对视。车内紧张得空气几乎凝结。半分钟后，徐准败下阵来，他看出如果自己拒绝，郭辉真会开枪，于是只好重新发动汽车向前驶去。然而经这一耽搁，警车又追上来了。

不只是警车，武警也出动了。

几次差点儿被堵住，徐准使尽浑身解数冲出包围圈。等回过神来，车子已经驶出城区。

"向那边开，"郭辉说，"去矿区。"

8

岚山曾经以煤矿闻名全国，所产的无烟煤具有高固定碳含量，高着火点，主要用于炼焦和发电。二十世纪煤炭行业红火的时候，全国各地来买煤的大卡车能排出一里地。后来随着产量下降，煤炭行业不景气，东升矿务集团逐渐关闭了矿区内的矿井，加上十年前发生的一次造成上百人死亡的事故，岚山煤矿就被彻底关停了。

徐准父亲活着的时候就是煤矿的矿工，不过矿工和矿工也有不同。有些矿工是有编制的，人事关系都在矿务局。而有些矿工是编制外的，就是他爸那种。有编制和无编制待遇上差别极大，不只工资有别，平时年节也没有福利发。

徐准小时候没少听父亲说煤矿和矿下的事情。有一次他去矿区找他爸爸，然后缠着他爸爸带他去矿井看看。然而去过一次他就再也不想去了。因为站在矿洞入口处，看着黑乎乎的洞口，凉风从洞里吹出来，徐准觉得自己面对的是一个恐怖的食人巨兽。

这并不是比喻，从煤矿建成开采到关停，近半个世纪，死在煤矿里的矿工数以百计。

半个世纪，矿区成了矿城，矿工和矿工家属在此汇聚，学校、医院在此兴建。然而聚散无常，随着矿区衰败关停，附着之上的人也都纷纷离开。十年之后，矿区周围十室九空，杨树、柳树、榆树从破败的房屋中生长出来，道路废弃，矿井坍塌。

当年，周围村镇的人大多都是靠挖煤生活，徐准和吴跃、肖鑫、曲黎等都差不多，从小到大都围绕着矿区长大，虽然不是矿务局子弟，但无数次来过，因此对矿区异常熟悉。繁荣时，矿区附近住几十万人，建筑私搭乱建，道路蜿蜒曲折，宛如迷宫。

车子驶入矿区，停在隐蔽处，车内众人均松口气，但气息还未喘匀，远处天空传来异响。肖鑫下车察看，再回来时脸色煞白，“我的天啊，直升机，这下完蛋。”

“怎么办？”几个人都看向郭辉。

郭辉沉默片刻，说：“向矿道开。”

车子沿着破败的石子儿路由居住区冲向开采区。一路行去，道路两旁荒凉死寂，人影皆无。依照郭辉的指示，徐准将车驶到一个矿口前。矿口旁边的墙壁上刷着32的字样，年深日久，斑斑驳驳。

这口矿井显然废弃多时，进入矿道的铁轨早已经被拆除，入口被破旧的木板封闭，附近东一块西一块地生长着几丛已抽出穗子的稗草。徐准坐在车里看着黑乎乎的矿洞口心里发毛。暗想难道要躲进矿道里？念头刚转过，肖鑫就指着矿洞问：“老大，你是想藏到矿洞里？”

郭辉点点头，说：“老三，你把炸药拿着，进去后炸了入口，我看条子怎么抓我们。”

吴跃应了一声。

肖鑫吓得嘴唇乱颤：“老大你没事儿吧，炸了我们怎么出去？”

“放心，出得去。”郭辉说完，又对徐准道，“你去后面看看和尚，他伤不重，贯穿伤，血出得有点儿多，没想到那么壮还晕血。”

徐准无奈，只好下车去后门察看曲黎，先试了试鼻息，还活着，就是脸色有点儿白。他松口气，铆足力气拖曲黎下车，可刚一挪动，就听到车里一个女人的呻吟，徐准俯身一看，在前座与后座间的空隙里还侧躺着一个女人，头发遮住半边脸，白衬衣小黑裙，只是此时白色的衬衣上全是黑黑的鞋印。徐准霍然想起是那个被郭辉他们挟持的人质。

“哎，我说，这女人怎么办？”

吴跃从后备箱里往下搬东西，肖鑫则正用一根管子从车油箱里往几个矿泉水瓶里抽汽油。徐准这一问，吴跃脱口而出：“弄死吧，都怪她报警，不然我们也不会被警察追。”

“不行，还有用，耗子你一会儿押着她。”郭辉一边在矿洞口布置雷管、炸药一边给肖鑫分配任务。

徐准拖着曲黎经过肖鑫身边时，正听到肖鑫低声抱怨：“什么烂事儿都让我干。”徐准假装没听见，拖着曲黎进到矿道里，撕开他身上的衣服，见左上臂确实有个血洞，已经不太流血。徐准把身上的衬衫脱下来扯成布条又重新给他包扎一下，碰到伤口时，曲黎痛得呻吟一声，醒过来，看到徐准就问：“我是不是死了。”

徐准笑了笑说：“你好好待着，放心，你这祸害，老天爷还没打算这么早收你。”

曲黎像是松了口气，说：“那就好，老子还没活够！”

安置好曲黎，徐准又返回来帮吴跃搬东西。没想到东西还挺多，除了雷管炸药之外，还有一箱矿泉水和手电筒，以及长短不同的管制刀具。徐准趁没人注意顺了一把匕首塞进裤脚里。

东西搬完，肖鑫将车里的女人扯出来，女人死命挣扎、披头散发，嘴里呜呜哀号。

“来帮我一把。”肖鑫身材瘦小，有点儿扛不住，朝徐准喊。

徐准走过去，发现那女人嘴上勒了一条布带，怪不得一直不说话。

两个人架着那个女人走向矿道，隐约已经能听到警笛的鸣叫。

9

吴跃将无人的车推下一旁的斜坡，看着那车在山坡上越冲越快，终于翻滚起来。

“老三，快进来。”郭辉在身后喊他。

他没来得及看那车最终的下场，快跑回巷道。

炸药和雷管在矿洞口已经布置好，引爆用的电线从洞口一直向内延伸。

考虑到矿道年久失修，郭辉没敢放太大药量，大约只会炸塌入口的一段。

电线延伸到第一个拐口的时候停下，郭辉命令其余人再往后退一百米，用布捂住口鼻。

肖鑫一边往后退一边惊慌地问吴跃：“老三，能成吗？”

吴跃点头：“放心，辉哥当年在井下是干爆破的，这么点儿事儿还难不住他。”

“不是，我说洞口炸了，咱们怎么出去？”

吴跃愣了一下，说：“这个我也不知道，不过辉哥说他有办法肯定没事儿，他总不能害自己吧！”

曲黎半边身子搭在徐准身上，在手电筒的照射下脸色灰白，虚弱不堪，他把染血的上衣脱下来让徐准扯成两段系在一起，环套着脖子，将受伤的手臂吊在上面。徐准扯了布掩住自己的口鼻，又帮曲黎弄一个口罩。曲黎则把一团布递给他，说让他顺手把他左耳朵也塞住，一会儿洞口爆炸，除了灰尘之外，恐怕还有巨响。徐准照做，手电筒晃动间照到被扔在一旁的人质，那女人双手还被绑着，靠在矿洞的墙壁上直喘粗气，徐准看着不忍，走过去把她嘴上的布条解开。女人大口喘息干哕。徐准正要帮她解开手上的绳索。就听见郭辉在前面喊：“捂住耳朵，背对洞口蹲下。”

徐准抓紧时间去解绳索，但那绳索系得很紧，还未等他解开，洞口处就发出一声巨响，洞顶土石如雨掉落，随后烟雾尘土顺着巷道翻滚而来。徐准被震得向后倒去，连带着那女人都倒在他怀里，两耳嗡嗡作响，怀里的女人咳嗽得更加厉害。

也不知道过了多久，洞内的灰尘散去，郭辉过来踢了徐准一脚。

徐准悚然一惊，赶紧推开怀里的女人，站起来。

“大家都没事儿吧？”郭辉问。

“没事儿。”吴跃率先说话。

“没事儿就好，我们还有很长的路要走，东西分一下，每个人都背一点儿。”

搬进来的东西不少，几个人开始分，曲黎有伤不用背，但负责看着人质。其余四个人每个人都分了不少，主要是水，还有汽油以及一些雷管和炸药。或提或背，一行人开始朝矿洞深处走去。洞内漆黑一团，共有三支手电，郭辉和吴跃人手一支，剩下的一支在徐准手里，郭辉在前头带路，肖鑫走第二，徐准走第三，身后是女人质和曲黎，吴跃走在最后。空气中充满着潮湿的霉味。时而有风从不知道什么地方吹过来，徐准知道这是好事儿，说明矿洞同外面有空气流通。

“老大，说说呗，我们往哪儿走啊，这矿洞里面黑乎乎的。”肖鑫终于忍不住发问。

郭辉“嘿”了一声，抬脚将一块石头远远踢开：“说起来话就长了，十几年前我下的第一个矿井就是我们现在走的这个。当时我才22岁，穿着矿工制服，戴着头灯，坐在矿车里下到很深的矿井里。不过32井只干一个月就停了。”

“为啥停了？”

“还能为啥，煤采没了呗。”

“可这和咱们怎么出去有啥关系啊？”

“你怎么这么猴急，听我慢慢说。你们也看到了，矿区地势复杂，所以开采方式也根据地形而有所不同，东边那边都是垂直井，这边就以水平井和倾斜井居多。我们走的这个井是水平井加倾斜井。入口处是水平的，平道一样，进入之后也像外面道路一样有上坡下坡。矿口大大小小上百个，32井是开采比较早的井。按说每个井的开采方向和区域都由上面的专家划定，可不知道做规划的人是不是脑子里进了水，导致32井开采到最后同113井产生了交叉。那段时间我到总局去进修，后来回来就听说32井停了，我去找我师父问原因，我师父说前两天开采的时候炸穿了石壁，把113井的巷道给炸塌了，还好爆破范围小，没伤到人。等重新把巷道清理好支起来，两个井的矿工发现可以从那个豁口相互串门。”

“所以老大你的意思是我们从32井能走到113井，然后就可以从那个矿口逃出去？”肖鑫终于抓到了问题的关键之处，声音陡然昂扬起来。

“没错，顺利的话就是这样。”

“老大你真牛，这你都想得出来。”肖鑫拍了一句马屁。

“没什么牛的，完全是因为我有过这段经历，我和你们不同，我长大成人的时候矿务局还没倒，我爸给我的人生规划早在我出生的时候就写好了。出生，长大，当矿工挖煤，娶媳妇，成家生子，生的孩子也将重复我的轨迹，却不想煤炭这种远古时期树木生物化成的资源并不是源源不尽的。”

一路前行，郭辉开了话头就停不住，从当青工刚进矿里的事儿讲起，进而讲他年轻时候的事儿。彼时的矿务局烈火烹油繁花似锦，单论教育就可以看出来不一般，周围几个县城的家长都削尖了脑袋想要把自家孩子送到矿务局中学，矿务局重金聘的都是省内最牛的老师，虽然是矿务系统的中学，却比市里重点中学的升学率都高，每年都有考上清华北大的。对外部来借读的学生，矿务局有名额限制，所以需要花钱买名额。然而对矿务局子弟来说，不用花钱就可以免费升到中学。郭辉说着叹口气，感慨自己不是读书的料子，否则也不会走上现在的路。后来矿务局破产了，无论是老一辈还是年轻一辈的矿工都成了无业游民。有能力的自谋出路，没能力的奴颜婢膝地各方求助。他性格冷傲拉不下脸来求人，几次因为钱被逼到困境，心下一横就走上了无本买卖这条路，从小偷小摸开始，一步步发展成拦路抢劫，几年后又跑到外地抢金店，绑架也干过几票。有成有败，但运气好加上心思机敏，这么多年来竟然没栽过跟头。

徐准跟在后面听，心里颇为感慨，想到自己还不是也一样，如果有办法谁会选择走犯罪这条不归路呢。正想着，忽然感觉有人从后面戳了他一下，他下意识回头，虽然对方迅速收回手，却也被他发现，是走在身后的女人。女人见他看过来，朝他微不可察地摇摇头，幽暗的光线下徐准隐约看出女人脸上神色紧张，心下奇怪，他没出声，又把身子转回去。继续向前走了十几步，女人在后面又戳了他一下，他刚想回头，女人立刻低声说："别回头，你是不是徐准？"

徐准大惊，但依然保持着前行的状态，心中疑惑为何对方会知道自己的名字。

这时，女人又说："我是余小京。"

徐准愣了一下，才想起余小京是谁。

⑩

徐准住的镇子叫杨树沟，在岚山的西北方向，坐落在一个遍植杨树的山坳里。周围有一些乡村零落地散在山间和丘陵地带。镇子距离岚山市区约15公里，有一条公路连接两地。每天都有班车在两地来往。镇上有小学和初中，徐准读初中的时候班里有个叫余小京的女同学，长头发、瓜子脸、大眼睛，皮肤白得跟瓷娃娃似的，非常漂亮，追求者众多，但那女孩儿对谁都不假颜色。徐准那时候学习成绩还可以，心智早熟，喜欢读诗，住的地方距离镇上的废品收购站很近，和收破烂的老杨很熟，有一次在收购站里翻出一本没书皮的诗集，立刻就爱上了这种充满意境和哲思的短句子。

徐准读多了诗，写作文的时候偶尔就用上一两句。当时的初中生写作文大多还是以“今天我如何如何”开头，偶见徐准的作文里有一句“谁此时孤独就永远孤独／就醒来，读书，写长长的信／在林荫路上不停地／徘徊，落叶纷飞”，那种惊艳感简直没法言说，加上语文老师就是班主任，所以对徐准青睐有加。

后来徐准成了语文课代表，早上晨读时别的班都读课本里《葡萄沟》《日月潭》《难忘的泼水节》之类的文章，唯有徐准所在的班在他的带领下读诗，读海子，读舒婷，读北岛，读顾城。加上他人长得清秀文气，不知怎么就吸引了余小京。

徐准从未对余小京有过非分之想，所以当余小京来找他借书的时候他就有点儿意外。意外是意外，但心里多少有些小小的欣喜。一来二去两个人逐渐熟悉，有好书就彼此分享。少男少女，时间一长，情愫暗生。然而当时学校和家长把早恋视为洪水猛兽，徐准无父无母，奶奶也不大管他，但余小京不同，父母对她管得很严。少年人又藏不住心事，喜欢对方就恨不得浑身上下每个细胞都欢呼着对方的名字。没几天就被老师、家长瞧得一清二楚。老师开始分别找两个人谈话，或温和或严厉地告诫不可早恋。余小京的父亲是镇政府的官员，官不大，但在镇子里能量不小，把余小京调到其他班级。但这也是治标不治本的办法，徐、余两个人虽然表面上形同陌路，但在学校里有各种办法私会。余小京父母最后不得不把余小京转学到岚山市区的中学。两个人最后连面都没见就此分别，好在余小京托同学给徐准留了一张纸条，说一年半后岚山见。那段时间，徐准暴躁易怒，屡犯校规，大过小过记了无数，此前对他寄予厚望的老师也都对其丧失信心，于是徐准更加破罐子破摔，终日逃课，打架斗殴，结识了曲黎等一班问题少年。

晃荡了差不多一年，徐准心里挂着余小京，想到两个人的约定，心想高中到岚山去读，就能见到余小京。于是初三下半年发疯了一般学习，他底子不错，脑子又聪明，追起来飞快，加上中考超常发挥，考上了岚山十九中，虽然不是重点但排名也靠前。然而等他到岚山之后多方打听，却绝望地发现余小京早已不在岚山，究竟去了哪里似乎没人知道。徐准转了几天回到学校，沮丧不已，如同被扎个洞的皮球，积累一年多的一腔意气俱都泄尽，整日无精打采，半年都未读完就辍学不念。随后只身一人去上海打拼。掐指算来，距今已然近十年，却没想到会在这样的情况下遇见余小京。

⓫

矿道黑暗幽深，时上时下，众人像是行走在远古巨兽的腹中。

走了大约一个小时，郭辉话说尽了，只是闷头前行。又走了一刻钟，肖鑫首先喊累，要休息，众人也都疲惫不堪。矿道中行进和外面毕竟不同，首先光线不好，路况又复杂，精神要高度集中；其二，随着愈来愈深入，空气越发污浊，浓重的腐朽气息呛人口鼻；

第三，没办法挺直脊背，入口处还好，越往里面矿道越是低矮，有些地方因为坍塌，甚至还要躬身乃至爬过去。郭辉说那就休息十分钟，随后众人各寻位置，席地而坐。手电筒都熄了，矿道内一片黑暗，只能听到彼此粗重的呼吸声以及某人喝水的声音。

“老大，还要多久啊？”肖鑫呻吟着问。

“没多远，前面马上就到开采面。”郭辉回答。

“那还等什么，”吴跃听完一跃而起，催促道，“快走快走，我在这矿洞里快被憋死了。”

曲黎和徐准都没作声，曲黎是因为虚弱得没有力气说话，徐准则担忧出去之后余小京性命堪忧。郭辉之所以一直没有杀掉余小京是因为他们一日未脱险境，余小京就是他可以用的一张底牌。警方会顾及人质的安全，给他们留有余地。然而一旦逃脱，余小京必然是被首先除掉的对象。

徐准想到这一点，余小京也想到了。两个人距离较近，徐准就感觉到余小京握住他的手，掌心冰凉一片。他重重地回握一下，让她知道自己无论如何都会护她周全。

自从知道她是余小京，徐准这段路走得心潮起伏，悲喜交加。喜的是多年不见再次重逢，悲的是两个人一为劫匪一为人质，显然不是一路人。但无论是不是一路人，徐准都没办法眼睁睁看着余小京被郭辉等杀死。退一步说，换一个陌生的女人，徐准恐怕也没法置身事外。曲黎还不知道是余小京，若是知道想必也会站在他的立场。曲黎虽然不是什么守法公民，但从徐准对他的了解，也不是丧心病狂乱杀人的浑蛋。

两个人不敢说话，怕被发现，只能偷偷摸摸偶尔牵一下对方的手。即便是这样，对余小京来说已是莫大的安慰。

一行人再次出发，行行复行行，矿道一直在黑暗中延伸，像是没有尽头一般。

“停！”郭辉忽然喊了一声。

队伍最后的吴跃激动地问：“到了吗？”

“你们过来看！”郭辉说，语气中透着惊愕。

众人都围拢过去，手电筒的光柱在黑暗中乱晃。当它们集中在一起的时候，光亮范围内出现两条路，一直一斜，一大一小，一条是之前矿道的模样，另一条则是圆的，约有水缸粗细，洞壁上光滑无比。

“这不像是挖出来的。”吴跃走过去摸了一下。

“确实不是挖出来的。”郭辉说。

“什么意思，不是挖出来的？这么大一个洞，那是怎么出来的？”肖鑫大呼小叫。

“别管了，沿着正常的矿道走，我们得赶紧出去。”郭辉语气急迫起来。

众人也都感受到了郭辉的焦躁，下意识地加快行进速度。

然而继续前行不过百米，众人不得不停下来。因为前面没路了。

矿道坍塌，整条矿道被无数的土石堵住。

“完了，这可怎么办？”肖鑫绝望地一屁股坐在地上。

郭辉没说话，走到堵住的矿洞处，用双手扒拉一下，石头、土块哗啦啦掉落。

“没堵死，”郭辉说，“来，大家一起扒。”

绝望中又生希望，众人都过来扒土，连受伤的曲黎都独臂上前。一时间整个矿道内稀里哗啦，土石滚落。好在坍塌下来的土石比较潮湿，不会尘土飞扬。扒了大约十分钟，洞顶部分已经松动，郭辉用力一推，顶端的碎石从另一端掉落，露出一条缝隙来。众人精神大振，更加大力地挖掘。洞顶缝隙越来越大，已然能伸过去一条手臂，事实上不用全部挖开，只要能容纳身体通过便可。正挖着，曲黎闷哼一声，退了下去。

徐准问："怎么了？"

曲黎说："手臂又流血了。"

徐准就说："你有伤，别挖了。"

肖鑫在黑暗中阴阳怪气道："又不是什么大伤，装什么病号！"

徐准火了，怒骂："你还有没有点儿人性？"

肖鑫不甘示弱："我也是为了大家好，多一个人出力就能早点儿出去，我是不想在这破洞里多待一秒钟。"

"都别吵了，"郭辉出声喝止，"肖鑫你少说一句，和尚受伤，本就应该多歇歇。"

肖鑫不再说话，但在黑暗中低声嘟囔了一句。

徐准没听清他说的什么，显然不会是什么好话。

余下五个人继续挖，当将那缝隙开拓到半个身体那么大的时候，在土坡下面休息的曲黎忽然发一声喊："等等，好像有什么声音。"

众人一怔，都停下，屏气凝神地细听。然而周围一片死寂，并没有什么声音。

“你搞什么鬼？”肖鑫忍不住骂。

吴跃却狠狠拍了肖鑫一巴掌，道：“闭嘴，真有声儿。”

众人再次竖起耳朵细听，果然，在死一般的寂静中，隐隐有沙沙的声音，像是什么东西掠过沙地。

“这是什么声音？”

“不知道，好像越来越近了。”

曲黎的话音还未落，有什么东西从黑暗中猝然袭来。

众人听到曲黎发出一声惊叫，都拿手电筒照过去，然而只是看见曲黎被什么东西拖着在矿洞里来回摆动，他不停喊着“救我救我”，转眼间就消失在光照的范围外，喊叫的声音还在持续，渐远，转瞬就再也听不见。

⓬

从曲黎遇袭到消失，短促得不过几秒钟，众人都处于极度的震惊之中。

徐准第一个回过神来，嘴里语无伦次地大喊着什么抢过手电筒朝曲黎消失的方向拼命追去。其余人渐次惊醒，也都跑着跟上。

“曲黎，曲黎，你在哪儿？”徐准一边追一边焦急大喊，可黑暗的矿洞中只有他的回声。

追到之前经过的岔路口，徐准驻足不前。

众人从后赶上。吴跃喘着粗气问：“怎么不追了？”

徐准沮丧地说："向这里去了。"

众人都看向那个圆洞，入口处的洞壁上留有血及指甲抓挠的痕迹，吴跃用手电筒向内照去，只见洞壁上粘着一层黄褐色的黏稠状液体，一滴滴地掉落下来，臭气熏天。矿道上也留着那些东西，黏糊糊地粘在众人的脚上。

"究竟是什么鬼东西？"肖鑫在洞壁上蹭脚上的污物。

"我隐约看到一点儿。"余小京在众人身后低声说。

郭辉一把抓住她问道："你看到什么了？"

余小京声音发颤："那东西有点儿像蛇，特别粗，比水桶都粗，从后面咬住他的腿。"

"不行，我得去找曲黎。"徐准弯腰要往洞里钻。

郭辉一把抓住他的裤腰："别冲动，这洞这么深，你知道里面有什么吗？"

"那也不能光看着啊！"徐准挺着脖子喊。

"要找你去找，我们可不去。"肖鑫一脸不情愿。

"我就没指望你。"徐准回了一句。

郭辉依旧抓着徐准："那你也不能去，我们先出去再说。"

徐准挣开郭辉的手，声嘶力竭地吼道："等出去曲黎早死了，他是我兄弟，我不能眼睁睁看着他不明不白地死在这洞里。"

肖鑫抱着手臂在一旁冷眼旁观，劝郭辉："老大，别管他，要死让他自己死去。"

"先别争了，你们看这是什么？"吴跃忽然惊恐大喊。

众人看他持着手电筒朝洞顶照，都仰头向上看。只见光圈里有另外一个黑黝黝的洞。

“怎么这里也有一个——”肖鑫的这句话还未等说完，就被余小京打断：“那东西又来了，快跑！”余小京一把扯住徐准，不由分说地向方才众人挖掘的方向跑去。

其余人也随后狂奔，奔出十几步，又停下，身后的洞穴中并没有什么怪物钻出来。

肖鑫怒不可遏地怒吼道：“小娘儿们骗人。”

“站住，再跑我就开枪了。”郭辉在后面喊。

徐准被余小京扯着，听到郭辉的威胁，就拉着余小京伏低身子继续踉踉跄跄地前奔。

郭辉果然在后面开枪了，连着两声，那声音在矿洞中显得非常响，像是过年时候将点燃的爆竹扔进空的水缸里，有嗡嗡的回声。

徐准隐约听到子弹破空的啸叫，却不知道射到什么地方。

两个人很快跑到矿洞堵住的地方，手脚并用爬到顶端，郭辉三个人追得很快，已经听到噼里啪啦的脚步声。

洞顶的缝隙对郭辉等人来说狭窄无法通过，但对体形纤瘦的余小京而言，只需再稍微拓宽一下就可以。两个人拼命挖，很快就挖出足以通过的空间。

余小京说：“我先钻过去，到另一边帮你挖。”

徐准说好，余小京就努力并拢身体钻过去。随后，徐准把身上的背包也塞过去，却没有去挖那洞，而是将头放在那缝隙处对余小京说：“我不能走，我得去找曲黎。”

余小京在另一边急得跺脚，但无论怎么劝，徐准只是摇头。

徐准说：“快走，他们追来了。”

余小京无奈，只好转身奔逃。

徐准转过身来面对追近的郭辉等三个人。

“臭小子，让你跑！”肖鑫冲上来照着徐准的脸就是一拳。徐准躲过，挥拳反击。两个人拳来腿往，搂头抱腰，很快在矿道里滚成一团。彼此互殴十几拳，依然难分难解，最后被吴跃拉开。手电筒照在脸上，徐准鼻青脸肿，肖鑫则鼻血长流。

在两个人互殴的时候，郭辉察看了一下洞口，发现依然没办法钻过去，就转回身用枪指着徐准的头，问：“为啥帮她？”

徐准直言不讳，说：“我俩认识。”

“我就说这小子不靠谱！”肖鑫吐了口血痰道。

“不是，进到矿道里才认出来，我初恋，十几年没见。”徐准揉着额头辩解。

郭辉像是一点儿都不生气，笑了一声问：“放她跑有什么用，她知道前面怎么走吗？”

徐准愣了一下，闷声说：“我也不知道她能不能逃出去，不过总有这个可能，不放她，等我们出去你也会杀了她。”

郭辉冷哼一声：“没错，不过现在你也得死。”

徐准毫无畏惧，冷冷地说道：“随你便，不过你别指望着我能和你走。”说罢，转身向来路走去，根本不在乎郭辉指着他的枪口。

吴跃快走几步抓住徐准，低声劝：“别犯傻，去和辉哥道个歉，大家都是兄弟，他不会难为你。你也看到，入口炸塌了，根本出不去，跟着辉哥才是唯一的出路。”

徐准反问：“谁说我要出去？”

吴跃一头雾水：“那你干吗去？”

徐准道："我去找曲黎。"说完，挣脱吴跃的手继续前行。

吴跃在原地呆立几秒，叹口气转身走到郭辉身边，说："他说要去找曲黎。"

肖鑫正努力挖大洞口，一边挖一边说："爱去送死就去呗，你拦着他干吗？"

郭辉看着徐准消失的方向沉默片刻，说："别管他了，小崽子自己作死，当务之急是赶紧出去，谁知道那怪物什么时候又出来。"

吴跃点点头，到肖鑫旁边和他一起挖土。

三个人埋头苦干，眼看着洞口一点儿点儿扩大。忽然来时的方向传来急促的脚步声。三个人都停下，转身去看，黑暗的矿洞中，除了脚步声，还有粗重的呼吸。

"肯定是那小子又回来了。"肖鑫撇撇嘴道。

吴跃持着手电筒照向那里。几秒钟后，徐准果然出现在光照范围内，踉踉跄跄地朝这边狂奔。

"怎么样，我说对了吧！"肖鑫冷笑道。

吴跃却隐隐觉得不对，只见徐准满头大汗，狼狈不堪，将要奔到近前时忽然大喊："快跑，怪物来了！"

肖鑫不屑道："哼，又玩这一套！"

这时徐准已然跑到他们身前，紧接着，一条灰褐色水桶粗、头尖、身体圆滚滚的东西游动着出现在光线里。

13

就在其余三个人还愣神的瞬间，徐准已从那被挖大的洞中钻过去。郭辉紧随其后，之后是吴跃。肖鑫吓得手软脚软，原本离洞口最近反而排在最后一个。吴跃钻过去后，肖鑫刚把头伸进来就被吴跃踹回去，命令道：“先把包拿过来，没包我们出不去。”

“都这时候还要包干吗？”肖鑫急得快哭出来了。

但吴跃说什么也不让他过来，肖鑫无奈只好咒骂着转身去取背包。三个背包逐一扔过来，那怪物已然逼近，肖鑫大呼小叫地将半截身子钻过洞，惊恐大喊：“怪物来了，快拉我一把，快拉我一把。”

徐准在洞旁，赶紧伸手去拉他，吴跃也伸出手。然而两个人只觉得手上一紧，竟然拉不动肖鑫的身体。反观肖鑫却面目扭曲地大叫一声：“啊，怪物咬了我的腿，好疼啊，快拉我，快拉我，我不想死啊！”喊到最后，肖鑫已经哭出声来。

洞那边拉扯的力量很大，吴跃和徐准两个人拼了命才能勉强保持肖鑫不被拽回去。

“辉哥，来帮一下啊！”吴跃满头大汗地求助。

郭辉似乎并未听见，依然站在后面拿着手电筒照着他们。

肖鑫痛得大叫，面目狰狞，眼睛鼓得像是要凸出眼眶，两条手臂似乎像面条一样被拉长。

“他活不了了。”郭辉终于冷冷地说。

像是为他的话做注解，肖鑫嘴里开始喷血，大口大口的血从嘴里涌出来。

“对不起耗子，钱两个人分总好过三个人分。”吴跃低声说了一句，忽然松手。

徐准一个人拉不住，被扯了一个趔趄，只好放手，肖鑫嗖地被扯回洞那边。

沙沙的声音逐渐远去，再无声息。

徐准瘫坐在矿道里，心里想着吴跃刚刚说的那句话，寒意一点儿点儿从心里冒出来，一寸寸地将整个人都冰透。

郭辉像是什么事都没发生一般，拎起一个包头也不回地往前走。

吴跃持着手电筒，走到徐准身边，没有说话只是朝他伸出手。

徐准犹豫一下，还是把手伸给他。借力站起，拎起地上最后一个口袋，跟在吴跃后面。

临走前，他回头看一眼那个挖开的洞口，肖鑫吐的血还留在那里。之前他还有去找曲黎的想法，现在已经放弃。他不是胆小鬼，却也鼓不起勇气面对那不知为何物的怪物。心里虽愧疚，但若是曲黎在天有灵，应该会理解他。

三个人沉默前行，走了许久，郭辉停下来，说：“就是这儿了。”

徐准和吴跃走过去，见一处不规则的缺口被混凝土堵住。

“当年炸穿之后，又把豁口堵住。”郭辉放下包，从里面拿出炸药，“没有工具砸不开，只能用炸药。”说着回头看他俩，“还不过来帮忙。”

徐准和吴跃赶紧过去，一个人持着手电筒照明，一个人给郭辉递炸药。

那些炸药都被黑色胶带包成四四方方的一小包，以极细的蓝红电线连着，一边有胶，撕下之后就可以牢固地黏在混凝土墙壁上。

徐准看郭辉极为熟练地安装，心里却在想余小京去了哪里。

这一路走来，他心里的弦一直紧绷着，总怕追上余小京。这时心又悬起来，因为矿道已到尽头，并无岔路，却没有半点儿余小京的踪迹。

14

炸药将要装完时，郭辉忽然说尿急，对吴跃说："你们把最后两块装上，等我回来。"

说完就转身往回跑，看那架势，像是晚一步就会尿了裤子。

吴跃从包里拿出一块炸药黏在洞壁上，又照着郭辉的做法将上面的电线同其他的相连。徐准看着吴跃弄完，忽然觉得有些不对，就问："你不觉得用的炸药有点儿多吗？"

吴跃愣了一下看看洞壁上的炸药，脸色剧变，大喊："快跑，郭辉是要炸死咱俩。"

两个人转身亡命奔逃，跑出去大约几十步，身后"轰"的一声爆响，巨大的力量将两个人掀起，像沙包一样落在地上，碎石如雨，子弹般迸射。

徐准在炸药爆炸的瞬间被强烈的冲击波震得陷入昏迷，洞顶土石纷纷掉落，几乎将他的身体覆满。也不知时间过去多久，隐隐感觉有人把他拖出来，并拍打他的脸。他缓缓醒来，黑暗中感觉眼前有光，彻底睁开眼后才发现那是亮着的手机屏幕，再看持着手机的人竟然是余小京。

“你醒了，感觉怎么样？”余小京关切地问他。

徐准两耳嗡鸣，根本听不见余小京说什么，只是见她嘴巴开合。

他爬起来，左耳有些疼，他伸手去摸，有温热的液体流出来，看看手指，一片殷红。

或许耳膜被震破了，他想，指了指自己的耳朵，扯着嗓子问余小京：“我听不到你说话，你看到郭辉了吗？”

余小京朝他做个噤声的手势，他这才意识到自己是喊出来的，赶紧闭嘴不再说话。余小京扶着他靠在洞壁上休息，约莫过一刻钟，右耳耳鸣逐渐减弱，徐准的听力开始恢复，虽然左耳仍听不见，但总算没有彻底聋掉。他想站起，却被余小京按住。

“别急，你再休息一会儿，”她说，随后将手机递给徐准，“你的手机。”

这时手机忽然进入待机模式，屏幕灭掉，两个人顿时被无边黑暗吞没。

徐准摸索接过，触碰到余小京的手指，纤细冰凉。

他的心忽然漏跳一拍，甚至忘记摁亮手机屏幕，于是看着黑暗中余小京所在的方向，说：“我担心你会被他们抓到，然而一直都没看到你。”

余小京的声音悠悠地从黑暗中传过来：“我其实跟在你们后

面。之前你让我跑，我没头没脑地跑一段，冷静下来才觉得不行，我不知道出路，自己走肯定出不去，于是我又悄悄走回来，在矿道旁找一个凹陷的地方躲在那儿，我刚躲好，你就钻过来，然后是那几个坏人。”

“你看到了后面发生的事儿？”

“嗯，我远远听到，后来那个瘦子被怪物吃了，”余小京的声调忽地提高，气呼呼地骂，“他活该，我们行的保安老金被他杀了，血流了一地。”

徐准吓一跳，没想到他们还真敢杀人，定了定神又问：“他们抢了多少钱？”

“具体数目不清楚，装了三个大旅行袋，总有一百多万。”

“你还挺勇敢的，看他们那么凶你还敢报警。”

“报警的按钮就在桌子下面，入职的时候省行领导给我们培训过，直接连通公安局。我看到老金脖子喷血趴在我面前的玻璃上，脑子一热就冲过去摁了按钮。”

“他们打你了吧？”

“嗯，被打两个耳光。”

“还疼吗？”

“不疼了。”

余小京说完，徐准忽然不知道该说什么，半晌之后，他终于将盘旋在脑海中许久的话问出来：“你当年，当年为什么没有在岚山等我？”

徐准的这句话问完，余小京并没有出声。

“我找了你好几天——”徐准闷闷地说，刚说半句就被余小京抱住。

“对不起，对不起！”余小京哽咽着道歉，随后絮絮地说，“初三下学期，我爸被调到溪河市，我和我妈随后一起搬过去，走得很匆忙，后来最疼我的奶奶去世，中考又发挥失常，去了一个不太好的学校。那段时间我情绪特别低落，甚至一度出现抑郁的倾向，我妈到处带我看心理医生，等我缓过来已经过了一年，却像换了一个人，曾经那些事情都好像不是发生在我身上一般。于是，慢慢的，就淡了。”

“那你这些年都是怎么过来的？”

“没什么好说的，高中毕业上了本省的税务学院，毕业之后换了几份工作，又考公务员，今年年初考上之后，才被分配到岚山来。”

听余小京说完，徐准特别想问问她想没想过来找他。转念一想，这种话问出来会很尴尬，就强咽回去。余小京见徐准不出声，就问他怎么会变成这样。徐准讲自己辍学后的种种遭遇，奶奶的眼疾，自己如何缺钱，如何走上这条路。说完，两个人各自叹口气。

“你答应我，出去之后，去自首。”余小京说。

徐准沉默半晌，说：“好，我听你的。”

说罢，他扶着洞壁站起来，身上的沙土碎石扑簌簌掉落。他四下里寻找，终于在一堆碎石下翻出竟然还亮着的手电筒。捡起手电筒，徐准朝爆破的地方走去，矿道中到处都是煤炭样的碎石。才走几步，就看到吴跃仰躺在地面上，已然断气多时。

徐准走近，俯身察看，见吴跃前胸有大片血迹。

“是郭辉。”余小京说。

徐淮一愣："什么？"

余小京说："是郭辉杀了他，我看到郭辉朝他开了两枪。"

徐淮盯着吴跃的尸体看了一会儿，沉默地向爆破处走去。

愈是走近愈能感觉到爆炸威力的可怕，自己能活下来真是命大。

碎石由小变大，散落一地，不时还有小块的土石从洞顶掉落。

两个人走到豁口处，徐淮从乱石堆里翻出背包。郭辉离开得似乎很匆忙，什么都没带走。徐淮把吴跃的包倒出来，里面有水，有炸药还有两瓶汽油，本想只把水留下，但想了想一股脑儿都塞进自己包里。

两个人喝了点儿水，再次出发。

徐淮持着手电向外照射，另一处矿道在手电的光亮中显现出来。

新的矿道分成两个方向在地下延伸。

徐淮有些发蒙，这时余小京抓着他的手腕，把手电的光线指向一侧。

只见碎石遍布的矿道上印有几个清晰的鞋印。

⑮

两个人跟随郭辉的脚印前行，走了许久也不见出口。

余小京问会不会走错方向。

徐准摇头说不可能。

矿道中有些地方积尘盈尺，想要走过不留痕迹断无可能。郭辉的脚印虽然时有中断，却一直向前。矿道时上时下，早已经不知道在地下多深，空气浑浊憋闷，呼吸虽然不畅，但还不至于窒息。大大小小成碎块状的煤炭散落在矿道中，手电筒的光照上去偶尔会闪耀出金属的光泽。半个小时后，电筒的灯光开始变弱，然而出口却依然不知在何处，更让人担忧的是郭辉的脚印自从十分钟前消失之后就没再出现。

或许某处地下水涌出，矿道中变得泥泞不堪。

余小京停住，看着自己一脚污泥，问徐准怎么办。

徐准脑子空空，不知道该怎么应对，只好说："再往前走走，也许前面会出现。"

余小京摇头说："一定是出了什么问题。"

徐准反问："会出什么问题？"

"你说会不会被怪物——"余小京没有继续说下去。

徐准想了想说："不太可能，这一路走来，并没有看到怪物的洞。"

余小京脸上露出惊恐的神色："你看到了吗？那究竟是个什么东西？"

徐准咕咚咽了口口水，说："你还记得矿道顶的那个洞吧？之前我想去找曲黎，走到那洞下面，就听到里面有声音，咕咚咕咚，就像把水灌进老鼠洞。随后臭气弥漫，黏糊糊的黄色液体从洞里涌出来，我知道那怪物要来，就转身往回跑，果不其然，有东西从身后追来，我拼命跑，根本不敢回头看。一直到后来肖鑫被怪物咬死拖走，我都没看清那怪物究竟长什么样。”

余小京心有余悸地说：“我当时看到一些，起初以为是蛇之类的东西，可是就算蟒蛇也没那么粗吧，而且，什么蛇会生活在地下？”

徐准止住余小京的胡思乱想，坚定地说：“不管是什么，只要我们出去就安全了。”

这句话刚说完，余小京忽然发出一声凄厉的尖叫，倏地被扯入黑暗中。

徐准吓一跳，赶紧持手电筒去照，只见余小京挣扎着被拖着向后退，身后有一个人，一只胳膊扼住余小京的脖子，半边脸从余小京的脑袋后面露出来，另一只手持着一把手枪指着徐准。

“把水和吃的给我。”那人凶恶地大吼。

徐准认出来是郭辉，慢慢把包从身上解下，扔过去，说：“辉哥，你想要什么都可以拿走。”

沉甸甸的包“咚”的一声丢在郭辉面前。郭辉命令徐准后退，狠狠把余小京推过去，然后弯下身去翻徐准扔过来的包，枪还保持着指向他们的方向。郭辉很快翻出一瓶水来，他拧开瓶盖，咕咚咚灌进喉咙。

徐准把余小京拉在自己身后，看着郭辉上下蠕动的喉结，软语相求道：“辉哥，能带我们一起出去吗？”这句话像是锋利的针一样将郭辉刺痛，他跳了起来，哈哈大笑着说：“就你们也想出去？”笑完一张脸惊恐地扭曲起来，自语一样地嘟囔了一句：“出不去了。”

徐准没听到后面的话，心想郭辉这人心狠手辣，连跟他多年的吴跃都能狠心杀掉，断然不会放他们俩活着出去，为今之计，只有舍命一搏制服郭辉，这样不但能逃出矿洞，还能将其交给警方立功赎罪。徐淮下定决心，见郭辉还在继续喝水，佯装惊恐地大喊一声："吴跃你要干什么？"郭辉听了吓得扔掉水瓶回头去看，徐淮趁机咬牙飞扑上去。

手电筒翻滚着掉在一边，黑暗中传来拳打脚踢的闷响及呼喊怒骂的声音。

事发突然，等余小京回过神来捡起手电筒上前帮助徐淮时，两个人已经在潮湿泥泞的矿道里滚成一团。

"抢他的枪。"徐淮大喊。

余小京去抓郭辉持枪的手，还未等抓到，枪声"砰"地响起，余小京闷哼一声向后跌去。

徐淮心下一沉，鼻梁中了郭辉一拳，眼前金星乱冒，力量一下泄了。郭辉趁机又打了他几拳，挣脱他的束缚爬起来，手脚并用像兽类一样连滚带爬地逃了。徐淮辨别一下方向，头昏眼花地爬到余小京身边，大喊她的名字。余小京呻吟着说没事儿。徐淮松了一口气。

子弹擦着余小京的小腹过去，在左侧肋骨处留下一条长三厘米的血道子，血染红了余小京的半边身体。徐淮脱掉衬衫，把里面的还算干净的背心扯成手掌宽的布条为余小京包扎伤口。

包扎完后，余小京喘着气问："郭辉呢？"

徐淮说："跑了，不知为什么就跑了。"

余小京想了想，忽然说："糟了，怪物要来了。"

徐淮一头雾水，问："你怎么知道？"

余小京说："怪物第一次出现袭击曲黎，当时我们都在，为什么选曲黎而不是别人，因为曲黎手臂在流血，我怀疑怪物是被血腥味吸引来的。鲨鱼在海里隔着几公里就能闻到海水中的血腥味，说不定这个怪物也能。"

徐准想了一下，余小京的推测确实有道理，怪物二次袭击之前，他和肖鑫打了一架，肖鑫确实流了很多鼻血，随后那怪物出现，肖鑫被咬死拖走。郭辉可能早就想明白这件事儿，所以他击中余小京之后，迅速逃走。

余小京的血还在不停地流，她喘口气虚弱地说："你走吧，带着我咱俩都跑不了。"

徐准将手从她的腋下穿过去，把她从地上扶起来："说什么傻话，我怎么可能把你一个人留在这儿！"他说得有些气急败坏，像是和谁赌气似的。

"我从没想过我会死在这样的地方，就算不是七老八十死在床上也不应该是这样一个地方，至少能看到太阳。"余小京开始哭起来，昏暗的矿洞里，脸上的泪痕在手电筒的光照下像是蛞蝓爬过之后留下的痕迹。

徐准不知该怎么开导，只好默不作声地扶起她，另一只手拎着背包，向着黑暗的矿洞深处继续前行。那也是郭辉逃走的方向。

不知为何矿洞越来越窄，也越来越低矮，洞壁上都是刀劈斧凿的痕迹。

出现第一个岔路的时候两个人有些发蒙，没有脚印，无法判断郭辉走向何方。

徐准搀着余小京站在分岔口，犹豫片刻，选了右手边的方向。

余小京的伤口还在渗着血，虚弱的半边身子挂在徐准身上。

两个人又向前走了几十步，余小京忽然说：“听。”

徐准停住脚步，喘着粗气，等呼吸稍微平稳之后，就听见寂静的矿洞中远远传来“沙沙”的声音。

“来了，那东西来了。”余小京惊恐地大叫，转而对徐准喊，“你快跑。”

徐准却兀自站在原地不动。

余小京用力去推他。

徐准却顺势扯着余小京的手把她抱在怀里：“我是不会跑的，”说着扶她靠在洞壁坐下，“你先歇一会儿，帮我照着，我有办法对付怪物。”说着，他把手电筒递给余小京，蹲下身，在脚边的地面上挖着什么。

余小京急得快哭出来了，喊：“你干吗？快走啊！”

徐准无动于衷，仍在不断地挖着。

沙沙的声音更近了，终于，徐准拍掉手上的尘土站起来。

余小京看到他方才蹲的地方有一柄匕首尖朝上立在那里，露在外面的部分足有一个巴掌那么长。顿时明白徐准的意图，问：“这能行吗？”

徐准吐口气：“我也不知道，生死在此一举。”

余小京问：“现在要干吗？”

徐准弯腰扶起她，说：“等它来。”

16

那东西来了。

在手电筒的光照下，清楚地出现在视野里。

像蛇，极长，看不到尾巴，头部尖细，昂着，身体圆滚粗壮，没有眼睛和嘴巴，褐色的皮肤裸露着，并无鳞片覆盖，光秃秃地闪着灰褐色的水润光泽。无足无腿，行进方式又非游动，而是一种类似于涌动的方式，就像有一个人握住怪物的另一边大力抖动。等更近一点儿时，才发现那东西似乎依靠身上肌肉的收缩来爬行，所过之处留下一道黏稠的液体。土石黏在它身上，和地面摩擦发出“沙沙”的声音。

徐准和余小京两个人目瞪口呆地看着那怪物越“游”越近。

“这究竟是什么东西？”徐准忍不住问道。

“不知道，从没见过。”

那东西似乎感受不到光，被手电筒的光照着没有任何反应，却能嗅到血液的味道，昂起的“头”一直指向余小京所在的方向。大约相距十几米时，它昂起的头部似乎发出一声嘶鸣，蓦地弹射起来，冲向余小京。

徐准和余小京吓了一跳，不由自主地向后退去。眼看着那东西通过徐准布置的机关。却并不减速。矿洞忽然到了尽头，两个人退无可退，只好靠在洞壁上等死。那怪物转瞬袭到面前，尖细的头部忽然像花一样绽放，五瓣生着密密麻麻倒钩牙齿的口器怒放着向余小京咬来。

余小京吓得尖叫，徐准下意识伸手去挡，然而那怪物将要咬到徐准的手臂时忽然抽搐了一下，整个头部像是泄了气一样萎缩，啪嗒一下掉在地上。两个人惊魂未定，余小京持着手电筒照向那怪物，只见大量的黏稠液体从水缸粗的身体里哗哗流出来，而怪物的身体以肉眼可见的速度塌陷。看起来那柄插在地下的匕首起了作用。

等了片刻，徐准走过去，对着那东西踢了一脚，坚韧中透着柔软，像是踢在一块皮革上。

“死了吗？”余小京问。

“应该死了。”徐准说。

话音未落，那东西忽地又抽搐了一下。

徐准吓得一个趔趄坐倒在地，随后眼睁睁地看着那怪物缓缓地向来的方向缩回去，蠕动的过程中有一个长条状的东西伴随着黏稠的液体从那怪物身上巨大的裂口中掉出来。几分钟后，怪物已经消失不见，只剩下那长条状东西躺在矿道里，而整个矿道里都是散发着臭气的液体。

余小京和徐准心惊胆战地围着从怪物身体里掉落的东西查看。

长条状，约有两米长，外表肉乎乎、血淋淋，看不出是什么。

“是小怪物吗？”余小京问。

徐准摇摇头，从矿道里找了一块石头轻触了一下。

不料那东西忽然颤动着撑破包裹着它的那层黏乎乎的肉膜，长出四肢来。

余小京吓得大叫，拉着徐准后退。

那东西已然挣脱肉膜包裹，以姑且叫作四肢的东西向徐准和余小京两个人爬来，边爬边从空洞的嘴里发出“嗬嗬”的恐怖声音。

眼看着越爬越近，徐准情急之下随手从矿道中搬起一块足球大的石头，狠狠砸向那东西的头部，“嘭”的一声闷响，那东西应声而倒。徐准又猛击了几下，直砸得血肉横飞才停手。

退后几步喘息片刻，那东西一动不动，似乎死透了。两个人盯着那东西的尸体看了一会儿，手电筒的照射范围内忽然出现金属的反光。徐准过去查看，竟然是一串钥匙，上面满是那怪物身上黏稠的液体，并因此粘了很多沙土。徐准捡起钥匙串在矿洞壁上蹭了蹭，发现那钥匙串除了几枚钥匙之外，还系着个黑色的塑料圆球装饰物，上面有个数字“8”。

徐准顿时浑身一颤，他认出来那钥匙。

很多年前他离家远行，临走前约曲黎一起喝酒，两个人喝至半夜，徐准站起来上厕所，钥匙不小心从口袋里掉落，曲黎帮他捡起，看到上面那枚桌球饰品，就说：“这个好玩儿，我要了。”说罢，不由分说就挂在自己的钥匙串上。曲黎痴迷桌球，曾经拉着徐准没日没夜地泡在桌球室里玩。虽然技术未必有多好，但热情很足。当年两个人情同手足，一个小玩意儿，徐准没当回事儿就送给了他。几个月前他从外边回来，两个人又一起喝酒，徐准看到曲黎钥匙上还挂着那个小台球，有些褪色，有些磕碰的痕迹，却依然完好，颇感慨地说：“没想到你还留着呢。”曲黎喝得醉眼迷蒙，说：“是啊，每次看到，就能想起咱俩一起打桌球的时候，那时候真滋润啊！”

看着手上的钥匙，又看看旁边躺着的人形物体，徐准两腿一软，踉跄了一下瘫坐在地上。

余小京在旁边早看出徐准的反常，忙问怎么了。

徐准哀号一声，指着那尸体说："是曲黎。"

余小京终于明白。

"我，我杀了他。"徐准直勾勾地看着余小京，濒临崩溃的样子。

"不是，不是，"余小京拍着徐准的脸，"那是意外，他早已经死掉了，你看活人根本不会是那个样子。"

徐准根本不听余小京的话，双眼赤红，爬起来说："我要为曲黎报仇。"说罢，向着那怪物消失的方向追去。

17

徐准被愤怒、自责、悲伤等诸种情绪裹挟着向前冲去，满脑子都是复仇的想法。他心里清楚刚刚发生的是意外，就算自己没有失手杀掉曲黎，他也会被怪物消化掉。说不定自己还减少了他死前的痛苦。然而即便这样想，他还是没办法过自己的这一关，因此就算舍去自己的性命也要杀了那怪物，这样想的时候会让自己舒服一些。

循着地面上怪物留下的痕迹，也不知道跑出去多远。等徐准疲累至极时早已认不出是不是曾经行过的矿道。年少时曾听长辈说过，矿区的附近地下都是空的，开采多半个世纪，新矿老矿交叉重叠，早些年缺乏规划，各个矿井乱采一气，导致矿道横七竖八，如同迷宫一般。好在怪物爬过的地方留有黏稠液体的痕迹，不至于追丢。只是追到现在他开始担心起余小京来。之前怒火攻心将自身性命都抛到九霄云外，也顾不得余小京。现在想要回去寻找已不可能。

徐准解下背包，靠在洞壁上喘息，忽听左侧有呻吟声。他持手电筒循着声音照过去，隐约像是一个人，走过去看，发现那人竟是郭辉，其下半身陷入矿道壁上的一个洞穴里，两手正死死扒住洞口的边沿，竭力保持自己不掉下去。

郭辉发现徐准，脸上露出惊喜的表情，大喊："救我，救我！"

徐准奔到近前，想也未想便伸出双手去拉郭辉的手臂，却没想到郭辉忽然面露狞笑，猛地扯住他的领子向下一拉。徐准猝不及防大头朝下跌进那洞里。

洞内直径粗若水缸，洞壁光滑，斜斜向下，如若滑梯。徐准大叫着向下滑去，时而盘旋，时而翻滚，天旋地转，七荤八素。滑行了十几分钟，忽然冲出滑道，悬在空中，紧接着直线坠落。徐准心想吾命休矣，念头尚未转过，已然跌进一片水中。

那水冰凉刺骨，徐准由高处坠落，沉得极深，呛了几口水才浮上来。胡乱向一个方向游去，游了约有十分钟，陷入到一片漂浮物中，也不知道是什么，黏稠腥臭。他屏住呼吸继续向前游，又游出去十几米，脚下猝然触到实地，却也不是实地，像是许多树木枝干堆叠而成，虽然不稳，但总算有可受力的支撑。

徐准小心翼翼地踩着那些东西向上攀爬，四肢在冷水中泡得麻木僵硬，活动一会儿才缓过来，心想若是再耽搁片刻，恐怕将会永远沉下去。

爬了一会儿，徐准躺下来休息，眼睛适应了黑暗的环境，隐约能看清东西，只见不远处有微弱亮光，他爬过去将那东西捡起，发现是一根骨头，从粗细长度来看应该不是人类的。光是幽幽的冷光，在漆黑的地下空间中显得特别明亮，徐准以那根骨头当作火把，站起来环顾四周，惊恐地发现所立之处皆是堆积如山的各种骨头。或者，他所在的这座山就是由骨头堆积而成。那些骨头或粗或细，或大或小，有些由头至尾全副骨架，有些则支离破碎看不出来由。由形状来看，大多数是小型动物，老鼠居多，也有像是蜥蜴类的爬行动物及鱼类的骨架。

为什么会有这么多的骨架堆积在这里？

徐准霍然想通，自己所在的地方可能是那怪物排泄的地方。但这如山一般堆积的骨架，那怪物究竟吞食了多少动物，或者怪物不止一只。这个猜测浮上心头，徐准激灵灵打了个寒战。这意味着就算他片刻之前杀死一只怪物，还会有其他怪物在幽暗深不可测的地下隐藏着。

休息片刻后，徐准继续向上爬，等他爬到顶部时绝望地发现距离上方的洞顶还有一段距离，手中腿骨散发的光亮度有限，在光线的尽头，徐准隐隐看到那处有个洞，可想而知，平日里那怪物都是通过此处将吞吃掉的猎物骨架排泄下来。徐准望向周遭，周围空空荡荡，似有迷雾笼罩，漆黑一团，不知道洞壁在何方，徐准扯着嗓子大喊了几声，音波像是被周围的黑暗吸收了，没有什么回声。方才他胡乱游水过来，并未观察水域的面积，也就无从判断这处地下空间的大小。徐准饥寒交迫，体力将尽，他知道再下水极有可能死在水里。然而在这骨山之上，又没有逃脱的办法，难道只能困死于此吗？

徐准如困兽一样在“山”顶徘徊，猛然间脑海中忽然冒出一个匪夷所思的想法，但这念头未及停留便被排除，又过许久，始终一无所得，片刻前那办法就又重新冒出来，而且变得更为强烈。

无奈之下，徐准只好将这极不可能的办法细细思考，前思后想，苦思良久终于一咬牙，决定以自己的性命赌上这一把。

既然下定决心，他就在骨山之上细细地搜寻又粗又结实的骨棒。在骨山上寻找骨头，如同在森林里寻找木材，并不费力，很快就搜寻到一堆。徐准仔细遴选，将那些有裂痕的腐朽的俱都除去，剩下几根粗壮光滑细密的骨棒，徐准又优中选优，终选出两根。将两根骨棒放在一边，他又将牛仔裤的一条腿扯下来，以锋利的骨刃割成布条，再将布条编成绳索，以绳索将两根骨棒交叉捆绑成十字形。

这一切做完之后，徐准休息片刻，捡起方才用于割裂牛仔裤的骨刃闭着眼睛朝自己的手臂迅速划了一刀，力量有点儿大，骨刃将皮肤割开一道两厘米左右的口子，皮肉翻开，血哗地流出来，顺着手臂滴滴答答地滴落在那十字形的骨架上。

血流了片刻渐渐凝固，徐准又忍着痛，扒开那伤口，推挤周围的肌肉，使更多的血液流出来。血液逐渐流出，伤口周围的皮肤变得苍白，徐准疼得满头冷汗，浑身发抖。终于上面那洞中发出声音。他将那磷光骨头插在一边，定定地站在对着上方洞口的地方，一遍遍回想之前怪物袭击的画面，仔细编排脑海中已经想好的动作。直到头顶发出“啵”的一声闷响，像是有什么东西从封住的玻璃瓶子中挤出，他知道怪物来了，仰首去看，只见那蛇一样的东西从洞中电射而下，未及近前，已然展开四分五裂的嘴巴。

怪物果然不止一条。

预感到怪物生满锯齿的巨口临头，徐准大喊一声猛地将十字形的骨架高高举起，难以描述的臭气先一步袭到，紧接着手上高举的十字形骨架遭受一股力道冲击，徐准下意识闭眼，有黏稠的液体滴落在脸上身上和手臂上，他再次抬头去看，发现那十字形骨架按照自己设想的那样正好卡在怪物绽开嘴的内侧，尖锐的两端深深插入肌肉里。

分裂的嘴无法合拢，那怪物还在努力往下吞，十字架又深入了些，终于卡住不动。怪物似乎发现不对，将头部收缩回去，疯狂摆动，企图将嵌入口中的十字架和死死抓住十字架的徐准一起甩脱。

徐准像是腾云驾雾一般在半空时而盘旋时而以波浪线抖动。为防止被甩脱，他早已将手腕绑在十字架上。那怪物挣扎了一会儿发现吞也吞不进去吐又吐不出来，只好缩回来时的洞穴。徐准双臂肩膀处撕裂般剧痛，眼看着被带着进入头顶的洞穴，终于松了一口气。

⑱

随着那怪物在洞穴中快速游动，徐准非常好奇那怪物究竟多长，似乎从未见过它们的尾巴，行动方式似也非以头为准，更像是被后面的身体所驱使。原本计划被怪物带出那处地下空间就脱身而去，此时徐准却改了主意，所谓最危险的所在就是最安全的地方，身处怪物那张生满倒刺牙齿、臭气熏天的嘴里，一不用担心遭受其他怪物袭击，二说不定还能借由怪物的游动找到矿道出口。

思及至此，徐准拼死忍受双臂拉扯带来的剧痛和怪物嘴里的恶臭。不断在地下穿行，大多数时候是在那怪物挖掘出来的通道，时而会同人工挖掘的矿道交叉，也有自然形成的地下孔洞，徐准将手腕上的绳索解开，以便随时可脱身。也不知那怪物目的何方，万一退回怪物老巢可就惨了，这个念头转过的时候，隐约听到一声尖叫，似是余小京的声音。徐准心里一颤，松开双手，同怪物脱离，身体落在洞穴里，惯性使然向前滚了两滚，等他止住身体时，那怪物已含着嘴里的十字骨架消失在黑黢黢的地下。

怪物行走的洞穴没有矿道宽阔，徐准只能半爬半蹲地朝发出声音的方向挪动。

弯腰屈腿前行片刻，豁然进到一处宽阔的空间，徐准呻吟着站直身体，伸展四肢，几乎能听到骨骼咔吧咔吧地响，眼睛适应黑暗之后就算在伸手不见五指的环境里也能细微地分辨出周遭事物，身处的所在不是矿道而是地下洞窟，徐准扯着嗓子喊了两声余小京的名字，冷不丁身后伸出一只手把他扯过去，徐准正要挣扎反击，就听到身后余小京低声说：“别吵，郭辉就在附近。”

徐准顿时放松下来，转身抱住余小京，一叠声地问：“你没事儿吧，你没事儿吧？”

余小京不答，只是拉着徐准朝一个方向奔行。

两个人默默前行了半晌，余小京终于停下来，喘息着说：“我没事儿，你跑哪儿去了，我担心死你了。”

于是徐准讲了他的遭遇。

余小京听完恨恨地说："郭辉太混蛋了，我差点儿也遭了他的毒手。"

徐准忙问发生了什么。

余小京便讲了她和徐准分开之后的事情。

原来徐准怒火攻心地去追那怪物的时候，余小京一直紧紧地跟在后面，然而不小心跌了一跤爬起来就不见了他的踪影。她只能胡乱追下去，未承想追了一段时间无巧不巧地遇到背着徐准包的郭辉，余小京怀疑徐准遭了郭辉的毒手，就质问郭辉徐准在哪儿，不料郭辉说徐准掉到一个地洞里摔昏了，自己一人无法救他上来，遇到余小京正好可以帮忙。余小京一听就心急如焚地问徐准在哪儿，郭辉说在前面不远处，说完径直向前走。余小京担心徐准安危，也没仔细询问就跟过去，没想到是郭辉的圈套，在一个转弯处郭辉忽然转身把余小京打倒。幸运的是余小京早有戒心，虽被打倒却未被制服，爬起来便逃，郭辉则在身后穷追不舍，并说徐准已被他杀死，劝余小京乖乖站住，他可以给她一个痛快的，否则若是被他抓住将遭受更多痛苦。过了片刻又说出口已然坍塌，没人能出得去，他们都将死于地下。余小京信以为真，下定决心要为徐准报仇。

郭辉一直没能成功抓住余小京，而余小京也未想到报仇的办法。两个人在地下洞穴中追追逃逃，彼此为敌，同时又要提防怪物袭击。余小京拼尽全力才能不被追上，受伤失血加上体力耗尽，令她虚弱不堪，就在几近绝望的时候遇见了那只被徐准利用的怪物经过，她忍不住惊叫出声，这才被徐准听到。

两个人紧紧相拥，余小京低低地问："我们是不是真的出不去了？"

徐准不知掉如何安慰她，只好更用力地把她抱紧，心里却想能同余小京死在一起也算是一种幸运。只是奶奶知道了怕是要伤心死了。转念一想又觉得不能这样认命，他死了并没有什么可惜的，因为就算出去也会受到法律制裁，余小京却不同，她是无辜的，她的人生才刚刚开始，她还有那么多美好的岁月去消磨……这么想着，他就觉得自己有责任也有义务帮助余小京逃出去。

“郭辉说没有出口是骗你的。”徐准笃定地说。

“真的吗？”

“你想若是没有出口他干吗非要杀死你我，反正大家都是在下面，和和气气的不就好了吗？他就是想要把我们灭口，这样他一人出去之后就能独吞那些钱。”为重新激起余小京的希望，徐准绞尽脑汁地去解释郭辉的动机，说到最后自己几乎都要相信了。

“对。”余小京萎靡的精神一下振奋起来，“那我们怎么办？”

“很简单，我们抓住郭辉，让他带我们出去。”

“怎么抓？”

“他不是一直想要抓你吗？他不知道我还活着，你当诱饵，我在后面把他打倒。”

随后两个人细细谋划，包括怎么引诱郭辉，用什么东西打他，若是失败了该怎么办等等。

片刻之后，两个人开始实施诱捕郭辉的行动。按照计划，余小京向来时的方向走，故意弄出声音。徐准则手里拿着一块坚硬的石头隐在黑暗中伺机而动。

起初余小京还胆战心惊，渐渐的心神定下来，但走了很远丝毫没有郭辉的踪迹。徐准指示余小京再大胆一点儿，余小京就将洞穴中的小石头踢得到处乱飞，发出噼里啪啦的声音。

即便这样，郭辉依然杳无踪影。

难道郭辉看出这陷阱了？

徐准心里生出重重疑惑来。

余小京惊呼一声，忽然被什么东西绊到跌了一跤。

徐准没忍住冲出去，扶余小京起来。

余小京说："没事儿没事儿。"

结果却发现绊倒她的东西是一个背包。

"是你的？之前在郭辉身上。"余小京失声道。

两个人对视一眼，徐准脸色剧变，惊道："不好，是陷阱，快跑！"

⑲

两个人拼命向来时的方向逃，手脚并用，连滚带爬。

一口气逃出很远，却并没有听到身后有什么异响。

"不对。"徐准拉着余小京停下。

"怎么了？"余小京气喘吁吁地问。

"可能不是陷阱。"

"那是什么？"

"我在想是不是郭辉发生了什么意外，才把包丢下。"

于是两个人小心翼翼地原路返回，见背包还在那处放着，打开察看，里面的水没了，其他东西都在。

徐准将包背到身上，说：“看来郭辉真的出事儿了。”

“你是说他也被怪物吃了？”

“有可能。”

“那我们——”

“不管他，我们继续找出口。”

“出口只有他知道——”余小京叹口气。

徐准继续为余小京打气：“只要我们不放弃，肯定能找到。”

“不，我们找不到，这里像迷宫一样，无目的乱找只会困死在这里。”余小京忽然蹲下来绝望地哭泣。

徐准抱住她，说：“可是，只有坚持下去才有希望……”

余小京哭着说：“没有意义的，就算有出口我们也坚持不了那么久，单纯的碰运气没有任何意义。”

徐准半拖半拉扯着余小京继续在洞穴里前行，洞穴时宽时窄，时高时低，两个人时而屈身时而爬行，好在一直都有路。徐准记得被怪物带着在地下穿行的时候曾穿行过一段矿道，只要找到矿道，逃出去的可能性就非常高，大不了沿着来路回到炸塌的入口，相信追赶而至的警察也会对那处坍塌的矿道进行挖掘。前行过程中徐准在洞里找到一根一米长的骨头，他将牛仔裤的另一条腿扯掉一半，弄成碎布缠在骨棒上，浇上汽油，以打火机点燃，制成火把。有光亮之后，余小京像是恢复了些精神，两个人彼此对视，徐准身上衣衫褴褛，上身只剩下一个背心，下身的牛仔裤一条腿齐根失去，另一条腿还残留一半，露出皮肉的地方更是伤痕处处，狼狈至极。余小京虽然也狼狈，但至少衣衫完整。

直到此时，徐准才真的仔仔细细地看余小京，他记得少女时的余小京就清雅秀丽，过了这许多年，清秀的稚气褪去了，代之而来的是女人的柔美和妩媚，只有眉眼间还依稀残留着当初的记忆，怪不得一开始他根本认不出余小京来。

余小京被看得发窘，捶了徐准一下。

徐准不好意思地笑了笑，说："你还是那么好看。"

余小京没说话只是低下头。

这一段的洞穴比较宽敞，徐准牵着余小京的手向前走。

余小京在身后忽然说："我快结婚了，婚期定在今年9月。"

徐准脚下踉跄了一下，强忍心痛挤出两声干巴巴的笑："什么时候结婚？记得给我发请帖，我一定给你包个大红包……"忽又顿住，尴尬道，"算了，我应该没法参加，出去之后说不定要被关多久。"

余小京忽然从后面抱住徐准，哽咽道："就算出不去，我也知足。"

徐准浑身一震，眼泪一下流出来，嗓子像是被什么东西堵住，无法说出半个字。

够了，只为余小京这一句话，就足够了。

此后，两个人都沉默下来。火把在寂静的洞穴中燃烧，偶尔发出噼啪的响声。光明驱散黑暗，将两个人的影子投在洞壁上。同时，汽油燃烧后的特殊味道盖过了洞穴里的霉味儿。

这种特殊的味道反而让徐准觉得心安。

"救，救我。"不知何处忽然有求救的声音传来。

两个人停下，寻找声音的来源，一边寻找，徐准一边示意余小京小心。因为这地下除了他们两个之外，就只有无数的怪物和郭辉。

转过一个弯，洞穴分成两条，声音来自左侧的洞穴。在火把的照射下，两个人看到郭辉面目狰狞地趴在一块高耸的石块之上，两只手死死抓住石块的边缘。见到两个人出现，郭辉脸上浮现狂喜：“快救我，我被怪物咬住了。”

徐准大怒，远远地站着，喊道：“你能不能换个招数。”

郭辉突然吐出一口血，哀求道：“这次我没骗你们。”

那口血吐在石头上，沿着石头的纹理蜿蜒流下，鲜艳夺目。

余小京拉了一下徐准的手。

徐准看向余小京摇了摇头。从他的角度只能看到郭辉的头和上身，想要验证那石块后是不是真有怪物，他需要走到郭辉近前，风险太大。按照常理判断，郭辉不至于总用一个办法来骗他们，然而郭辉不能依靠常理来推断，这个人之所以能一直活到现在，靠的就是残忍和狡诈。

徐准决定不管郭辉，无论是真是假他都不上当。于是他只是远远看了郭辉一眼，就拉着余小京走向另一个洞口。

郭辉眼看着两个人离开，开始在他们身后破口大骂，骂了一会儿又哀号哭求，求徐准就算不救他也给他一个痛快，但这时徐准和余小京早已走远。郭辉终于抓不住石头，被拖下去，指甲劈开断裂，手指在石头上留下几道血痕。

怪物的巨口已经吞吃到他的腰部。

两个人走得很快，徐准心神紧张，怕郭辉诡计未得逞从后面追来。直到经过几个岔口，他才放松下来。

短暂休息的时候，余小京忍不住问徐准有没有想过郭辉或许真的是被怪物咬住了。

徐准沉默了一下说："无论怎样他都不会告诉我们出路的，他那种人，真的被怪物抓住的话更不会说，他巴不得我们给他陪葬。"

余小京想到郭辉之前在矿洞里冷漠地枪杀吴跃，暗想徐准说得对，那个人是根本无法让人信任的。

休息之后，两个人继续前行，徐准说他隐约记得回到矿道中的道路。走了片刻，洞穴忽然向下，并出现了越来越多的分支，那些分支又粗又圆，且洞壁光滑无比。

徐准开始意识到不对，想要往回走已经来不及，怪物占据了来时的路，沙沙的移动声音从来路传来。两个人熄灭火把胡乱找了一个洞穴钻进去，结果那洞是向下的，两个人不由自主地滑下去，好在距离不长，很快就到了底。洞穴外似是更大的洞穴，徐准扶着余小京站起来，在周围地上摸索，找到火把，重新点燃。

火把点燃的一瞬，两个人觉得脚下的地面一震，缓缓升高，两个人立足不稳惊叫着一起向低处滑落，手里的火把再次熄灭。很快再次踏上坚实的地面，方才那块升起的"地面"还在抖动，搞得洞穴内尘土飞扬乱石飞溅。两个人捂住口鼻，踉跄后退，在落石不及的地方停住。

"是地震吗？"余小京问。

徐准咳嗽着说不知道。

周遭一片黑暗，徐准再次点燃火把，举起的时候看到站在对面的余小京满脸惊恐。

徐准下意识地转身回望，只见火光照射的范围内，出现一个巨大的东西。

像是一座圆滚滚的肉山，但也只是一部分，火把的光亮无法照及全貌，表面裸露着，颜色灰暗，没有毛也没有鳞甲，时而从其内部发出咕噜噜的声音，伴随声音的是波浪般起伏的颤动。

两个人目瞪口呆地盯着那东西看。方知片刻前两个人掉落在这东西的身上，惊醒了它，才出现震动。过了一会儿见那东西并未发出攻击之类的危险行为，徐准把火把交给余小京，鼓起勇气走到那东西的身边，伸手去摸，触感坚韧柔软，冰凉一片。像是知道有人在摸它，那东西内部发出更大的咕噜声。

余小京好奇地走过去，手上的火把一挨近，那东西的身体里陡然发出一声闷雷般的轰隆声，紧接着无数条触手从黑暗中伸出来，密密麻麻地围住他们俩，像蛇一样昂着头，展开，露出密布一圈圈向内生长的锯齿，每一条都是之前洞穴里袭击他们的怪物。

原来——这才是它们的本体。

⑳

余小京在洞穴中野兽一般逃窜，泪水流满她的脸。

片刻前他们在地下遭遇了那巨大的、令人恐怖的浑身生满触角的怪物。就在两个人身处绝境之时，徐准以牙咬开自己的手腕，将奔涌而出的血淋满全身，把那些对血液敏感的怪物触角吸引过去。为争夺徐准，那些触角彼此撕咬，混乱之际，徐准狠狠把她推出去，让她快逃。

此时，她不知道徐准是不是已经被那些怪物吃掉，只有拼命逃跑，也不知道逃出去多远，身后的地下突然发出巨震，然后是轰隆的巨响。

她想到徐准背包里那些汽油和炸药。

或许，徐准已将那些炸药引爆。

震动越来越剧烈，已经传导到她所在的洞穴，洞壁颤动开裂，碎尸纷纷掉落。

余小京知道这些洞要塌了，奋力在不断晃动的洞穴中奔逃。穿过一处洞穴后，周围一下宽敞起来，她惊喜地发现重回矿道之中。

矿道也在崩塌，她只好逃向还未崩塌的一侧。

崩塌迅速蔓延，余小京拼尽全力地奔跑，然而终于还是被身后的崩塌追上，超过，脚下的地面开裂，头顶巨石砸落，她勉力躲过几块，但还是被砸倒。尘土呛进口鼻，她咳嗽着被碎石掩埋，终于昏过去。

也不知道过了多久，余小京再次醒来，有水滴落在她的脸上，冰凉。

她扒开身体上方的土石，发现前方的黑暗中隐约有亮光。

身体中又生出力量来，从无数大小石块的掩埋中爬出，一条腿断掉，剧痛无比。她顾不得，既然站不起来就爬吧，一米，两米，三米，亮光一点点近了。

终于她来到那亮光跟前。她伸手去触碰，有石块滚落，亮光豁然变大，她两手用力，终于穿过那亮光。

她闭着眼睛仰躺在光亮里，满心都是逃生的喜悦。

爬出来的地方原来是一个很小的裂缝，可能是之前地下的爆炸和坍塌引起了山体滑坡，将外面的土石震落，裂缝扩大，这才让她逃出。

适应了许久，眼睛还是不断流泪。

余小京只能紧闭眼睛大喊救命，然而周围并没有人在。又过了一会儿，余小京积累力量爬起来，在附近的山林里找了一根结实树枝当拐杖，蹒跚着向山下走去。时间看不出来是上午下午，阴天，有零星的雨点飘落。地面湿润，像是刚刚下过一场雨，她走走停停，终于走到山脚处，遇到一个锄地的农民，她高喊求救，那老汉给她水喝，又帮她报警。

很快，警车和救护车都赶到。

她被送进医院，看到日期才知道已然是抢劫日的三天之后，初步治疗后除左腿骨折及失血量有点儿大之外并无大碍。她将所有遭遇都与警察说了，包括地下的怪物，警察录完口供离开，离开前告诉她要保密。她点头说知道了，可心里明白怪物什么的，他们肯定是不信的。

随后媒体蜂拥而至，都说她是勇斗歹徒的女英雄。

家人也来了，还有她那个在政府上班的未婚夫。

从医院回到家中，未婚夫对她嘘寒问暖照顾得无微不至。

可是她脑海中都是徐准高举着火把在怪物重围中叫她快跑的伟岸身影。

他死了。余小京告诉自己，而她还有漫长余生要过。

自那日之后，警察再也没找过她。

她因勇斗劫匪成了岚山的明星，家喻户晓。

日子一天天过着，腿伤好了，身上的伤痕也俱都褪去，像是什么都没发生过。

但不知为何总是莫名其妙地浑身疼痛，她去看了医生，做了检查，并未发现什么异常。

婚期将近，她拖着疼痛的身体开始准备婚礼，选婚纱，拍照，订酒席，事情琐碎繁多。

有一天她和未婚夫一起从订酒席的酒店出来，正商量婚宴菜品的选择。眼角余光忽然瞥到一个熟悉的身影，她转头去看，发现徐准正站在街角，笑着看她，眉眼依稀是少年时的模样。她不由自主地奔过去，徐准的脸忽然裂开变成地底下的怪物。

余小京尖叫着悚然惊醒，尘土呛进嘴里，咳嗽，奄奄一息地求救，回应她的只有身边层层叠叠的巨石。

二

换衣侠

这一夜过后，苏城街头巷尾开始流传一个故事。
说是一个神秘人，戴着兜帽蒙着脸，
身手高强，偏好夜里出来见义勇为，打架斗殴抢钱盗窃的，
只要被他撞见，没有不被打趴下的，酣战之余喜欢喊停换衣服，
每换一次衣服，战斗力就提升一个级别，异常诡异。

❶

“小非，你姨夫已经给你订了位置，早点儿过去，别让人家姑娘等，不礼貌，穿上次给你买的那套西服，记得熨一下再穿，这点不用我叮嘱你了吧，你自己就是洗衣店老板。记得啊，下午6点，别迟到。我跟你说这次你要是再不去，看我不上门抽你。你说你这孩子这么不省心，你妈走得早……”

等卢相非放下手机，原本满格的电只剩下45%，期间若干个未接来电。他长长地吐了口气，一一回电，客客气气地应答。卢相非开了一家社区干洗店，通常打他手机的除了刚刚那位凶巴巴的小姨，都是上门取衣和送衣的顾客。

卢相非今年29岁，单身未娶，连女朋友都没有。和别的大龄男青年不同，他父母几年前相继过世，所以在所谓的人生大事上面，他几乎从未感受过压力。然而好日子很快因小姨的蛮横干涉而告终。

卢相非的母亲姐妹两人，年龄相差十岁，性格原因导致姐妹感情不算太好。卢相非小时候没少听母亲抱怨那个“不守本分”的妹妹。后来渐渐年长，卢相非才知道，原来小姨离婚结婚多次。

母亲在世时，小姨只是逢年过节来走动一下，平常电话都不打。后来，父母相继去世，对卢相非这个唯一的外甥，小姨忽然就关心起来。而卢相非又是那种温吞吞、不太擅长拒绝的性格，于是只能眼睁睁地看着自己原本随心所欲的日子被撕扯得支离破碎。

卢相非的洗衣店叫明德，来自于他父亲卢明德的名字。从名字也能听得出来，既不是加盟也不是连锁，而是独立的洗衣店。店铺开在社区的底商，二层楼，下面是店铺，上面是居室。卢父辛劳一辈子，就攒下这么一间小店。也是靠这间小店，卢家三口才能维持生活。洗衣店做的是熟客的生意，卢父卢母原本就是实在人，为了能圈住回头客，更是一百八十分的热情。所谓日久见人心，时间一长大家都喜欢到店里来，就算没衣物可洗，也会来找卢父卢母聊聊天。小区里不是没有其他洗衣店，几年前在东边就开了一家连锁，但因无人问津，没过半年就关了。从那之后就再也没有洗衣店开在这附近。

后来路对面的老房子拆迁，建了一片很豪华的联排别墅和高档公寓，据说业主非富即贵，都不是普通人。富人穿的衣服也娇贵，需要不同的护理和洗涤方式。卢父干一行爱一行，十几年的洗衣经验，让他成了行家，虽然店里的设备不是最先进的，但总能找到最好的护理方式。口耳相传，没过多久，对面富人社区的住户也常来光顾卢氏洗衣店。一来二去，明德洗衣店就成了这附近几个社区最好的洗衣店。

卢相非在外省读的大学，本科毕业后又读了硕士，硕士毕业后原本打算在大学所在城市找份工作。然而，家里的洗衣店活计越来越多，父母身体又一年不比一年，就把他喊回来帮忙。说实话，卢相非不太喜欢洗衣店的工作，但凡年轻人又有哪个喜欢赔笑脸伺候人的工作呢？然而他当年任性学的专业实在是找不到什么好工作，于是半是被父母强迫，半是被逼无奈，这才回到家里。

回家之后，卢父给他买了一个电摩，让他负责取衣送货。卢相非生长于斯，闭着眼睛都能找到地方，加上顾客都是多年的老熟人。因此很快适应。熟悉了顾客之后，父亲开始教他各种衣物的护理和洗涤禁忌，以及一些小的技巧。比如丝绸衣物的洗涤及晾晒常识、皮衣的保养，以及多达几十种衣物护理剂的使用……

卢相非看父亲郑重其事地传授，他也只好认认真真地学习。没想到等他差不多掌握的时候，父亲告诉他自己不久前检查出肺癌，已经转移了，医生说乐观估计大约还有半年的时间。以后这个店要靠他来支撑。

对卢相非来说这简直是晴天霹雳，但也只能无奈面对。随后半年父亲大多时间在医院化疗，大多数时间是母亲陪着，他则留在店里打点生意。后来父亲去世，没过几个月母亲因心脏病撒手人寰。短短一年，失去至亲。卢相非简直如同被扒了一层皮，瘦得形销骨立。好在时间是疗伤圣药，加上邻里帮助，卢相非慢慢恢复，打起精神经营自家开了二十年的洗衣店。

2

看看时间，卢相非穿上西服皮鞋，把待送的衣服装好，随后拎着箱子出门。下午四点左右是他送取衣物的时间，主要是对面丽景华府的顾客。一个小时后，卢相非划掉了便笺本上的大多数条目，除了一位叫周北海的客户。他在对方家门口等了二十分钟，敲门无人应答，也没人出来，手机则一直处于关机状态。手表上的时间已经走到五点一刻，卢相非想到还有小姨那边的相亲宴会要去赴，没办法继续等，只好发了条短信，带着那套看起来就非常高档的西服去赴约。

卢相非的小姨夫做建材生意，手头阔绰，为了不至让女方看低，帮他订的是百花桥附近的洛丽饭店，小姨之前已经叮嘱过他小姨夫买了单，让他只管好好表现。卢相非连声答应，并让小姨替他谢过小姨夫。

距离百花桥大概三十分钟的路程，约的时间是6点，提前十五分钟到，不会迟到。卢相非在心中默默计算。然而穿过百花桥南路的时候猝然被一个从路口冲出的男人从侧面撞上，还好路上人多车多，他骑行速度缓慢，然而即便这样两个人依然摔成一团。卢相非一条腿被压在车下，等他在路人的帮助下挣扎起来，撞他那人已然消失不见。想必是怕沾上什么责任。卢相非心底暗骂晦气，试着发动摩托车，发现一切正常，于是同帮他那人道谢后骑车离开，等到达酒店门口才尴尬地发现身上的西服不仅沾上了很多尘土，还在肋下撕裂了一道长长的口子。

这副尊容别说见女方，就是酒店门口的保安都不会让他进去。卢相非对小姨安排的相亲本就没什么好感，只是胳膊拗不过大腿。此时有心找借口不进去，但想到过后要面对小姨的怒火就头皮发麻。正暗自纠结，忽然想到电摩的送货箱里还挂着周北海的那套高档西服。

卢相非见过周北海数次，四十多岁，英俊儒雅，谈吐风趣，身高和他差不多，肩宽腿长也相似。

没准真可以，他暗想。随后取衣服找一家商场的厕所换上，出来在镜子前审视，不但非常合身，而且效果拔群。不知道是不是心理作用，他觉得穿上后自己整个人的气质都随之改变了。

约定时间临近，卢相非穿着周北海的西服走进饭店，向侍者询问桌号，随后被带到预定好的位置上。此时手表上的时间刚刚下午6点整，卢相非打起精神随时准备迎接女方。然而过了十分钟，女方一直未露面。卢相非的精气神顿时全面溃败。懒懒地坐在椅子上百无聊赖地翻着菜单，顺便喝光了三杯免费的柠檬水。

在分针跳过一刻钟的时候，女方终于来了。身材不错，相貌尚可，妆容精致。卢相非站起来优雅地问候。女方温柔寒暄，说抱歉，让他久等，声音软糯。卢相非忙说自己也刚来，并未久等。两个人早已知道对方姓名，卢相非询问女方口味，女方一一说了，卢相非却依然点了事先和小姨确定的菜品。侍者随后收走菜单。两个人就陷入了尴尬的沉默。

卢相非不擅长应对这种场合，女方便先开了口。然而开口就直问卢相非的工作，有没有房，面积多大，贷款还是全款，位置在哪儿，有车吗，什么牌子的……卢相非愣了一下，说自己继承了父亲的洗衣店，就住在店里，位置倒是还不错，有一辆电动车，牌子是×××，已经骑了三年，今年打算换一辆。

女方听了嘴角就漾出鄙夷的笑，说："没想到你还挺诚实，看你穿这身高档西装，选的酒店，还以为你是富二代，没想到也是穷装。"说罢起身离席而去。

卢相非愣愣地看着女人离开的背影，长长地吁了一口气，整个人都轻松下来，开始在椅子上扭动，左顾右盼地打量周遭的环境。开放式的餐厅，西式风格，布置着十几张长方形餐桌，餐厅中央有一处沉降的区域，放置了一架白色的钢琴。正是晚餐时间，不断有衣冠楚楚的男女被侍者引着到各自的座位。

很快侍者为卢相非端上面包、鱼子酱、沙拉等，卢相非一边吃着蔬菜沙拉一边犹豫是不是给小姨发条微信汇报一下现在的情况。想了想决定不发，否则，这顿饭是必然无法吃好。在他吃光面包之前，侍者及时地端上牛排，两份。侍者看着对面空空的座位有点儿蒙。卢相非大手一挥，说："都放这边，今晚我一个人用餐。"

喝完汤，吃完饭后甜点，卢相非满足地打了一个饱嗝，这时候钢琴声响起。卢相非侧身看到一个身穿黑色燕尾服的乐师正坐在钢琴前弹奏。从第一个音节开始，卢相非就知道他弹的是理查德·克莱德曼的成名曲《水边的阿狄丽娜》。所谓的世界名曲，因为知名度太广而烂大街，但正适合这样的场合。乐师的水平一般，虽然没犯什么错误，但一首充满浓情爱意的钢琴曲被他弹得干干巴巴，毫无旖旎的情爱可言。但当乐曲进入c段的时候，卢相非就大皱其眉，乐师错误频出，不用看就知道是因弹奏者左右手衔接不畅导致。又听了片刻，卢相非终于无法忍受，起身走到钢琴旁边，对那年轻的弹奏者说："让我告诉你这首曲子该怎么弹。"那演奏者顿时红了脸，匆忙起身，将位置让给卢相非。

3

卢相非端坐在琴凳上，开始重新弹奏。弹着弹着眼前忽然出现一幅画面，一个个子小小的瘦弱男孩儿孤独地坐在幽暗的琴室中练琴，天气好冷，他几乎能感受到孩子那冰凉的手指，随后头顶有一束光照下来，他又发现男孩儿坐在台上，面前的钢琴变成黑色的施坦威三角钢琴，台下坐满观众，男孩儿把手放在黑白相间的琴键上，按下第一个音节，画面陡转，人声喧嚣的大厅，不断有人在男孩儿面前含笑说着什么，似乎是祝贺之类的话。大厅上方挂着写满英文的横幅，他刚看到“Congrats for”画面就消散了。卢相非也随之醒过神来，发现自己还坐在琴凳上，怎么回事儿，中邪了吗？他像是被火燎了一样从琴键上收回双手。

从钢琴声响起的时候，他就隐约感觉不对，好像有一股力量驱使着他，脑海中出现很多不曾接触过的信息。他从未学过钢琴，对音乐更是七窍之心，通了六窍，只剩一窍不通。随后弹奏者不断犯错刺激得他烦躁不安，那种感觉就像一个强迫症患者看着无序错乱的东西不得不将其按正确的顺序归位，对他来说，完全无法忍受一首曲子被弹得如此磕磕绊绊支离破碎，非要自己流畅地弹奏一遍才能发泄掉胸中的郁结之气。

周围忽然响起如潮掌声，卢相非愕然从琴凳上站起，发现餐厅中的所有人都围在钢琴周围，满脸激动地看着他。不停有人赞叹他琴技高超，还有人说从未听过如此美妙的钢琴曲。他赧然接受赞誉，连声说献丑，快步离开。只是他刚刚走到门口就有人在后面轻声喊他："卢老板？"

是个女子的声音，卢相非停步回望，只见喊她的女子容颜清丽，长发披肩，身穿白衬衫搭配湖蓝色百褶裙，脚下是一双黑色高跟鞋，浑身上下透露着一股优雅女神的气质。

卢相非胸口如受重击。那女子他认识，是洗衣店的顾客，名字叫作岳清妍，30岁，海归博士，岚山大学某学院的副教授。家住丽景华府6栋，至今未婚，似乎也没有交往对象。卢相非暗恋人家已久，但碍于自身卑微，只能将爱慕之心压在心底。之前只是取衣送衣时有过几面之缘，却没想到能在此遇见。

"岳，岳老师，你怎么也在这里？"卢相非结巴了一下才找到一个合适的称呼。

岳清妍展颜一笑："这也是我正想问你的，没想到卢老板真是深藏不露啊！"

"啊，你说那个，没有没有，我那是弹着玩。"卢相非赶紧遮掩。

"这水平如果叫弹着玩，那还让别人怎么活。"岳清妍夸张大叫，随后似乎意识到自己声音太大，调皮地吐了一下舌头，压低声音道，"你知道吗？刚刚在听你弹奏的时候我的脑子里一直盘旋着一句话。"

卢相非顿感好奇："什么话？"

"才华横溢的大师你弹错几个音符吧，那样我们觉得你还像人类。"岳清妍在说这句话的时候双眼一瞬不瞬地盯着卢相非，熠熠闪光。

"错了哦，应该是拉错几个音符。"卢相非脑中立刻诡异地浮现这句话的出处，是评价意大利著名小提琴演奏家尼科罗·帕格尼尼的。

“对帕格尼尼来说是拉错，对你来说就是弹错咯。”岳清妍莞尔一笑，仿佛早已料到卢相非会如此说。

“我可受不起。”卢相非摆手笑道。

“能和我说说你这个洗衣店老板为何跑到这里来弹琴吗？”岳清妍掩嘴窃笑，“我劝你先别回餐厅，那个琴师估计恨死你了。”

“现在不行，我要走啦。”卢相非强忍着答应的冲动，拒绝道。他可没办法说清楚自己为什么会发疯般去抢人家酒店琴师的工作。原本他并不清楚自己刚刚弹奏的水平，但岳清妍刚刚的那番话不像是简单的恭维，话说回来自己也没什么值得对方恭维的价值，所以事实可能就是他弹奏得确实很棒，不是一般的棒，而是足以和大师相媲美的棒。这就可怕了，自己一个从来没碰过钢琴的人，忽然演奏出大师般水准的乐曲。除了“鬼上身”三个字恐怕找不到别的解释。

“啊，好巧，正好我也想离开，一起吧！”岳清妍秀眉一展道。

卢相非拒绝的话已到了嘴边，又生生咽回肚子，不答反问：“你去哪里？”

“自然是回家。”

卢相非总算找到借口：“呃，那我们可没办法一路，我骑车来的。”

“你那辆小电摩？”

“对。”

“应该能坐两个人吧？”

“你确定？”卢相非差点儿咬到舌头。

岳清妍沉默不语，半晌，忽然开门见山问道：“感觉你似乎不太想和我在一起，是我感觉错了还是你确实这么想？如果是后者的话我想知道原因。”

卢相非没想到岳清妍如此直接且咄咄逼人，顿时有种被逼到墙角的局促感，加上他原本就不太擅长说谎，在岳清妍的有若实质的目光下，只好无奈道：“还不是因为你太出色，在你面前自惭形秽。”

岳清妍审视片刻，道：“好吧，我接受你这种委婉的恭维。”随后话锋一转，“不过，现在轮到我啦！你可能不知道我小时候学过钢琴，后来因为天赋有限没有继续学下去，不过基本的分辨能力还在，前些年在国外，也听过不少音乐会，所以你刚刚的演奏水平我只能用神乎其神来形容。”

卢相非暗感头疼，想到如果和岳清妍一路回去，恐怕会被继续盘问，于是赶紧岔开话题，笃定道：“我那辆车可坐不下两个人。”

岳清妍撇了撇嘴：“不试试怎么知道？”

话已至此，卢相非只能硬着头皮带岳清妍去他停车的地方。不过一想到岳清妍会紧紧贴着坐在他的身后，就不由得一阵心猿意马，甚至激动得连怕被对方盘问的忌讳都忘记了。结果，天不遂人愿，电摩忽然罢工，也不知道是不是来的路上侧翻之后造成的后遗症。卢相非研究半天也没法启动，于是只能朝岳清妍摊摊手，表示无能为力。

却不料，岳清妍已然在心里乐开了花，从包里掏出车钥匙悠悠摇动，故作惊讶地说：“哎呀，我忽然想起来我自己开了车来，走吧，我顺路捎你回去。”

4

岳清妍的车是酒红色的大众甲壳虫，两个人聊了一路，都是关于古典音乐什么的。各种奇奇怪怪的名字和术语，他一边鬼使神差地对答如流，一边莫名惊诧。下车的时候，岳清妍的表情颇有点儿恋恋不舍。卢相非却如同屁股上长了一根弹簧一样跳出去。

他今天太怪了，完全是另外一个人。

断然拒绝岳清妍找个地方再聊聊的提议，卢相非忐忑不安地回到店中，不料一条腿刚迈进店门，周北海的电话就打了进来。电话中周北海说当时在飞机上，抱歉没有接到电话，衣服一周后再说，因为他要下周才能从国外回来。

卢相非礼貌答应，放下电话走到穿衣镜前，细细打量，西装革履，意气风发，很有些成功人士的模样。然而他实际只是一个开洗衣店的“卢瑟”。这也是他不敢回应岳清妍主动示好的原因所在，他们之间差距太大，更何况岳清妍如此殷勤不过是着迷于他身上忽然出现的音乐天赋。思及至此，卢相非忽然脑中灵光一现，马上打开电脑在网上搜索了一下周北海的名字，看到介绍顿时吓了一跳，头衔一串，不过最为晃眼的还是国际著名钢琴演奏家这个身份。

今天晚上的怪事，会不会和周北海有关？他穿着钢琴大师周北海的衣服，忽然就灵魂附体一般拥有了周北海的音乐天赋？

简直不能称其为神奇，而是匪夷所思。是衣服的魔力，还是他自身的原因？

卢相非脱掉周北海的衣服，打开电脑随便找了一些钢琴曲来听，半晌之后，发现自己听不出半点儿门道。换上衣服之后，脑中却如同豁然打开一扇音乐之窗，原本没有任何感觉的旋律，完全变了一个模样，每一个音节似乎都在闪闪发光。这太奇妙了，就像换了一个脑子一样。卢相非反复试验，终于确定不是自己的幻觉。但至此，只是能断定自己身上发生的异状和衣服有关，却无法确认关键因素是衣服还是自己。

他细细回想，似乎从未有过错穿别人衣服的经历，所以没办法通过过往的经验来推断。

想要验证倒也不难，卢相非穿着内衣下了楼，来到楼下的工作间，那里面有各种各样的衣服，有的是准备明天送的，有的是等取的，有的是还没洗的，有的则是无主的。父亲卢明德健在的时候每年的年底都会清理出一批被遗弃的衣服来，总有些人因为各种各样的原因，把衣服送来之后从此人间蒸发。不过还好都是先收钱，不虞亏损。按照送洗时间，会留存一年，超过这个时间的，大多都捐赠给居委会。卢相非接手这几年，把存留时间缩短成六个月，恰好上周刚刚清理出一批衣物，放在一个大号收纳箱里。

打开盖子，卢相非一件一件地开始挑选。女士衣服自然是pass掉，男士的衣服则多是外套、衬衫、西服之类，也有一些羊毛衫、T恤、睡衣什么的。他随便挑了一件衬衫穿上，却感觉不到任何异常，难道说要有外界的刺激才可以吗？如果真是那样的话，就没搞头了。因为没法知道一个未知的人的天赋、特长、职业是什么。既然如此，那就从已知的入手。卢相非翻出记录簿，查看这几日送衣服来洗的客户名称。

别说，还真有认识的，吴天朔，望天楼的大厨，据说获得过什么厨神争霸赛的冠军。他送来的是一条肥大的灰色哈伦裤，以及同色系的连帽开衫。卢相非原本只穿上裤子，想了想又把衣服也穿上，他中等身高，偏瘦，穿着衣服站在落地镜前，松松垮垮的如同一条沙皮犬，难看至极。

卢相非强忍着脱下去的冲动，进了厨房，掏出土豆、白菜之类的摆在案板上，提着一口气盯着它们看，过了十分钟，土豆依然是土豆，白菜也还是白菜，他并没感受到任何异状。他换了一个姿势，又过十分钟，除了腿有点儿酸外，一点儿厨神附体的征兆都没有。卢相非有点儿泄气，靠在操作台上闭眼思考究竟是哪里出了差错。结果手碰到搁在案板上的刀柄，触电一般，瞬间各种画面涌进脑海，乌烟瘴气的后厨，呛人的油烟，灼热的火焰，师傅叱责的声音，刀工、食材、火候……卢相非身不由己地一拍案板，刀子跳起来，一把攥住，刀光如练，土豆皮纷纷掉落，眨眼间，一个光溜溜的土豆出现在手里，随后刀击案板声密如急雨，薄如蝉翼的土豆片、细如毛发的土豆丝眨眼间切就。

卢相非放下刀，目瞪口呆地看着案板上的一堆土豆片、土豆丝，心中从震惊变为狂喜，虽然不明白这种状况因何而生，但只要穿上某人的衣服就会具有其能力和技巧……身处一个周围都是平凡人的真实世界，具有独门绝技亦属罕见，更别提是这种通过换衣服便能获得别人天赋的异能。设想一下，如果穿上某个功夫大师的衣服就能具有格斗技巧，穿上黑客的衣服就可以纵横网络，穿上歌唱家的衣服能唱出天籁之声，穿上音乐家的衣服能弹出绝美旋律……

卢相非烦躁地在斗室内转圈，拿过记录顾客信息的登记簿，哗啦哗啦地翻，翻到最后又翻回来，无奈发现这个世界上大多还是平凡人，他认识的不过是小企业主、小公务员、小商贩等。那些住在富人区的顾客也不过是大企业的中高层管理者、银行高管、大学教授，就连周北海这种音乐家也不常见。

看来还是范围太窄，卢相非拍着额头哀叹。开始端着笔记本在网上搜索，当范围放大到一城一地，乃至全国时可供选择的目标就多了，什么桥牌高手、象棋大师、小提琴天才、数学神童……然而问题也出现了，第一是路途太远，相隔动辄千里万里；第二是知道人但不知道住址，毕竟获得能力需要取得对方的衣服；第三是真假没法确定，沽名钓誉者由古至今向来不是少数。

思来想去，卢相非还是打算先从本市入手，第二天一早，在门上贴一张暂停营业的通知，锁上店门离开。先是去取电摩，找个维修点，花了50块钱修好，骑上，拿着打印出来的地址，逐个拜访。都是各种拳击、跆拳道、柔道、散打训练馆，毫无例外这些地方都挂着镇馆的人物，身材壮硕，肌肉虬结，头衔一串，各种大赛的冠军亚军。卢相非是门外汉，站在宣传墙边仰视，感觉每个人看着都像功夫大师。

到每家都问教练在不在，有在的就凑上去打探，装作很想学的样子。连续三五天，卢相非天天都去，为人谦卑，态度热烈，递水点烟，很快就和几个馆的教练打上交道，随后瞅准时机要么顺短裤要么顺上衣，练功服之类的反倒是没敢动，反正效果都一样，相较普通衣服来说练功服失窃反而会引起失主注意。

不白拿，每件衣服卢相非都会留下点儿钱，少则七八十，多则一二百。卢相非开洗衣店，衣服价值高低自己很清楚，留的钱可不是按照二手折旧给的，都是按新衣服的价格。那些教练丢了衣服，心大的只道自己忘在哪里，心细的看到钱后，明白是被人拿走，也就不去计较，反正也不是什么贵重物品。

旧衣服到手后，卢相非回去仔细清洗，熨烫、晾干，标上功夫种类，挨个上身尝试，仔细体悟，并没有什么感觉。周北海的西服、吴天朔的休闲服，一个撞到弹得不好的琴师，一个碰到菜刀的刀柄，这才起作用，若想这些衣服起作用，想必也得在契合的场合。

但究竟什么样的场合才对呢？卢相非捏着下巴想，比试的话要么参加比赛要么上门踢馆。参加比赛要有专门的比赛服，不会让你穿短袖大裤衩就上场；上门踢馆的话自己又不确定所顺衣物的主人水平如何，万一到时踢馆不成反被揍就惨了。思来想去，唯一风险低又靠谱的就是出门找碴儿和人打架。第一个不会遇到高手，第二个又能见义勇为。

思及至此，卢相非换上序号1的衣服，短裤短袖，外面又套上宽松的运动服和连帽衫遮盖。1号是柔道，主人黑带，卢相非查过资料，柔道的入门级没有段位都系白色腰带，一到五段为黑色腰带，六到八段为红白间隔带，九到十段为红带。红带者极为罕见，专业运动员大多是在六段到八段，业余选手能勉强得窥门径的都系黑带。

卢相非不知道自己这身黑带的衣服有多大威力，反正从电视比赛上看实战效果并不好，搂搂抱抱地在地上滚，娘气十足。所以他把其余几身衣服都塞进一个挎包。心想万一柔道实战时不行，就可以换散打，散打不行就换拳击。他却忘了考虑真打起来人家会不会给他换衣服的机会。

5

换好衣服出门，卢相非只觉自己走路生风，恍惚间身体都轻了二两。然而走到大街上他又发蒙。心底虽然打着找碴儿打架的企图，却又不能无事生非，路上行人往来，没一个看着凶相毕露。忽然想到电视中打架斗殴大多是在酒吧、夜总会这种场合，卢相非骑车往酒吧街奔，穿街过巷，只拣捷径走，正穿行在一条暗巷中，巷子口拐进来六七个年轻人，年纪大的也不过二十出头，头发五颜六色一副混混模样，卢相非心说还真是凑巧，把摩托停在一边，结果身后传来一声喊。

“黄毛，今天看八爷不废了你。”

卢相非吓了一跳，转回身看，也是一群年轻人，耳洞皮衣铁链子，各个朋克风格。

“去你的，谁废了谁还不一定。”被称为黄毛的回骂一句。

两伙人走到巷子中站定，彼此虎视眈眈，污言秽语地问候对方女性亲属。

中间有三四米的空间，卢相非坐在摩托车上一脸尴尬。听了两句就明白了，黄毛一方是本市技校的学生，朋克一方则来自南城一所师专，黄毛追一个女孩儿追到师专，朋克方觉得黄毛在自己的地盘撒野，于是来此约架分出高低。

“嗨，你是干吗的？”

终于有人意识到卢相非的存在。

卢相非咳嗽一声，把帽子压低，骂道：“你们这帮熊孩子不好好上学，装什么古惑仔啊！”

这句话一出口，两边人都怒了，哗啦围过来指着卢相非的鼻子问：“你算哪根葱。”

两伙人加起来十五六个，都是十八九岁的大小伙子，各个身材壮硕。卢相非片刻前还对自己身上的衣服很有信心，然而被这些怒气冲冲的学生围住，顿时觉得有点儿虚，脑子也清醒了。一对一他有把握能赢，一对十五，开玩笑，蚁多咬死象，就算真的功夫高手也架不住一群人打吧。

“你们不是想比个高低吗？这样行不行，你们双方各自选出一个人来和我打，打赢我的积一分，输了的不扣分，打到最后哪一方积分多哪一方胜，怎么样？公平合理，还省得你们动起手来没深没浅打伤人。”

朋克方和黄毛方历来打架都是大家一拥而上，仗着人多力量大，哪一方人多哪一方胜。从没想过还有如此文雅的打法，积分制听起来也挺有趣的。两方老大凑到一起商量，觉得中间那傻子说得对，打坏了对方免不了要出医药费，打他则没什么后顾之忧，按照那人的方法确实最稳妥。随后双方各自派出一员大将，石头剪刀布，黄毛方率先上场。

排众而出的是一个身高一米八的大块头，穿着篮球鞋、篮球服，想必是篮球队的。那人一上场就直冲过来。卢相非闪身让过，他打的就是逐个击破的主意，这样既可以保证自己占有优势，又能适应衣服所提供的能力。避来让去，大个子开始骂起来，围观的人也倒彩起哄。卢相非能感觉到衣服的能力，身轻似燕，还柔若无骨，几次躲无可躲的时候都是身体下意识以从未想过的方式避过，但柔道多是以踢、打、摔、拿为核心动作，他觉得此时此刻，面对一个孩子，抱大腿搂腰这种方式多多少少有点儿尴尬。

“等一下，停。”他喊道。

大个子很听话地停住，问：“认输了？”

卢相非道：“没有，你耐力很好，不过我也不差，稍等，我换身衣服，这身衣服穿着不舒服，我施展不开。”

大个子：“行，你换吧，不过你换了衣服不能再躲了。”

卢相非没应声，心想这孩子真幼稚，不躲难道硬挺着挨打，手下不停，拉开挎包摸出一套标着拳击的衣服，背对众人脱光衣服换上。后面的一群学生看得目瞪口呆，长这么大从没见过这样的场面，打着架还能喊停换衣服。

卢相非很快换好，又回到场中。这次如同换了一个人，出拳带风，直拳摆拳勾拳，三两下大个子就捂着流血的鼻子败退了。

黄毛方首战告负，朋克方一边嘲笑一边派出一个瘦高个的卷毛男前来应战。卷毛男脱了皮夹克放到一边，撸胳膊挽袖子，装模作样摆了一个架势，一开打无非还是抓头发抱大腿当胸直踹的市井打法。还不到一回合，就被卢相非一拳撂倒，哭号着爬回己方阵营。

两阵皆负，黄毛和自称八爷的年轻人都犹豫起来，刚刚派出的两个人都是己方最高战斗力，不承想三两下就被对方打到，剩下的更不扛打。两个人凑到一起商量，决定车轮战，用“人海战术”消耗对方精力，等其精疲力竭时便可一举拿下。

同仇敌忾之心一起，之前的矛盾早已被抛到九霄云外。

车轮战确实是好方法，但也得看己方素质。卢相非穿的衣服是一个绰号叫沈铁塔的重量级拳手，职业生涯中也曾在拳坛上获得过名号，可能对上段位高的职业拳手实力不够，但应对这些学生还绰绰有余。卢相非力大拳沉，上来一个撂倒一个，上来两个放倒一双。没一会儿，双方除了两个头领都落得一副鼻青脸肿嘴破牙缺。

黄毛和八爷彼此对视一眼，嘴唇颤抖道：“你确实厉害，我们认栽了。”说罢拉着伙伴转身欲走。

“等等。”卢相非喊了一声。

两个人惊骇莫名，看着负手站在原地的卢相非，惊恐道：“我们已经认错了你还想怎样。”

卢相非往下拉拉帽子：“以后不许打架，再让我看到你们一次——”话还没说完，那两伙人混成一伙相互拉扯着，早已跑得人影不见。

卢相非站在暗巷中，看着自己的双拳，骨节微红，肿胀酸痛，平平无奇的一双手，却在片刻前打跑一群年轻气盛的半大小子。他胸中热血翻腾，跨上电摩，在巷子中疾驰而去，如果不是电摩太慢，巷子太窄，还真的有种江湖路远、策马扬鞭的不羁和豪迈。

从夜里十点到凌晨，卢相非转战八方，共计参与大小斗殴七起，起因或者恃强凌弱，或者争风吃醋，或者醉酒发疯，他都强行插一杆子进去锄强扶弱，惩恶扬善，用腻了拳击，期间还换过跆拳道和散打，最终发现最喜欢以狠辣著称的泰拳。

这一夜过后，苏城街头巷尾开始流传一个故事。说是一个神秘人，戴着兜帽蒙着脸，身手高强，偏好夜里出来见义勇为，那些打架斗殴、抢钱盗窃的，只要被他撞见，没有不被打趴下的，酣战之余喜欢喊停换衣服，每换一次衣服，战斗力就提升一个级别，异常诡异。

6

那日之后，卢相非渐渐摸透衣服的特性，穿单件和穿一套没有区别，都能发挥出应有的功能；上身穿拳击，下身穿柔道，一刚一柔并不能阴阳相济，反而会彼此冲突。除去那些武术教练的衣服外他还顺了一件锁匠的衣服，有了这套衣服，卢相非送还周北海的礼服之后，凭借开锁技巧，神不知鬼不觉地进了周北海家，悄悄顺走两件衬衫。

穿着周北海的衬衣同岳清妍约了几次会，话题自然离不开音乐，聊得都是音乐领域里的流派风格名曲及各种大师，卢相非的点评鞭辟入里，妙语连珠，岳清妍自然是听得目瞪口呆，惊叹不已。如此再三，两个人之间感情迅速升温，且都是岳清妍主动进攻，卢相非欲拒还迎沉溺其中，有种吸食鸦片的成瘾感，明知道时间一长对两个人都是有害无利，却还是没办法狠心戒断。归根结底无非是心存侥幸和幻想，对岳清妍，他确实是真爱，一颦一笑都爱得无法自拔，然而越是这样越是惊惧担忧，因他很清楚，岳清妍爱的那个人并非是真实的自己。

洗衣店的工作，卢相非最终还是决定维持下去，固然不是心中所愿的生活，但短时间他也找不到别的营生，更何况父母倾注半生心血，他就这么轻易放弃，实在是心中有愧。

烦恼的是上次相亲不成，小姨又开始为他寻找其他目标，三天两头打电话，卢相非不堪其扰只好说已有女友。小姨当然不信，他赌咒发誓好说歹说才敷衍过去。好在小姨和小姨夫要出国去度假，没工夫和他细究，只说等下个月回来检查，到时若是没有，要他好看。

卢相非白天经营洗衣店，夜里换上衣服出去当义警，没多久就得了一个换衣侠的绰号。

这天卢相非出去转悠一圈没遇到什么打架斗殴，只好沮丧他回来，到楼下刚锁好电摩，就被三个陌生男人围住。卢相非心下一紧，暗忖莫不是前几天打架惹来的仇家。结果三人中的一个矮胖子开口道："姓卢是吧，9号那天下午在百花桥南路撞了人知道不？"

卢相非细细思索，终于想起来去相亲那天和一个路人相撞的事儿来。

"是有这么回事儿，不过那也不是我撞他，是他忽然蹿出来撞的我。"

"别管谁撞的谁，是你没错吧？"

“对，是我，借问一句，那人怎么了？”

“死了。”

卢相非吓了一跳：“扯淡，我当时开得也不快，怎么可能死掉，我起来的时候他都跑没影了，我车都撞坏了找谁说理去。”

“兄弟你别怕，我们没想讹你，撞你那人是我亲戚，当时身上有一个很重要的东西，可能你俩撞在一起的时候掉了，就问你看没看到，如果捡到了给我们就成，要多少钱你说个话。”

卢相非听完就一愣，心想究竟什么东西比人命还重要。仔细回想，并没有捡到什么东西。

“对不起，当时路上车多人也多，我确定没捡到什么东西，会不会是别的人捡去？”

卢相非说得诚恳，对方想必也看出他并没说谎，就说：“既然这样，那行了，对不起了。”

说罢三个人转身离开。

卢相非看着三个人离开，暗骂神经病，挠挠下巴，哼着歌回家开门，结果开灯后入目所见令他大吃一惊——屋内一片狼藉，衣服都被扔在地上，所有抽屉也都翻出来，零碎物品撒得满地都是，显然是遭了贼。卢相非赶紧报警，片刻后警察赶到，进来拍照取证，等警察说可以收拾，卢相非这才去核查损失，结果却啥东西都没丢。从派出所录完口供，回来路上越想这事儿越是古怪，蓦地想到之前遇到的三个怪人，顿悟那句“对不起”所指为何。

“这群浑蛋。”卢相非气得破口大骂。

收拾完屋子，气也消得差不多，卢相非坐在椅子上将整件事儿由头至尾想一遍。

究竟是什么东西值得那几个人如此大动干戈。

霍然想起当日他穿的那件正装被扯烂后一直扔在衣篓中，不会吧，卢相非犹疑着走过去，翻出衣服，逐个口袋搜索，没想到竟然真的在裤子口袋里找到一个128G内存的SD存储卡。

难道这个就是对方要找的东西？卢相非盯着那卡看了一会儿，忍不住好奇心，就塞进笔记本的卡槽中查看，结果屏幕上却弹出需要输入密码的窗口。卢相非只好放弃，退出来，扔在桌子上，去洗澡，洗完澡出来，想了想又把那卡捡起来，塞进闹钟的电池仓，顺手把闹钟摆在桌子上。

他却不知道当他把那卡插入电脑的时候，在城市的另一个地方，一个仪器发出滴滴的鸣叫。

7

睡到半夜，卢相非被一盆凉水淋醒。"啊"地叫了一声，想跳起来，却发现有两只手把他按在床上。卢相非挣脱出一只手刚擦掉眼睛上的水，面门就挨了一拳。他闷哼一声又倒回床上。

"不想吃苦头就别乱叫。"有人恶狠狠地威胁道。

鼻子流血，嘴唇也破了。卢相非不再挣扎，这次终于看清面前打他的人。

圆头圆脸的矮胖子，三角眼泛着凶狠的光。几小时前见过，没想到竟然如此胆大包天又找回来。

“东西呢？”

“什么东西？”卢相非故作不知。

“还装蒜。”矮胖子又抽了卢相非一嘴巴。

打得很重，卢相非的嘴角立刻溢出血来。

“我错了，别打别打，你让我穿上衣服，我给你们找还不行吗？”卢相非认㞞道。

矮胖子把椅子上搭着的一条短裤抓过来扔到卢相非脸上：“让他穿上。”

旁边按着卢相非的两个壮汉松开手，一脸警惕地盯着他。

卢相非把短裤套在身上，定定心神，此时身具泰拳能力，脚下使劲，借着床垫的弹力，猛然弹跳起来，以膝盖去撞击左侧的秃眉大汉。那人完全没预料到卢相非会猝然发难，被卢相非顶中胸口，闷哼一声就倒下去。右侧花臂男人回过神来挥拳直击其肋下，卢相非矮身避过，弯曲右肘直顶那人太阳穴，花臂男子反应稍快，躲过卢相非肘击，却被左拳击中喉头，捂着喉咙仰面跌倒。

击倒两个人只是几个呼吸间，矮胖男人还没回过神来。卢相非已经欺身到他面前，一把扯住他的衣领，直拳猛击其面部。

连续打了十几拳，矮胖子鼻梁坍塌，满脸开花，有气无力地求饶。

“谁派你们来的？”卢相非喝问。

“沈三爷，是沈三爷。”矮胖子咳嗽一声喷出一口血。

“沈三爷是谁？”

“我也不知道叫啥，大家都管他叫三爷，以前我是混四马路那边的，后来跟黑八哥混，结果半年前来了沈三爷，黑八哥莫名其妙就失踪了，我们就又跟着沈三爷混——”

矮胖子嘴巴漏风，舌头拌蒜，一句话说得磕磕绊绊。

卢相非不耐烦地打断他的话问：“你们究竟要找什么东西？”

“一个SD卡。”

“里面有什么？”

“不知道，只知道很重要。”

“你们是怎么找到我的？”

“撞你那人叫孙卓，原来也在沈三爷手下办事儿，后来不知道什么原因闹了别扭，偷了沈三爷的东西，当天沈三爷派人追他，他逃了，没想到三天后还是被三爷抓到了，打得很惨，孙卓挨不住就说逃走当日在百花桥南路的时候撞了一个骑电动车的，把东西给丢了。沈三爷动用关系搞到附近商家的监控视频，确实发现当时孙卓和你撞在一起，不过当时路上人很多，也不确定东西究竟是被谁捡去，就派几组人去找，除了我们哥仨还有其他几组，你那辆电动车有牌照，找熟人去车管所一查就查到了，趁你不在家我们三个就进来翻了一遍，随后又在门外问你，你说不知道，我看你也不像撒谎就回去和沈三爷汇报，沈三爷没说什么，只是交代继续找视频中的其他人，结果夜里打电话来说确定东西就在你这里，把我臭骂了一顿，让我无论如何都要拿东西回去。”

卢相非听完，暗暗寻思肯定是自己把卡插进电脑时激活了某种反向追踪功能。转身看另外两个还处于昏迷状态的男人，一时不知道该如何处理，只好选择报警。

“手机给我。”

“哎！”矮胖子顺从地从口袋里掏出手机递给卢相非。卢相非接过去，开始拨打110报警。

矮胖子听到声音，惊叫：“别报警、别报警，我跟你说报警解决不了问题，你最好把卡交出来，沈三爷不会和你一个市井小民过不去，你要是报警，别说你，连你全家都得完，沈三爷可狠——”

不等矮胖子说完，卢相非朝他太阳穴打了一拳，矮胖子翻着白眼扑倒。

电话接通，卢相非简单介绍了一下情况，警方一听入室盗窃，而且被现场抓获，先警告卢相非不要有过激行为，万一出人命可不算正当防卫，随后说他们会马上派警员过来。

放下电话，卢相非找了几件破衣服撕成布条编成绳子，将三人手脚都绑死。坐在椅子上思考是不是把那张SD卡也一并交给警方。如果交给警方能迅速把自己从这件麻烦中择出去，这是益处，坏处是SD卡不在自己手里，就会失去对这件事儿的主导权。如果遭到对方报复，会没有半点儿反制措施。所谓投鼠忌器，那张卡就是“器”，对方能量再大，手段再多，也会对他有所忌讳，从矮胖子嘴里，能听出那张卡重要性很高，否则对方也不会如此大费周章。

但转念一想，卡在自己手里的信息已经暴露，不交出去，自己就会成为众矢之的，风险大增。

左思右想，难以抉择，等敲门声响，卢相非终于做出决定——把卡交出去。

下楼开门，四名身穿制服的警察走进来，见三个人躺在地上被绑成粽子一般，咧咧嘴说，没看出来他还是位练家子。卢相非笑笑说不敢当，强身健体而已。

说话间，三个人已经被铐上手铐，卢相非说：“等一下，还有一个东西要交给你们。”说罢转身走向桌子，伸手去拿闹钟的瞬间，从挂在墙壁上的镜子中看到矮胖子朝其中一名警察使眼色。卢相非心里咯噔一下，伸向闹钟的手一滞，落在旁边的铁盒子上。那盒子是里装的都是一些纽扣和硬币，卢相非翻了一下从里面翻出另一张SD卡，转身交给带头的警察，说他们一直在找这个东西，我也不知道是什么，交给你们吧。

那警察眼角有个疤，笑的时候疤痕扭曲显得脸部表情甚是狰狞，伸手接过说："那真是太感谢了，社会就需要你们这样有责任感的公民。"

卢相非挥手说："别客气，是我应该做的。"

三名警察押着还在呻吟喊痛的三个人出了屋，卢相非跟在后面，眼看几个人上了一辆黑色的别克商务车，忽然问需要我跟你们去录下口供吗？疤脸警察一怔，说这么晚了你先休息吧，明天早上去所里录一下就行。卢相非说那行，谢谢你们了。对方摆摆手，车门关闭，启动离开。卢相非迅速跑回屋，收拾了一下，锁好门，拎着大号的旅行袋离开。

8

胆战心惊过了一周，卢相非可以确定那天夜里的警察是假冒的，但他百思不得其解的是自己分明拨打的是110的报警平台，平台也正常接警，然而派来的却是冒牌警察。这是一件细思恐极的事情，有两种可能，一种是110的报警电话被劫持，对方已经做好自己会报警的准备，这样只要自己打电话出去报警，对方会立刻知道，而且还避免了真正的警察赶到。另一种可能是报警电话是真的，警察在来的路上被掉包了。或者受到袭击，或者被骗到别的地方去。好让沈三爷的人有时间伪装成警察。这里面会不会有真正的警察被买通了？

这两种可能都很可怕，可怕到卢相非一直不敢去找真正的警察报警，因他不知道沈三爷的能量究竟有多大。警匪勾结这种事情可不是仅仅存在于电视中，当恶势力足够强大，维护正义的一方有时候甚至会被买通，成为其保护伞。

一周换了三个不需要登记身份证的小旅馆，卢相非还自学了化装术。出逃第二天的时候他戴着墨镜粘着胡子打车从自家门前经过。门窗都没有破损，门锁也在。他松口气，随后发现路口有一辆破尼桑，他所乘的出租车经过时恰好尼桑车驾驶位的车窗摇下，眼眶乌青的矮胖子向外吐了一口痰。卢相非瞥一眼后迅速矮下身体，催促出租车司机快点儿驶离。

听说有种仪器只要知道手机号，输入后，手机一开机对方就能知道机主在哪儿。卢相非吓得手机都不敢开，只得重新办一张卡，买了一个只能接打电话的数字机。买完手机就给岳清妍发了一条短信，说他这几天有急事儿到外地，手机遭窃，换了这个号。然而发完就后悔，对方既然能找到自己，想必找到岳清妍也轻而易举。正忐忑不安地担忧，手机嗡鸣，岳清妍回短信说，很担心他，并致以深切的思念，希望能尽快见一面。看到短信，卢相非心中一暖，忍不住约她第二天下午两点在CBD的中信广场见面，岳清妍速回，好。

翌日清晨，卢相非退掉房间，背着旅行袋离开。中午时抵达广场，在商场一层的快餐店吃了午餐。坐在靠近落地窗的位置等待岳清妍到来。焦急等待了两个小时，手机振动，点开查阅，是岳清妍给他发的短信，简单一句话：我到了，在火箭雕塑下面。卢相非出门，奔向广场东南角。远远就看到一个女孩儿背朝他，站在雕塑下，发型、身形都和岳清妍一样。他没多想，兴冲冲跑过去，临到近前，喊了一声“妍妍”，那女孩儿霍然转身，挥拳直击卢相非脸面，拳风凌厉。卢相非惊恐交加，被对方一拳击中鼻子，倒退几步，眼泪、鼻血一起涌出来，这才看清那女孩儿根本不是岳清妍。卢相非知道上当了，抹掉脸上鼻血，趁女孩儿没缠上来，发力狂奔，斜向右侧突破。

广场人来人往，随着卢相非的跑动，身处不同位置的人忽然也开始行动起来。

卢相非立刻感受到自己成为追逐目标，原本欲转向左侧，余光瞥到左侧有人疾奔而至，只好再次向右转，奔行十余分钟，卢相非早已跑出CBD的区域，却并没有甩脱追击者。追击的人虽少了，但换成各种交通工具，单车摩托和轿车，卢相非只好进入各种商场，地上地下，楼上楼下穿行，好在出来时穿了一套跑酷者的外衣，在各种障碍间跳跃如履平地，迎面撞上敌人，数量不超过两个时，便以泰拳逐一将其打倒，数量大于三个则改变逃脱方向。

然而对方人数太多，卢相非最终在一个地下停车场被围堵住。

十余人手持棍棒，将他逼退到角落。卢相非几次想要突破都被对方以人海战术逼回来。偶有停车进来的人看到眼前状况又都加大油门离开。卢相非逃脱无路，求告无门，心理焦灼。又僵持片刻，一辆车驶进来，嘎吱停下，车门打开，一名左手端着紫砂壶，戴着圆墨镜，身材矮瘦，留两撇八字胡，穿灰布长袍的中年男人走下来。男人隐有腿疾，跛着左脚，右手持一根拐杖，身后还跟着两名精壮男子，一个壮硕，一个稍显瘦弱。壮硕者穿着短袖，露出粗壮的胳膊，秃头，粗眉环眼，左侧太阳穴位置刺着一枚狼头，另一名偏瘦的眼角带疤，穿着夹克，脸颊瘦削，正是假冒警察的那个。

众人分开，那人踱着方步走进圈内，上下打量卢相非，声音尖细，慢条斯理道："我姓沈，想必你也听说过我的名号，现在就想问一句：东西在哪儿？"

卢相非心神一凛，知道正主到了，说："东西确实在我手上，我怎么知道给了你之后你会放过我？"

沈三爷吸溜喝了一口茶，冷笑道："哟呵，还会讨价还价了？听说你挺能打的，就是不知道耐不耐打？打完若还能站着，再来和我讨价还价。"说罢一挥手，"上！"

一声令下，众人持棍棒哄然而上。卢相非手无寸铁，只能以双臂抵挡袭来棍棒，随后贴身还击，对方人多，就算围攻，欺近身前的也不过三四人。性命攸关，卢相非奋起反击，肘击膝顶，拳砸掌砍，顷刻间接连打翻五六人，棍棒坠地的当啷声不绝于耳。几轮之后，围攻众人多半躺倒呻吟，无还手之力。

沈三爷惊得咦了一声，对疤脸男子道："老七你去称称他有几斤几两。"

疤脸男子应了声"是"，脱掉夹克扔到一旁，走向卢相非，边走边挽起衬衫袖子。

卢相非汗流浃背，气喘吁吁，两条手臂肿痛难忍，看着那人走近，气愤骂道：“你们还要脸不要，一群打一个不算，还要车轮战吗？”

疤脸男子将双手骨节捏得咯嘣嘣直响，撇嘴不屑道：“小子，你这话说得太蠢，又不是上台比武，谁还跟你讲江湖道义？看拳！”

那人说打就打，丝毫不给他喘息时间。卢相非横臂格挡，不料那人拳头如同泥鳅一般滑过他格挡的手臂直刺胸口。不等他退步避让，拳头已然击中前胸。拳来时不见多快，软绵绵的也看不出力道，挨在身上却如遭重锤。卢相非被击退五步，胸口气息一滞，头晕眼花，险些跌倒。然而还不等他缓过气来，疤脸男子的拳头再次袭来。所谓一着不慎满盘皆输，卢相非就是如此，第一招落了下风之后，便被男子一连串的组合拳打得晕头转向。男子显然受过专业的技击格斗训练，招招不离卢相非胸腹处的脆弱部位，完全不同于之前那群只靠蛮力逞勇斗狠之辈，自然也比卢相非高明很多。泰拳在格斗界以招式凶狠而著名，但正规比赛中对招式和威力都有限制，卢相非穿的衣服来自一个泰拳教练，水平肯定也就堪堪入门，打普通人时确实有如土鸡瓦狗一般立竿见影的功效，但此时遇到疤脸男子，立刻就显露出弱势。不但无法反击，就连防守都防不住。十几招之后，卢相非被打得委顿在地，鼻口蹿血。

反观疤脸男子，气息均匀，连汗都没出一滴，俯视着躺在地上呕血的卢相非，把衬衫袖子放下，系好纽扣，伸手拎着卢相非的脖领子，拖到沈三爷面前，用力掼到地上，讥讽道：“学了几手三脚猫的泰拳，就以为自己是武林高手啦？”

沈三爷用拐杖的银头戳了戳卢相非的后背，问：“怎么样？还想跟我讲条件吗？”

卢相非气息奄奄，吐掉口中血水，无力地摇了摇头。

“东西在哪儿？”

“家里。”卢相非艰难道。

“拖他上车，去他家。”沈三爷说完转身上车。

粗壮大汉拿走他的手机扔到地上踏个粉碎，随后不由分说就把卢相非拖着塞进轿车的后备箱，车子启动离开，其余人等也都鸟兽散去。

后备箱里一片黑暗，卢相非蜷缩着躺在其中，喘息良久，才缓过气来。开始琢磨如何逃走，好在对方见他伤势严重，戒备松懈，并未束缚他的双手双脚。他知道轿车后备箱中脆弱的地方就是尾灯处，伸手摸索，确定位置后便屈腿伸脚去踹，但又怕声音太大令车内人发现，只能在很短的距离聚力猛击，连踹数下，终于见效，尾灯处裂出一道缝隙，有光从外面透进来。

车行甚速，劲风灌入，后备箱中的憋闷空气一扫而空。卢相非屏气凝神侧耳细听，只听见隆隆的马达声和隐约传来的说话声。车内人并未发现后备箱的异状，卢相非松一口气，将那缝隙扩大，天光益盛。他仔细在门锁位置寻找，记得某次看电视时，节目中说有些车的后备箱有可供开启的逃生锁，就算在外面锁住，里面也可以开启。他摸索半天果然摸到一个东西，用力一掰，只听喀喇一声响。

9

由市中心至卢相非所住小区，驱车至少要四十分钟，行至一半时，卢相非已经打开后备箱。正巧路上车行缓慢，一步一挪，卢相非猛然掀起后备箱盖，纵身跃出去，前后车距不远，加之惯性，身体咣当砸在后车的发动机盖上，车内是个女司机，被猝然发生的变故吓得惊声尖叫。卢相非听不到声音，但能从表情上看出驾驶者有多惊恐。

前车内人已经察觉，猛踩刹车，后车司机原本已经极度惊恐，见前车急停，错把油门当成刹车，砰的一声撞上去。卢相非又被甩到前车尾箱上，略缓一下，翻身而起，踏着后车车顶夺路狂奔。

卢相非庆幸自己出来时穿的是跑酷者衣物，在车顶不断跳跃，纵向奔行片刻，又横向越过四条车道，接着双臂如猿攀过路中间的栅栏，从另一侧疾驰的车流中横穿过去。而此时，意图追捕他的疤脸男人才追到中间的栅栏处，后面车辆接连被逼停，鸣笛声响成一片。距离较远，卢相非回头看不见那人表情，但隐约可见其时一个从后面车下来找他理论的人挥拳打倒，想来甚是气急败坏。

卢相非不敢掉以轻心，奋起余力向偏僻巷子中奔逃，一连逃了几条街道，力气已尽，看到路边停着一辆摩托车，没熄火，钥匙也在，车主人正到街边的小铺中买烟。卢相非趁车主不注意跃上那辆摩托，扭动油门，轰鸣离开，后面的车主大骂着追了几步，卢相非已然远去。

卢相非不辨道路，只知逃得越远越安全。过了良久才发现自己早已驶出城区，周围都是低矮平房，想是到了城乡结合的区域。紧绷的心神略缓，陡然间身上大小伤患一起发作，几乎连摩托车都骑不稳。他强忍着疼痛将摩托车停在路边，蹒跚着走进一条污水横流的小巷子，走着走着，便觉得胸腹烦恶，一张口哇地喷出一口血来。这口血一出，浑身力气尽泄，扑通扑倒，失去意识前看到身前不远处有一个破旧的灯箱，上面写着“古氏中医诊所”几个大字。

等他从昏迷中醒过来，感觉胸腹部位一片清凉，抬头去看，原来裹满绷带，绷带下涂有药膏，散发着浓郁的药草气味。再看周遭环境，破旧民居，墙上贴着中医歌诀、人体穴位图之类的东西，仔细回想片刻，暗想自己昏倒前在中医诊所的门口，想必是诊所中的大夫给自己治的伤。念头刚转过，开门声响，一个脸颊凹陷、身材瘦小，穿一身脏兮兮白大褂的老头走进来，看他醒来，就说：“你醒啦！”

卢相非点头应了一声，说：“多谢。”

老头哼了一声：“你是该多谢，否则小命就没了。”

卢相非一惊，心想自己不过是中了些拳脚之类的皮外伤，怎么会累及性命。

那老头看出他脸上的惊讶，一边拿着一个钵盂研磨着什么东西一边说：“不信是吧，打你那人拳劲阴狠，五脏六腑都被震得移了位，你们这帮小年轻正事不足就知道逞勇斗狠打架斗殴，老头子原本不想管你，但你躺在我门前，不知道还以为我见死不救，只好把你拖进来。多年前邻居有一条狗被车撞，也是五脏受创，求我帮忙，我胡乱配了些药打成药膏，将那狗胸腹毛都剃光，敷上去，并将那狗束缚住不让它动，没想到几日过后，那狗便好了，你身上的伤和那狗没甚区别，我翻箱倒柜找出那药罐子，好在还剩一罐子底，就都涂到你身上，这些年过去也不知道药效是否还在，反正死马当活马医，如果治不好我也只能把你扔到外面去。”

卢相非听完出了一身冷汗，心想自己也是命大，如果昏倒在别的地方恐怕这个时候已经死透了，便要挣扎着起来重新道谢，老头子走到床边按住他，随手将床头柜子上的半杯水拿起，手腕一翻倾倒钵盂中，又用碾药的锤子搅拌一下，递给卢相非，说：“喝了吧。”

药汤混浊，气味熏人，卢相非不敢多问，接过去苦着脸喝净。

老头接回钵盂转身往出走。

卢相非忙说：“请等一等。”

老头回头问：“你还想干吗？”

卢相非就说想要借手机用一下。

老头用一只手在白大褂的两个口袋里稀里哗啦翻了半天，终于找出一个塑料壳的数字机，扔给卢相非，警告道：“别打长途啊，我里面可没多少话费。”

卢相非说不会，只是发条短信。

老头“噢”了一声，转身出去。

卢相非捏着手机，想岳清妍会不会已经遭遇不测，广场乍见所约非人，已然想到岳清妍会被对方控制，不然为何自己发给她的消息会被对方知道，并以此设下陷阱引自己入瓮。后来疲于奔命，没有机会问出心中疑惑，此时回想对方并未以岳清妍要挟自己，想必是觉得不用岳清妍亦可稳操胜券。却不料机缘巧合自己再次逃脱，对方愤怒之下会否迁怒岳清妍？越想越是心焦气躁，几次在屏幕上输入岳清妍的电话号旋又删去，不是怕暴露自己，而是担忧如果自乱阵脚对方可能会以妍妍为质来要挟他，到那时完全沦为被动，即便明知岳清妍是饵，自己亦不得不吞。

前思后想良久，卢相非放下手机，决定到岳清妍家去探探虚实，万一对方只是偷了岳清妍的手机来迷惑自己，可就……思及至此便要挣扎起身，正巧那老头进屋来拿手机看到他乱动，就横眉竖目地训斥道："你不想活了吗？至少要静卧三天才可以活动。"

卢相非忍住疼痛继续起身："老先生，我有急事儿，现在就得去办，去晚了就糟了。"

老头两步奔到窗前，伸手将卢相非按回去，说："就是天塌了你也得老实在这儿躺着。"说罢，伸手一指戳向他肋下，卢相非只觉浑身一麻，力气尽泄，重又跌回床上。无论如何恳求，那老头都是不理。此后几次想要起身都无法提起力气，隐隐觉得那老头戳他那一下恐怕有什么古怪。

挨到凌晨四五点钟，力气恢复一些，身上的伤处也不那么疼痛，卢相非挣扎着从床上起来，鞋子到还在，所穿衣物已经不见踪影，只好蹑手蹑脚潜进老头卧室，老头睡得正熟，鼾声如雷，其时屋外玉兔西斜，月光从窗子射进来，卢相非借着月光打开衣柜拿了一件对襟麻布长袍穿在身上，又走到诊室，寻纸笔写了一张字条，内容是有急事要离开，借一件衣服穿，等事情办完后自当归还重谢云云，写罢轻手轻脚开门走出，还好自己来时骑的摩托还停在院中，卢相非推车到街道上，扭动钥匙点火，在夜色中离去。

时值夏末秋初，清晨已然凉气袭人。卢相非骑着摩托赶到岳清妍所住小区时正赶上日出。有上了年纪的老人在小区的空地上晨练，在袅袅雾气中慢悠悠地打着太极。卢相非骑了两个多小时的摩托车，又冷又累，找一个长椅歇着，等小区中人多起来，他才向岳清妍家走去。

岳清妍家住6栋6单元7楼，一梯一户，出了电梯，按响门铃，片刻一个戴着眼镜的中年男人打开门。卢相非认识那人是岳清妍的父亲岳海山，平日里见到都是一副嘴角带笑的和善模样，今天却愁眉不展，神色焦灼。

岳海山不认识他，就问找谁，卢相非说自己是明德洗衣店的，岳清妍约了他来取需要洗的衣服，岳海山还没说话，一个浓眉方脸细眼的精壮男子出现在门口，问他岳清妍是什么时候约的，卢相非不知这陌生男子的情况，正要编个时间应付，陡然间屋内有女子哭出声来，哀号道："一个大活人怎么可能平白无故就失踪，我们家妍妍平日里和声细语从未和人红过脸、动过气，呜呜，也不知道上辈子造了什么孽，呜呜……"

⑩

听到岳清妍母亲的哭声，卢相非心中就是一坠。没想到最担心的事情终是发生了。

盘问他的男子是苏城公安局刑警大队的队长郑振，他胡诌了一个时间，岳海山又证明岳清妍平时有些衣服确实到明德洗衣店去保养护理。郑振目光灼灼地盯着他看了一会儿，便放他离开，临走时又塞给卢相非一张名片，说如果有什么消息可以打电话给他。

卢相非点头说好，转身离去，电梯门缓缓关闭，然而岳清妍母亲的哭声依然在耳边萦绕。自那日假警察事件后，他丝毫都不敢再信自称警察之类的人，因想要伪造一个身份出来太过容易。待到电梯降至一楼，卢相非走出楼门，再不管是否会被对方发现，骑着摩托径直返回明德洗衣店。门还锁着，他走到墙边从一个隐蔽的缝隙里取出备用钥匙，开锁进屋。屋内与之前走时并无二致，这令他大感意外，还以为沈三爷那帮人会来店里大肆搜寻破坏。他从闹钟电池仓里抠出SD卡，又翻出一个之前的旧手机，开启后直接拨打岳清妍的手机。打了两三次一直无人接听，他又发了条短信，说：我是卢相非，如果还想要那张存储卡的话就放了岳清妍。这条短信刚发过去，他的电话就响起。

来电号码是岳清妍的手机，卢相非接通。

“小子，我还以为你是个没卵子的屃货。”

卢相非能听出是沈三爷的声音，回道：“别废话，你如果还想要SD卡就放了岳清妍，事情和她无关，有什么冲我来。”

“说得倒硬气，你把卡送来我就放了她，否则你的小女友缺点儿手指头耳朵鼻子什么的可别怪我。”

话音方落，卢相非就听到电话那边传来一声惊叫，声音熟悉，是岳清妍无疑。

卢相非一颗心几乎揪到一起，强自保持镇定，说：“好，你告诉我地址。”

“东城海东路88号石料厂。你最好快点儿过来。”说罢电话挂断。

卢相非放下电话，焦灼地在屋子里转圈，他性格内敛，平日里也没什么朋友，父母也并非本地土著，去世后也就只有小姨和小姨夫可堪依仗，然而小姨夫妇身在国外，鞭长莫及，退一步说即便在国内，他也不能去求助，盖因敌人都是穷凶极恶之徒，必会连累他们。已然是穷途末路，卢相非绞尽脑汁也想不到脱困之法，只得抱着必死之心前往电话中说的地方。

离开前，他换了条裤子，上身仍穿着从那老中医家里偷来的麻布长袍，原本想换身衣服，然而之前那些具有技能加成的衣服都已遗失，就算不遗失，对付那疤脸男子依然毫无还手之力，丢与不丢并没有什么区别，也就懒得去换。奇怪的是所穿衣服袖口和衣角处都以红线绣着一个篆体的“景”字，不是LOGO，而是纯由手工绣成，卢相非暗想那老先生看起来年逾古稀，开的诊所叫“古氏中医诊所”，想必姓古，名字叫古景或者古×景之类的，旧时代的人多半钟情一些手工缝制的衣服，这长袍看起来又老又旧，的确不像工厂流水线出来的成衣。

时近中午，卢相非骑车行至半路，对方电话打来让他换地方，卢相非只好掉转车头赶往新的地方，二十分钟后对方打来电话说又换了新地址，卢相非心底骂娘，但人为刀俎我为鱼肉，无法拒绝，只能在心底咒骂。他知道对方屡屡更换见面地址，无非是防止他事先做准备，又能在路上使人监视他身后会否有警察之类的援军。

如此再三，新的地址换到城南农机厂，终不再换。

卢相非赶到目的地，发现农机厂早已荒废，周围荒草萋萋，厂门半掩。他把摩托拐到后门，熄灭，扔到荒草中。从低矮的围墙翻过去。厂区内垃圾处处，有几辆车停在空地上，车旁几个喽啰在说话，看到卢相非来到，其中一个转身跑向洞开的厂房内部。

卢相非知道今天断然难以生还，只盼能保岳清妍周全，进来前他已将地址发给那名叫郑振的警察，别无选择之下唯有寄希望对方不是沈三爷团伙中的一员。

走到厂房门前，小喽啰们主动让开一条路，放他进去。

厂房内面积广阔，空空荡荡，机械设备早已搬空，只剩下偌大一间四面漏风破败不堪的屋子。

沈三爷正端坐在一把太师椅上喝茶。疤脸男和大块头分立左右，其他七八名面目凶狠的年轻男子半圆形围过来。

沈三爷放下紫砂茶壶，鼓了两下掌，赞道："年轻人有几分胆气，我这许多年见惯了抛妻弃子的孬包，原想你也是其中之一，却是想错了。与你实话说吧，你就算逃跑不来，也不过是早两日晚两日被我捉到的区别，但你来了，就让三爷我刮目相看。"

这人说话半文不白，像是从清末民初的电视剧中走出来的人物。

卢相非不想和对方废话，开门见山道："岳清妍在哪儿？"

沈三爷不答反问："我要的东西在哪儿？"

卢相非从口袋里掏出SD卡，向他展示一下旋又揣进口袋。

沈三爷撇嘴道："我怎么知道是真是假，你这小子忒狡猾，上次就被你骗了一回。"

"见到岳清妍我自然让你验证。"

沈三爷拍拍手，两个喽啰押着嘴上黏着胶带、眼睛上蒙着黑布的岳清妍从外进来。卢相非疾步上前，却被拦住，只好急切地问："妍妍，你没事儿吧？"

岳清妍听到卢相非的声音，脸上表情激动，口中呜呜叫着。

其中一个喽啰猛地撕掉岳清妍嘴上胶条，岳清妍痛呼一声，随后道："我没事儿，快——"一句话还没说完，胶条又被粘回去。

"放了她，我留在这里。"

“先把卡给我验证一下。”

“你先放了她，我就给你。”

“年轻人，不要得寸进尺。”沈三爷口气转硬。

“信不信我立刻掰断它？”卢相非声色俱厉，两只手捏着那SD卡，作势欲掰。

沈三爷眯了眯眼睛：“好，谅你也不敢骗我，”顿了一顿，转脸对那两个押着岳清妍的喽啰说，“你俩开车把她扔到距此地十分钟车程的地方。”

那两个人应了声是，推着岳清妍往出走。

“妍妍你自由后找个人借电话打给我，我的手机号是137××××××××。”

岳清妍呜呜连声，被两个人拉扯着出了厂房，随后，发动机启动声响起，一辆SUV呼啸着驶离厂区。

“小子你若是骗我，这丫头我说抓回来就抓回来。”

卢相非不应声，心中焦急，暗想不知道警察什么时候能到。

如此挨过十多分钟，其中一个小喽啰接了电话，告诉沈三爷岳清妍已经离开。

卢相非松了口气，又过十分钟，他手机响起，接通，只听岳清妍在那边哭泣道：“我没事儿了，你快跑，我听到他们说要杀了你，我去报警——”

不等岳清妍说完，卢相非把电话挂断。径直走向沈三爷，还没走到面前，疤脸男迈步出来挡住，左手伸向他道：“给我吧！”

卢相非将那卡递过去，将将要递到疤脸男的手中时，对方脸上泛出狞笑，右手握拳闪电般直向他胸腹袭来。卢相非此时不过是一普通人，见那拳打来连躲的念头都没有，待到拳头及体，身体忽地生出一股力量来，直直迎向疤脸男的拳头。疤脸男一拳如同打在一团棉絮中，虚不受力，正自惊异，忽然一股大力冲来，他想收拳已然不及，只听咔啦一声响，他惨叫一声，踉跄后退，整条右臂已经被震断。

卢相非自己也吓了一跳，倏地收回拿卡的手，摸摸刚刚被袭击的地方，不痛不痒没有半点儿异状。再看疤脸男右臂软塌塌垂下来，如同一条死蛇。

疤脸男疼得豆大的汗珠从额头滚滚而下，盯着他厉声道："小子，好阴险，身负内力，却扮猪吃虎。"

卢相非满头雾水，自己哪有什么内力？正暗自疑惑，手上摸到麻布长袍，脑中豁然开朗。难道是这衣服，是了，衣服的主人古老头想必是个高手。医术那么高，功力自然也不会低。没想到自己阴差阳错竟然偷了一件无名高手的衣服……想通这点，卢相非胆气立壮，将SD卡揣进兜里，对沈三爷傲然道："卡就在这里，来取吧！"

沈三爷脸上神色游移不定，转脸向疤脸男喝问道："老七，什么情况？"

那被称为老七的疤脸男人回道："三爷，那小子之前是装的，刚刚骗我打他胸口却以深厚内力震断我右臂。"

"小子，哪一门派你来坏三爷的事儿？说吧！"

卢相非听不懂，只知道自己现在武力极高。一边戒备一边移向门口。

"你现在想逃可晚了。"沈三爷挥挥手，"上，别让他逃了。”

厂房内的七八个率先冲过去，外面又一拥而入十几号人，皆手持棍棒砍刀向卢相非攻来。卢相非知道若想让衣服的能力发挥到最大，只需将本体意识尽量放空，于是懒洋洋迎向那群人，第一人的棒球棒朝额头袭来时，卢相非右手倏然伸出，闪电般抓到对方攥着球棒的手腕，轻轻一扭，那人手腕咔嚓折断，随后又一掌按在其胸口，那人整个身体被大力击中，承受不住，朝后疾退，将身后冲来的四五名同伴都撞得飞起来。卢相非没想到自己举手投足间竟然如此恐怖，惧心尽去，闯进人群中，如同虎入群羊，一掌一拳皆蕴含巨大力量，但凡沾身者一击必倒，再也爬不起来。

几个呼吸间，他已将二十几名喽啰尽数打倒，闲庭信步般走到门前，却不逃出，而是将两扇厚重锈蚀的大铁门轰然关闭，转身对沈三爷道：“你以为我要逃吗？错了，咱们今天谁都别想站着出去。”说罢转身回来，直奔沈三爷。卢相非知道今天若不能把对方一网打尽那以后会更麻烦。

如此反常行径令沈三爷大吃一惊，己方还能站着的只有包括他在内的三个人，疤脸男已然右臂受创，只好对大块头道：“大熊，你上。”

大块头闷声道：“先说好，打死了别怪我。”说罢迈开大步朝卢相非冲来。

这人身高近两米，浑身肌肉虬结，人如其名，真跟一头熊一样壮硕。行至一半时，已将拳头举起来。

卢相非知道这样的人力大体沉，正面硬抗不得，游走躲避待其力竭之时才好反击。他是这么想，但身上的衣服不依，仍伸出右拳去对。他的拳头还不到对方半个大，大块头怪笑一声，道：“从没有人敢接熊爷的拳头，小子，你死去吧。”眼看双拳相撞，一股热流从卢相非小腹倏然蹿向右拳，随后，大块头闷哼一声，蹬蹬蹬后退七八步，一跤跌倒，一张胖脸红了白，白了又红，哇地吐出一口血来，大吼一声：“好劲！”说罢双眼一翻，昏死过去。

卢相非愣怔着站在原地，纹丝未动。这样的结局真是大出他的意料，暗想还不到欢喜的时候，毕其功于一役才是正途，思及至此向沈三爷狂奔。

大块头被击倒，比卢相非还震惊的是沈三爷和疤脸男。眼看卢相非奔到面前，疤脸男躲无可躲只好硬着头皮以左拳迎敌。卢相非功力高他甚多，三拳两脚就把他打得跌落尘埃，这下不仅右臂，连左臂和右腿也折断了。他功成十数年，历经大小阵仗不可计数，无不所向披靡，尚是首次被人打得如此之惨，忍不住放声痛哭起来。卢相非本想踢他几脚以报上次被打之仇，见他哭得伤心，就收回腿，转身正待去捉沈三爷，眼角瞥见一点儿寒光，扭身躲避，已然晚了，肋下一凉，转身看沈三爷手持一柄窄刃利剑，再摸肋下血如泉涌。

“小子，这十年来已经没有人能逼三爷动手，你很好，也很不好，因为三爷的剑不杀人不回鞘。”

沈三爷说罢一震长剑再次刺来。剑尖抖动，耀出三朵花，卢相非哪里见过这等场面，目眩神迷，连剑都看不清，只看到一练白光绕着自己周身上下翻飞，好在身体跳跃躲避虽然狼狈却还没再中剑，然而好景不长，沈三爷渐入佳境，顷刻间卢相非大腿手臂脊背接连中剑，虽然都是皮外伤，但鲜血涌出，连衣服也被划得破破烂烂，卢相非心猛地提起，如果照此下去，长袍被割烂，自己只有死路一条了。这个念头转过，长袍似是也感受到，拼着左臂中了一剑，屈起右手连弹沈三爷剑身，只听叮当连响，沈三爷纵身后退，惊骇莫名，一柄长剑被卢相非弹断成七八节，他手下只剩一个剑柄。

卢相非从地上捡起剑尖的一截，直指向沈三爷：“还不认输？”

沈三爷知道以卢相非的功力，只需掷出剑尖，自己绝对无法逃脱，丢下剑柄，沮丧道：“你杀了我吧，反正我也活不了，弄丢那东西说不定死得更惨，倒不如你给我一个痛快的。”

卢相非掏出那张卡，问：“这里面究竟是什么？”

沈三爷长长出气，似是要把叹息掩盖住，说：“是什么原因不能和你细说，但——”说到这里，忽然顿住，脸上出现惊恐神色，直勾勾瞪着卢相非身后哀求道：“别杀我，别杀我。”

卢相非猛然转身，身后空无一物，接着只听砰的一声响，左肩胛处像是被什么东西咬了一口，他右手下意识将剑尖射向声音来处。从转身到射出剑尖，短促得只有三分之一秒，等卢相非定睛去看，只见沈三爷立在原地，手上拿着一柄小巧的银色手枪，喉咙已被自己射出的剑尖洞穿，鲜血汩汩冒出。

卢相非这才知道肩胛中枪，暗叫侥幸，稍向右移一寸，自己已成对方枪下亡魂。

沈三爷虽然喉咙被射穿，却兀自强撑不倒，一手捂着喉咙，右手还想扣动扳机，然而力有未逮，手枪当啷坠地，身体也向前踉跄两步，终于扑倒，气绝身亡。

卢相非看着沈三爷尸体，心想这下糟了，自己竟然杀了人。

正在这时，门外有人高喊：“里面的人听着，你们已经被包围，不要抵抗——”

卢相非悚然一惊，纵身提气跃上厂房大梁，直奔向另一侧，接着从顶部破口处钻出，攀爬而下，潜回后门，把摩托从荒草中推出来，点火启动，沿着另一条乡间小路离开。

11

转眼已是一月之后，度过最初的胆战心惊期之后，卢相非定下神来，继续经营自己的洗衣店。这天送完衣服回来，刚停好电动车，就看到郑振向他走来。

“可以聊聊吗？”郑振一屁股坐在店前的台阶上，掏出一根烟抽。

“聊什么？你想知道鹿皮的护理方式还是丝绸的洗涤方法？”卢相非拾阶而上，越过他，走到门前去开门。

“我知道城南农机厂里收拾那帮家伙的人是你。啧啧，够厉害的。”

卢相非吃了一惊，把门推开，佯作不知：“我听不懂你说什么。”

“是你发的短信吧，那天早上我就发现你很奇怪，于是一直跟着你，结果你骑摩托在路上一会儿东一会儿西，想必是绑架岳清妍的人在胡乱指挥你，以查看是否有人跟在你后面。于是我把车停在路边，联系局里派无人机追踪，结果还没等我这边启动追踪，就收到你的短信。”

卢相非站在门前听他说完，转回来坐在郑振身侧：“既然知道为什么不来抓我？”

“抓你干吗？你又没什么错。而且我又打不过你。”

“那你现在来找我干吗？”

“有个东西想必还在你手里。”

“什么东西？”

“一张卡，我们的人付出生命弄出来的。”

“那张卡里面究竟是什么东西？”

“别问，知道那么多对你没好处。”

“你等我一下。”卢相非进屋，从闹钟电池仓中抠出存储卡，转身出来，递给郑振，冷冷道，“以后我不想看到你。”

郑振接过，小心翼翼地放起来，笑了笑：“说不定以后我们还有打交道的机会。”

卢相非一脸嫌弃：“你是警察，我可不想和你打什么交道。”

“如果是别的呢？”

“什么别的？”

“引你入门者没和你说吗？”

“什么门，乱七八糟的不知道你说什么。”

“要我说你那种惯会和稀泥的门不入也罢，行了，走了，你这人遮遮掩掩不爽利。”郑振说完跃下台阶离开。

卢相非听得满头雾水，正要转身回屋，不料郑振又走回来，问：“最后一句，你怎么知道我是好人？”

“对我来说无所谓，只要别来烦我就行了。”卢相非头也不回地走回屋。过了片刻听到门前还有声音，便道：“你怎么还没走？”抬头一看却是岳清妍。

“谁没走？”

“啊，没有，一个朋友。刚刚在这儿和我说话来着。”

岳清妍“哦”了一声，唰地掏出两张票：“晚上和我一起去看电影好不好？”

卢相非诧异道：“你不是应该去看话剧，听音乐会吗？”

“换换口味不行啊，电影多好啊，衣服随便穿还可以吃爆米花、喝可乐。”

正说着，卢相非小姨推门而入，正看到岳清妍俯身目光灼灼地盯着卢相非。

“小非，这是？”

“小姨你回来了，这是妍妍，我女朋友。”卢相非介绍道。

小姨一双眼睛一瞬不瞬地盯着岳清妍，赞道：“这姑娘长得可真漂亮，”说着走到卢相非身边，伸手扭了一下他的胳膊，“你行啊，不声不响就拐这么漂亮的一个大姑娘回来。”

卢相非吃痛“哎哟”一声，岳清妍在一旁掩嘴窃笑。卢相非知道接下来还要面临小姨的盘问，正想如何逃脱，门外忽然有人喊：“卢相非先生是住这里吗？”

卢相非忙奔出去，见是一个快递员，就说“是”。

“您的快递，请签收一下。”

卢相非签了字，快递员离开，他拿着纸袋，从一边撕开，只见里面仅有一张纸，上面墨迹淋漓地写着八个字——着吾衣袍，入吾门中。

二一

林中阶梯

周明远围着那阶梯转了两圈，木质触感，和普通的楼梯并没有什么区别，晃了晃，纹丝不动，坚固得不同寻常。他抓着扶手拾阶而上，步步攀升，一直走到顶端，眼看无路可走，那悬空的阶梯之后霍然有门打开，乳白色的强光从门形的空间射出，周明远鬼使神差地踏了进去。

❶ 预兆

似乎所有事情都有预兆。

从16日早上开始，没有一件事情顺利。

上午8点半，周明远背着包，带着妻子董晓、儿子周辰下楼，赫然发现对门老康的破尼桑正停在自家车头。小区的车位一面靠墙，车头冲外。这个位置，别说是车，就算直升机都飞不出去。

自己有车位还把车停在别家车头，欺负人也没有这么个欺负法。

周明远在心里骂了句娘。

老康叫康强，住周明远对门，四十多岁，在家具厂做木工，长得五大三粗，满脸横肉。原本是一家三口，一年前妻子同他离婚，带着女儿改嫁。据说是因为他滥赌、家暴。

周明远住的小区叫御庭华府，8栋，小高层，一梯两户，周明远先搬进来，康强后住。刚来时两家还和和气气，自康强离婚，关系就急转直下。原本各家过各家的日子，关起门来自成一统。然而，康强没了老婆管，就像去掉项圈的狗，到处撒尿拉屎，垃圾都丢在走廊里，搞得整栋楼臭气熏天。周明远和妻子董晓每次都帮忙扔垃圾、打扫楼道。一次两次还可以，次数多了，谁都受不了。后来有一天，周明远趁康强在家，就敲开门委婉地表达了一下不要再往走廊里堆垃圾的诉求。谁知康强撇撇嘴说：“我又没让你收拾，你自己犯贱怪我咯？”说完，砰地关上门。周明远气得头发竖起，又无可奈何，只好到物业去投诉。转天，物业派两个人来劝，康强当场就摔了啤酒瓶子，骂骂咧咧说：“老子花钱买的房子，有种你把钱给我退了。”物业上门的是两个小年轻，脸都吓白了，狼狈退出来，转身就跟周明远道歉说这样的人，能忍还是忍忍吧！周明远目送两个人离开，和妻子对视一眼垂头丧气回家。两个人性格皆偏于温和，想着多一事不如少一事。此后，能躲就躲能避就避，尽量不和康强正面接触，但那康强得寸进尺，有次喝多酒半夜回来甚至冲着周明远家的门滋了一泡尿。

周明远在楼下围着康强的车转了两圈，发现没有任何办法把车开出去，只好气呼呼上楼，董晓要跟他上去，被他拦下来。电梯到8楼，他没直接去找康强，而是开门回家，从杂物间里翻一根钢管出来。那钢管40厘米长，锈迹斑斑，他左手持着，背在身后，出门，走到对门挥拳猛砸。

直砸了十分钟，门才打开。就见康强穿着一件脏脏的灰T恤，下身大裤衩，光着脚丫子，胡子拉碴醉眼惺忪，一边挠着屁股一边满脸不耐烦地问：“干吗啊？”

周明远努力压着火气，赔笑说：“老康，你把车停我车位前边，劳驾，挪一下，我还急着出去。”

康强“哦”一声，又把门关上。

周明远站在关闭的门前呆住，心想哦是什么鬼，是挪还是不挪啊，就又砸门。

第二次开门，康强脸颊上的肉都在抖，怒眼圆睁，朝周明远嚷嚷："我说你有完没完，知道不知道老子昨晚上几点回来的，让我睡会儿能死吗？"

周明远被对方酸腐的口气熏退两步，将左手的钢管换到右手，脸色铁青，厉声道："老康，你行行好，我爸今天过生日，我得赶过去给他祝寿，你车挡在那里，我真开不过去。"

康强瞥到周明远手中的钢管，眼角抽动，咕咚咽口口水，抓了抓满脑袋的乱草，依然嘴硬说："不可能，我夜里回来，把车停车位里了。"

周明远见钢管威吓起了作用，心底松口气，说："老康，你下去看看，如果车没停我车前头，你要怎样都行。"

俗话说泥人尚有三分土气，话已至此，再说下去就容易打起来。康强没想到平日里温文尔雅的周明远也有急眼的时候，只得转身回屋穿了件衬衫，拿着车钥匙跟周明远下楼。待到楼下，见自己的车果然横在周明远的奔腾前面，他就有点儿诧异，拍着自己的脑门嘟囔着把车移开。周明远见车挪开，也不和康强废话，将钢管扔到后备箱，上车启动，离开。

驶出小区时已经9点过一刻，按照计划，他们要先驱车到位于凯旋路的万嘉商场买点儿东西，然后中午在商场里面的餐厅用餐，午后驾车前往位于三小时车程左右的越岭镇。周明远的父母就住在那里。预计黄昏抵达，和父母约定的时间也是如此。

凯旋路的万嘉年前才开业，因为占地颇大，位于市区东部边缘。周明远家住北边，先走学府路，再走建设街，然后进入临江路一直开，过了桥就差不多到了。学府路很顺畅，建设街车流量有点儿大，但过了拥堵路段就好了，结果在临江路和花园街交会处，被一个骑车的老大爷碰了瓷儿。

还好当时周明远车速不快，董晓坐在副驾驶及时提醒，这才刹住车。然后夫妻两人在车里眼睁睁看着老人连车带人倒向他们的车头。董晓转脸担忧地问周明远怎么办，周明远摸摸妻子的脸说没事儿，我们有行车记录仪。等周明远下车，老人正哎哟哎哟地从地上爬起来，周明远和董晓已经做好了被讹的心理准备，大不了打110等警察来处理，行车记录仪自然会证明他们的清白。

周明远走过去把老人扶起来，问他有事儿没，要不要送医院。老人茫然环顾左右说奇了怪，刚刚还在公园边上，怎么眼前一黑就跑到这边来。董晓扯扯周明远的衣袖，又指指自己脑袋。周明远明白妻子是怀疑老人可能精神有问题。就又问老人家在哪儿，身上疼不疼，撞没撞着。老人定定神，说了自己的住址，又说没事儿，没撞着，是自己不小心摔了。

这就出乎意料了。原本以为是碰瓷儿，但听老人的话显然不是。若是真碰瓷儿，周明远和董晓也能硬起心来，此时发现错怪老人家，戒备森严的心理防线顿告坍塌。董晓见老人手和膝盖都擦伤，跑到街边药店买了创可贴给贴上。老人一直挥手说没事儿，夫妻俩看老人能走能动，确实不像有事儿，就重又上了车。

此后一路畅通，顺顺利利到了商场。停好车，周明远和妻子牵着儿子进了商场。里面面积广阔，如同迷宫。周辰欢呼雀跃，东跑西溜，董晓就在后面追，累得气喘吁吁。前一天晚上，周明远的父亲周兴嘱咐他去商场买个简易书架，顺路捎过去。周明远选了半天也没选好，就喊董晓来参详，两个人摸摸这个看看那个，又琢磨周明远父亲究竟有多少书，是买三层的还是四层的。最终还是打了个电话才确定。然而选好书架，董晓一转身发现周辰不见了。夫妻俩又开始满商场找孩子。

周末商场人流熙攘，董晓在附近找，周明远去找工作人员帮忙广播通知，折腾半小时依然没见着周辰的影子。董晓开始哭，说都怪周明远买个书架也要她来定，不然孩子不能跑丢，说着说着又开始埋怨周明远父亲周兴，买个书架非要大老远带过去，镇子里就买不着？周明远心急火燎，不想和董晓争吵，急匆匆跑到商场的安保室，说明情况。安保负责人赶紧调监控查，时间回到两个人选书架的时候，屏幕中周辰挣脱董晓的手被另一个穿红衣的小男孩儿拉出画面，又查别的摄像头，查了三四个，终于又在另一个里面看到穿着格子衬衫牛仔背带裤的周辰，只见他被穿红衣的小男孩儿推进一个壁橱里，壁橱门关闭，穿红衣的小男孩儿站在画面中愣了片刻，转身走掉。周明远和董晓赶紧往那个壁橱跑。气喘吁吁地跑到，打开门，周辰果然蹲坐在里面。董晓把周辰拉出来，揍了一巴掌，哭着问他躲这里干吗。周辰却没哭，眨巴着眼睛说遇到一个小朋友说要玩捉迷藏，让他藏在这里。

孩子找到，夫妻俩都松了一口气。时值中午，三个人一起去吃饭，周辰嚷着要吃比萨，周明远就选了一个西餐店。一个瘦长脸的男服务员呆呆地看着他，脸上又流露出慌急的神色，似乎想要说什么，但一直没说话，只是把他们引到里面一张桌子，并递上菜单。周明远接过来，点了比萨、烤肠、烤翅、薯条什么的，下单后服务员离开。然而等了半个钟头，诸多食物一样都没上来，周辰看着旁边几桌人早都开吃，哭闹起来。董晓就喊另一个女服务员过来问菜什么时候能上来。服务员说去催一下，结果转身回来答复说你们并没有点菜。周明远惊讶地说怎么可能，就去找刚刚为他们点餐的那位长脸服务员，那人却狡辩说根本不记得为他们点过餐。

一上午各种状况层出不穷，积压已久的情绪一瞬间爆出来。周明远大怒，朝对方吼起来。争吵声引来店长，了解前因后果，为息事宁人，店长重新为周明远点餐，又送给周辰一个小玩具。

所谓伸手不打笑脸人，餐馆负责人满脸赔笑，周明远的怒火就逐渐散去。又等十分钟，所点的菜俱已上来。周辰坐在椅子上左右开弓，一手鸡翅一手比萨，吃得满脸都是油渍。董晓一边给儿子擦嘴，一边看清单上的东西，发现没有遗落，就抬头问周明远蛋糕订没订。周明远一拍额头说还真给忘了，又打电话给越岭镇上的糕点店，选好型号造型，约定晚上过去取。

吃完午饭周明远去停车场取车，董晓带着周辰在路口等。

停车场是露天的，上午来的时候周明远把车停在东北角。他手指转着车钥匙往前走，还没走到近前就看到一个戴着棒球帽的年轻人正拿着什么东西要扎他车轮胎，他喊一声，那人像受惊的兔子一样飞速逃开。他急忙走过去查看，发现左前轮有个戳痕，很浅，并不会造成什么影响。他围着车仔细查看，没有发现其他异常，这时董晓打电话问他怎么还不过去，他说马上过去，挂断电话把车启动，驶到出口时跟停车场的管理人员说了片刻前遇到的情况。对方叹口气说根本管不过来，地广车多，之前已经有车主声称车窗被打破、车里的东西被偷，接着劝他下次来车子里不要放贵重物品。

不管偷车贼却要车主注意防范，哪有这样的管理人员？

周明远本想抱怨两句，转念一想并不能解决什么问题，就闭上嘴开车离开。在路边接上董晓和周辰，三个人继续上路，还没驶出城区，周辰坐在后座的安全座椅上已经睡熟。

时间已经是下午两点半，天空有云，阳光不时从云隙之间穿过，明媚和煦。窗外和风习习，吹在脸上柔软温暖。车载电台里正播放着一首民谣，曲调哀伤，如泣如诉，大意是讲游子乘着火车离开，在火车汽笛声中离家越来越远，一百里又一百里，愈行愈远，害怕自己离开之后再也找不到回家的路。

周明远和董晓一边听歌一边聊天，刚说到周明远所在的小组正在研究的课题时，车祸发生了。一辆想要从外侧超车的厢式货车失去控制撞在周明远的车后，巨大的撞击力将周明远的奔腾撞得飞起来，下落时撞到前面的别克GL8，弹开又和右侧的奥迪A6相撞，随后开始在路上翻滚。车内杂物如滚筒洗衣机中的衣物，飞扬翻滚。周明远大喊着妻子和儿子的名字，整个听觉却被金铁交击的轰鸣声堵塞，几乎是瞬间，他就失去了意识。

❷ 林中阶梯

等他再次醒来的时候，已经在医院中，医生扒着眼皮用手电筒照射他的瞳孔。周明远神志立刻恢复，跳起来问董晓和周辰在哪儿。医生并没回答，而是指挥几个护士把他按回病床。周明远挣扎着，但双拳不敌四手，更何况护工中还有两个膀大腰圆的男人。

“你冷静一下听我说。”那医生矮胖还秃顶，身上不知为何会散发着浓重的机油味。

周明远喘着粗气，盯着对方，心里已经有不好的预感。

“你脑袋被撞了一下，其他部位有点儿擦伤，除此之外没啥事儿，不幸的是你妻子和儿子伤势过重，等救护车赶到时已经失去生命。”

像是被一柄巨锤狠狠砸中，第一感觉不是痛，而是恶心，周明远哇地吐出来，又触电一样从病床上跌落，趴在地上，佝偻着身子，像一条错食毒药、濒死的狗一样不时呕吐。有人去扶他，却被那矮胖医生阻止，说让他一个人待一会儿，随后和众人一起离开病房。

周明远呕吐过后开始撕心裂肺地哭号，又过许久，只剩下默然悲泣。

有人说悲伤分为五个阶段，第一个阶段是拒绝接受，不想承认事情的发生；第二个阶段是愤怒，愤怒这样的惨剧为何会发生在自己身上；第三个阶段是茫然，不知道自己身处何地，也不知道自己还能做什么；第四个阶段是绝望，丧失掉对生活的所有兴趣；第五个阶段是接受，既然无法改变只能接受一切。

周明远迅速地度过了前三个阶段，然后身陷于生无可恋的绝望中。半个月后，办完葬礼。周明远拒绝父母陪同，只身一人回到家中。妻儿的味道犹在，欢声笑语也似乎还在耳边回荡。枯坐家中，周明远心里烦躁，便下楼转悠。御庭华府小区绿化很好，群楼围绕中，有一片小小的白桦树林，秋日树叶飘落，周明远曾带着周辰寻宽大的落叶玩一种叫“割梗”的游戏，隆冬飘雪，在树林间堆雪人打雪仗也是父子活动的必备选项。此时时值夏末秋初，浓绿的树叶还在枝上随风摇摆，一点儿也没有凋零衰败的景象。

如同以往每一个黄昏晚饭之后的散步，如同以往每一次微雨过后的徜徉，如同以往妻儿在侧，纤手在握，童声郎朗……周明远以最惯常的路线走进树林，远远就看到林中的空地上不知何时营建了一座孤零零的旋转阶梯。那阶梯木质，刷着红色的油漆，由地面而起，一阶阶盘旋而上，距地五六米即消失不见。远远看上去，并不像戛然而止，更像是那阶梯延伸进看不到的空间。

周明远围着那阶梯转了两圈，木质触感，和普通的楼梯并没有什么区别，晃了晃，纹丝不动，坚固得不同寻常。他抓着扶手拾阶而上，步步攀升，一直走到顶端，眼看无路可走，那悬空的阶梯之后霍然有门打开，乳白色的强光从门形的空间射出，周明远鬼使神差地踏了进去。

谁知踏进去之后，柔光变成黑暗的深渊。周明远大叫着跌落，霍然醒转，发现自己正坐在一辆拥挤不堪的破旧大巴车里，前座的椅背上套着治疗前列腺、早泄之类的医疗广告，左右都是睡得前仰后合的旅客，似乎刚刚有人放了屁，恶臭的味道在车厢里弥散。周明远前后看着，周遭众人皆面目陌生。他满头雾水，片刻前登上林中的旋转阶梯，为何转眼间出现在一个大巴里?

正心中犹疑，大巴车猛地来了一个急刹车，车厢中顿时一片惊叫哀鸣，有人猝不及防地整张脸撞在前座的椅背上，有人从后座直接飞出来摔到车的中部，还有人被行李架上跌落的行李砸到脑袋。短暂的混乱结束后，众人发现前方的路面一片混乱，数不清多少辆车撞在一起，大车小车，货车客车，横七竖八，稍远处的路段有浓烟滚滚。大巴车门打开，乘客们一拥而下，在车辆的缝隙中向前跑，周明远也在其中，不断地看到有人满脸鲜血地从追尾的车中走下来询问前面发生了什么事儿。他摇头表示不知，随着众人不断前行。路过一辆车时，不经意间看了一眼车窗，惊愕地发现玻璃映出的是一个黑瘦的中年男人，秃眉鼠眼，脸颊凹陷。

周明远摸摸自己的脸，车窗玻璃映出的男人也摸脸。周明远见鬼一般惊叫跳起，那人脸上也显露出惊恐神色。周明远踉跄奔到附近一辆车的后视镜前，掰过来仔细打量——镜中人并不是自己，而是一个极陌生的男子。

周明远蒙蒙然间走到路肩处坐下，摸着身下粗粝的沥青路面、沙砾、长条的方石，青草，远处还有一棵开着黄花的蒲公英，天蓝得澄澈，阳光明媚，清风徐徐，如此真实，丝毫不像幻象。下一秒，他挥手狠狠给自己一个大嘴巴，直抽得嘴角溢血，终于确定自己并非身处梦境。然而现在究竟是什么情况，为何自己变得和之前完全不同？他踉跄着站起来，神志恍惚地沿着路肩下的野地向前走，没走几步就被前面的人挡住，他穿过人群看到极其惨烈的景象，单向的四车道一片狼藉，散布着损毁分解的车辆碎片，有人从那些残骸中拖出人的躯体，被拖出者，有的发出凄厉的哭号，有的悄无声息。

其中有一个看起来好熟悉，身上穿的裙子像妻子的款式，只是被东西盖着脸，看不清面容。周明远绕过挡路的人走过去，掀开那件蒙脸的衣服，顿觉天旋地转。那是董晓，他的妻子，面色灰败，已然死去多时。他撕心裂肺地发出一声哀号，眼前一黑，下一秒他猝然感受到眼前强光照射。等他神志恢复，惊愕地发现自己身处医院之中，那个矮胖秃头的医生正扒着自己的眼皮用一支手电筒照射他的瞳孔。他猛然坐起，那医生猝不及防地吓得扔掉手电筒。

周明远环顾四周，之前身在事故发生的高速公路上，以一个陌生男人的眼睛看到妻子死去的脸，此时此刻却又回到医院中。究竟哪一个才是梦境？片刻之前还是现在？他怔怔地坐在病床上，浑身的疼痛让他想起半个月前的车祸，更让他疑惑的是手肘手臂膝盖大腿上的擦伤还在流血，分明是刚刚形成不久。他四处环视，想要寻找一个能推定时间的东西，但病房中并没有日历之类的东西，只好求助地望向周围的护士和医生。“今天是几号？”

“16，8月16号。”一个年轻的护士小声答他。

周明远脑子嗡鸣一声。怎么会？早上他看过日历，分明已经是9月1号。

“周先生，你现在需要躺好，我们要检查一下你的伤情。”矮胖秃顶的中年男医生走上前来安抚道。

“我儿子和老婆——”

“对不起，他们没有挺过来。”

即便早已经知道，周明远依然如遭雷击。但更令他困惑的是自己如何重又回到车祸发生当日？他被医生按在病床上检查，脑子里却在一件件往回捋。怪事似乎是从登上林中那奇怪阶梯时开始的。跌落未知空间，随后成为大巴车中陌生男人，旁观车祸，又穿回16日当天……难道那阶梯是某种时空隧道？能够通过它回到过去，那为何是16日，巧合还是具有明确的指向性？是否冥冥中有天意想让他回到车祸当日去解救妻儿。

检查结果和首次一样，除去身上的部分擦伤和后脑的轻微撞击，并无大碍。周明远拒绝了医生继续住院观察的建议，连头脸及身上的擦伤也没有处理就奔出院门。等他赶回小区，踏进那片白桦林，目瞪口呆地发现那片不久前矗立一架旋转楼梯的地方空空如也。

那片树林不大，占地至多不过三四亩。绕着走一圈都用不了多长时间，加之林木稀疏，有无阶梯一望即知。周明远在林地中呆立良久，想不通那阶梯为何会消失不见，疲惫不堪，又不敢离开，只好在林中逡巡，一遍遍走，走累了就坐下休息。一直到暮色四合，小区内路灯亮起，那阶梯也没有出现。

周明远心中焦躁难耐，恨不得阶梯出现，他立刻冲上去回到事故发生前阻止惨剧发生。然而随着时间流逝，仰望头顶繁星逐渐点亮，听着林中的不知名小虫鸣叫，后来夜雾漫起，感受到冰凉潮湿的草地，心绪渐渐平静下来。索性选一处平坦的地方躺倒，与夜色和树林融为一体，到了午夜之后，月亮升上来，在大块的云后时隐时现，升至中天，复又落下。风从林间穿过，枝叶簌簌。最后晨光熹微，东方泛白，启明星璀璨如钻。接着朝霞满天，太阳升起，一夜就这样过去了。

周明远浑身被露水打透，冷得直打哆嗦，值此初阳照射，顿觉精神一振。心里想着只要能够通过阶梯回到过去，一切就都可重来。思及至此，一夜疲惫尽去，回家换了一套衣服，把去年夏天去海牙山露营的装备翻了出来，搬到林中，支起帐篷。帐篷门对着那片林间空地，确保只要那神奇阶梯一出现，他就可以立刻看到。

如此持续一周，阶梯依然未见，周明远却胡子拉碴的如同野人。父母多次来劝，他依然顽固不回。这一天清晨，他从睡梦中醒来，睁开眼就看到阶梯重又出现。他用力揉眼睛，那阶梯和上一次见的一样，形状颜色没有丝毫差别，只不过在晨光照射下，半掩在迷茫的雾气中，神奇得像是能升往天国一般。

周明远连滚带爬地冲出帐篷，奔向阶梯，再次拾阶而上，急迫的脚步声砰砰响着，行至顶部，深吸一口气，跃入隐隐发光的门中，这次却不是跌落，而是飘起，倏然上升，就像有什么东西将他吸上去。

神志恢复的一瞬，周明远就被打了一巴掌。

“发什么愣？还不快撬。”

打他的是一个穿运动帽衫的瘦脸年轻人，看年纪也不过二十多岁，浓眉宽额，一双贼眼游移不定，下巴上冒着几个粉刺，手里拿着一根细长的铁钩子，正将钩子由未关严的车窗缝隙伸进去钩窗上的锁扣。

周明远低头看到自己映在车窗上的脸，果然又是另外一个人，身体瘦高，容貌俊朗，二十岁左右，全身运动服，戴着棒球帽。他转头四顾，发现自己身处一个停车场的偏僻处，再仔细看，竟然是万嘉的停车场，看看头顶太阳似乎刚过中午，脑中猝然闪过一道电光，自己可能再次回到事故发生之前，此刻他本人应该正和妻儿一起在商场中用餐，如果能赶在他自己开车离开之前把他的车子搞坏，应该可以避开车祸。思及至此，他眼睛落在身边正撅着屁股撬车门的同伴身上，那家伙穿的牛仔裤，屁股口袋里露出一个木柄，看上去像是一把螺丝刀，他想都没想伸手就将那螺丝刀抓过来，没错，一字型螺丝刀。那人并没察觉，仍在专注地撬着。周明远心中升起一股厌恶，猛然一脚将对方踹倒，大喊一句："有人来了，快跑。"

身后那人还在惨叫，周明远已经远远逃开。转过弯后，隐在一个角落里察看自己所在停车场区域。万嘉停车场有四个区，分别用ABCD来标示。他此时身处C区，而自己的车，没记错的话应该停在A区。他将螺丝刀藏进运动服宽大的袖子里，穿过B区，直奔自己停车的地方。大约用掉十分钟，他来到自己的车前，绕着车走了一圈，环顾左右，并没有人来，于是走到左侧前轮，手持螺丝刀用力扎下去，出乎意料，那轮胎很坚固还有弹性，并没有扎破，仅仅留下一个浅浅的痕迹，他骂了句脏话，正要再扎，就听有人发了一声喊，他抬头就看到另一个自己正暴怒着向这边跑来，他大惊，来不及再扎，只好夺路而逃。

跑得气喘吁吁，后面并没有人追来的声响。他停下来，弯着腰大口喘息，心里懊恼自己无能，没有成功扎破轮胎，紧接着眼前一黑，手中螺丝刀当啷坠地。下一秒睁开眼睛时又回到医院中。秃头矮胖的医生再一次拿着手电筒照他的眼睛。他弓身坐起，胸口传来一阵剧烈疼痛，不由自主地发出一声痛呼。

那医生放下手电筒，盯着他说："你左侧肋骨折断两根，需要卧床休息。另外，你妻子和儿子伤势过重没有抢救过来，节哀吧！"

车祸依旧还是发生了，这也在他的预料之中，毕竟没有成功阻止。

"我什么时候可以出院？"

"你后脑有创伤，加上肋骨骨折，先住院一周观察一下。"

周明远却不想在医院浪费时间，吵着要出院，无论谁劝都不听，最后医生无奈在他胸口贴了固定肋骨的胶带，看他签了责任自负的书面文件才放他离开。周明远打车回家，先给父亲打了个电话，说这边有点儿事儿今天不能赶过去，让他们不要担心，随后忍着胸口的剧痛再一次把帐篷翻出来，搬到楼下树林，准备打持久战，却不料，等他走进那树林中，那阶梯已然在那里，就如同一直都在。

他扔下帐篷，三步并作两步登上阶梯，飞身跃入。

这次他是一个街边买水果的妇女，俯身之时对方正在称苹果，恍惚中一袋苹果散落，滚得到处都是，路过行人纷纷俯身帮忙拾捡，她茫然站在原地，不知道身处何地，看光景应该是上午八九点的样子，这个时候另一个周明远在干吗？正暗自疑惑，一辆黑色的奔腾从路边驶过，她清楚地看到妻子董晓正坐在副驾驶位上和驾车的周明远说着什么，脸带笑意。她呼呵一声，向前奔去，意识瞬间脱体而出。

醒来之时依然是医院，身上仅有几处擦伤，矮冬瓜医生仍然重复着之前的说辞。周明远态度蛮横地拒绝诊断，逃出医院。这一次林中的神奇阶梯出现在两天之后的午夜，就在水银泻地一般的月光中出现，周明远盘旋而上，在如水的月色中跳下。下一秒却在公园中醒来，他正骑着一辆自行车，沿着江边的道路不疾不徐地前行，车筐里放着几根大葱，后座上绑着半袋大米，看起来似乎刚刚从早市上购物回来。他感受到自己左手腕上戴着东西，一手扶把，抖开衣袖去看左手腕，金属表链，银白色表盘，是老式的上海牌手表，分时针岔开，时间是8点55分。他看着路牌，脑中回忆着车祸当天的行驶路线，沿着这条路前行，一直到花园街，才有可能截到驶过花园街的自己。然而临江路如同它的名字，临江而建，全长几十公里，他目前所在的是东段，同花园街的交会处在西段，骑车过去至少要半小时，很有可能他还没骑到，另一个自己已经驱车驶过。思及至此，周明远唯有奋力猛蹬，然而这具身体年迈老弱，没多久就双腿发抖汗出如浆。不得已只好短暂休息，等他赶到交会处的路口时，奔腾刚刚从身边缓缓驶过，好在前方路段车流量大，奔腾行驶缓慢，周明远紧蹬两下，渐渐追上，透过后车窗，他看到儿子周辰正在无聊地玩手指。按照事先想好的计划，他应赶上去后把车拦停，告诉周明远会发生车祸，但当他骑到副驾驶一侧，伸手正欲拍车窗时，那具身体忽然不受控制，紧接着，还不到一个呼吸，他又回到医院中，并惊恐地发现自己左手臂从肘关节以下消失了，截断处被纱布紧紧裹缠，隐有血迹从中渗出，没有手腕也没有手掌，光秃秃的就像一截被锯断的树桩。他盯着残存的断臂良久，医生走进来说营救人员把他从残破不堪的车中救出时，左臂已然被碾得破破烂烂，只能截肢。介绍完手臂的伤情，医生又告诉他妻儿双亡的噩耗，说的过程中满脸担忧，却没想到周明远情绪异常平静。

“现在可以出院吗？”周明远淡然问道。

矮胖医生惊了一下：“我建议你——”

周明远不耐烦地打断：“别磨叽了，你签个字，让我离开，我没时间跟你在这儿废话。”接着转头对床边的年轻护士说，“麻烦你去帮我拿一张责任书，”伸手指矮胖医生，“就在他办公室的2号文件柜中间那格，钥匙在他大衣兜里。”

“啊？”女护士一脸发蒙。

“不是，等一下，你怎么知道的，我的文件柜？”矮胖医生语无伦次地追问。

周明远避而不答，只是一叠声催促护士去拿责任自负的书面文件，他又不能告诉对方，之前肋骨折断的时候已经经历过一次，所以门儿清。

矮胖医生拗不过周明远，只好让他离开。周明远吊着一截残臂走出医院，想着是否要给父亲打个电话通知今天赶不过去，后来一想没有必要，反正自己还要再次穿越。站在路边打车回家，出租车司机和上次的是同一个，见他残疾，好心地下车过来给他开车门。这时周明远才真切感觉到自己的身体缺陷。对于断臂，除了刚刚醒过来时有点儿震惊之外，他并无多少感觉，因为他知道只要阻止车祸，所有一切都将恢复正常。他甚至该庆幸自己没有失去双腿，因失去双腿他就没办法登上那林中阶梯。

重又回到树林，阶梯尚在，他飞奔上去，跃下。

这次是一个送快递的小哥，骑着三轮车在小区内穿行，时间是16日早上8点半，他惊喜地发现这个小区距离他家不远，于是掉转三轮车向御庭华府驶去，不料半路同一辆私家车剐蹭，那车主凶悍异常，扯着脖领子打了他三个耳光，还不依不饶地扣下他的三轮车，没办法他只好捂着脸跑步过去，只是刚跑到小区门口，就看到奔腾车加速离去。再次回到医院，果然断掉的手臂又长回来。

第六次穿越，早晨6点过一刻，他是一个早起遛狗的大妈，牵着八条狗，有大有小，东奔西突，搞得她如同抽搐的木偶，所幸在一个小区，正准备上楼敲门去提醒另一个周明远，却看到康强把破尼桑从车位开出来停在自己的车前，他气急，想要冲上去骂，时间已到——失败。

第七次穿越，他是路边加油站的员工，时间是下午1点半，周明远刚刚加完油离开——失败。

第八次穿越，他是万嘉商场收货员，中午11点40分，从仓库赶到商场中的西餐店，刚看到周明远朝店员发火，失去意识——失败。

之后，他苦等三个月，才再次等到阶梯出现。他涕泪横流地攀爬而上，接着跃下，五颜六色的光芒旋转出现，如同身处万花筒中。色彩逐渐剥离，他睁开眼睛。发现自己身处一个五彩缤纷的海洋球池，周围都是尖叫翻腾的小孩子，他愣了一下，发现自己手小脚小，同样也是一个孩子。环顾左右，立刻辨认出这个球池是设在万嘉商场中的儿童玩乐区，面积不大，半敞开式，周围有半人高的橡胶墙阻挡，未进池中的父母们就站在橡胶墙外旁观，有的玩手机有的打电话，有的同池内的孩子互动。他认不出哪个是孩子的父母，也没发现有人对他特别关注。他看到附近有LED钟上的时间是16日上午10：36，心想此时另一个周明远应该正在买书架，于是他转到人少的区域，踩着一个乌龟充气玩具的头跃出球池，按照指示标志前往家具的区域。在不同风格的家具中穿行，他苦苦寻找，忽然听到熟悉的声音，循声望去，只见面前不远处，妻子董晓牵着周辰的手，站在一个四层的白色组装式书架前和另一个周明远说着什么，他站在原地苦苦思索着办法，按照以往经验，穿越附身时间不确定，或长或短，最长时待过近半小时，短则不过几十秒，有可能下一秒自己就穿回去，以他一个孩子的身份去提醒，必然不会被另一个周明远信任，此时此刻最靠谱的方法就是偷偷将儿子周辰拐走，但又有问题，他只是假拐，万一过程中自己失去对身体的控制，极有可能导致周辰身处危险之中。

时间飞速流逝，周明远看到周围的衣橱衣柜时，脑中灵光一现。

他悄悄走过去牵住周辰的手，小声说那边有个变形金刚我带你去看。周明远了解儿子，最喜欢的玩具就是变形金刚，一听他这么说，周辰一下挣脱董晓的手，而董晓正和周明远说着什么，没有意识到儿子已经脱离开她的控制。周明远牵着周辰迅速跑开，兜兜转转地拐过好几条通道，来到另一片区域，这个区域售卖的都是厨房用具，包括很多橱柜。周辰在身后跑得呼哧呼哧喘气，但表情雀跃兴奋，颇有一种逃脱家长控制独自外出冒险的激动。周明远觉得跑得已经够远，止步停住，转身对周辰说，我们玩捉迷藏好不好。周辰早忘了片刻前要去看变形金刚的诱惑，转而被新的提议吸引，拍着小手说好。周明远看着儿子可爱的模样，心中涌起窒息般的痛，强忍着悲伤，带周辰来到橙黄色的壁橱旁，打开门，推他进去，说，你藏在这里，记得不可以出去，妈妈一会儿就会来找你。周辰乖巧地点头。周明远关上门，拔腿往海洋球池那边跑。他离开已经够久，这个孩子的家长想必也在焦急地寻找。

家具区域摆放着很多带有落地镜的柜子，他经过时偶然向其中瞄了一眼，顿时悚然一惊，镜中人红衣黑裤蓝鞋，颇为熟悉。他不由自主地停下，盯着镜中的孩子看，豁然想起车祸当日的情景，原来他就是监控视频中那名把他儿子拐走藏在壁橱里的红衣男孩儿。

怎么会是这样，他猛然呆住。下一秒钟，意识倏忽远离。

他预料到醒来还会在医院，却没想到自己会失去一只眼睛。

联想到之前几次受伤的经历，隐约摸到一条规律——越是有可能改变车祸结局就会受到越严重的损伤。从折断肋骨，到失去手臂，再到现在瞎掉一只眼。或许冥冥中有什么规则在阻止他改变已经发生的事情。相比身体受到的损伤，他更震惊的是自己穿越到车祸当天，却阴差阳错地成为当日发生诸多事情的一部分，例如那个红衣小男孩儿，还有在车边跌倒的老大爷，以及那个停车场想要刺穿他轮胎的年轻人，甚至还有更多的人自己并没有留意到。他沮丧地思索着，细细地回忆当日发生的事情，恐怕康强将车停在自己车前和那个餐馆服务员失忆般不承认为他们点过餐也都是他附身导致的结果。然而这些行动无一例外都失败了，他真的能成功改变结局吗？心中的念头某一瞬间产生动摇，但立刻又坚定下来，只要阶梯存在他就会一直尝试下去，只要一次成功，他就能挣脱出这个循环。

周明远的预感没有错，随后的穿越中他果然附身康强将车停在他的车前，除此之外还恶作剧地将芥末膏挤进了康强的牙膏中，虽然这样做显得很幼稚，但总算是在心中出了一口恶气。

一次又一次的穿越，他已经记不清历经多少次，每一次都能和当日的人事产生联系，似乎当日出现在他身边的每个人都是他自己。

此时他坐着轮椅呆在林中，已经苦等两周，那阶梯还没有出现。

前一次穿越他成为那个餐馆中的点餐员，这是最近的一次接近。他激动地想要告诉周明远不久后会发生车祸，却无法说出那些话，身体也不受控制，他只能眼睁睁地旁观，却无能为力。即便这样，等他醒来的时候依然付出了失去双腿的代价。

他怔怔地想着，彼时妻子儿子就在眼前，触手可及，泪水从眼窝中爬出，弯弯曲曲地在脸上滑落。擦掉泪水，痛苦地闭上眼睛，等他再睁开时，阶梯出现了，就在黄昏的夕光中。他费力地将轮椅转到阶梯下，双手支撑着爬上去，以手当腿，一步一步，一阶一阶，汗水一滴滴落在木质的阶梯上，等他爬到顶部，已然力竭。

跌落，再次进入一个陌生人的身体。

醒来时发现自己正在驾驶一辆货车，还是一辆加长重载的货车，行驶在高速公路上，时间是下午1点，这个时间另一个周明远好像刚刚从超市出来，还没有驶上高速，看看前后车距都很远，他几乎想都没想，长长鸣笛示警，随后一打方向盘，整个货车横过来，轰隆隆翻到在路面上。他护住头脸，刺耳的轰鸣声几乎击穿耳鼓。意识失去复又回归，他感觉到有人喊他的名字，醒过神来看到董晓坐在副驾驶位拍他的肩膀，他应了一声，抬头见前面有交警走过来，他踩了一脚刹车，把车停下，交警走到车窗边，朝他敬礼说，高速公路发生事故，一个大货车侧翻，一车洗涤剂都洒在路面上，目前已经封闭，预计要经过三四个小时的清理才可以重新开放，如果着急的话可以先绕行其他道路。

周明远说了声谢谢，启动汽车，驶入另一条可以绕行的道路。

“怎么办？”妻子问。

“走国道吧，估计会晚一点儿到。”

一路上周明远精神高度戒备，安全意识调到最高等级，还好一路无惊无险，等车开进越岭镇，已是黄昏，他们去蛋糕店取了蛋糕，直奔父母家。虽然到得晚了点儿，好在平安抵达。晚餐无比丰盛，母亲做了一大桌子菜，周辰奶声奶气地给爷爷唱了生日歌，父亲吹熄蜡烛，大家分食蛋糕，吃着喝着开心地笑着，直到这时，周明远才意识到自己竟然真的改变了车祸的结局，激动地抱着儿子狠狠亲了几口。饭后，一家人坐在院子里聊天，月亮升上来，树影婆娑，坐在躺椅上的周明远困意袭来，阖眼睡去。睡梦中依稀有人为他盖上毯子，他醒过来，面前是树林，夕光斜射，原来刚刚的一切都只是一个美好的梦境。他依然在树林中，双腿断掉，坐在轮椅上。

唯一的好消息是阶梯出现了，他重复梦境中的行动，弃掉轮椅爬上阶梯，再跳下。

又是行驶中的货车，不过同梦境中不同，这次是小型的厢型货车，脑子昏沉沉，驾驶室里充满酒精的味道，他看了看时间，下午2点30分，差不多正是车祸的时间，他打起精神，左右打量，想要确定自己所在的路段，忽然发现前方行驶的一辆黑色奔腾看起来很熟悉，定睛去看车牌，果然就是自己的车。他浑身的汗毛都竖起来，车祸可能下一秒就发生，他想到梦境中的方法，超过去在更前面造成事故，以阻止他们继续前行。于是大力踩下油门，把挡位调到最高，货车猛地一蹿，速度快了一倍。他按着喇叭准备从外侧超车，却不料车胎在此时爆掉，货车失去控制猝然撞在奔腾的右后侧。奔腾被撞得飞起来，他所在的货车则从另一个方向翻滚着冲下路基，砸进路边的绿化带。

失去意识前周明远的整个脑子都是蒙的，原来，他才是整个惨剧的元凶。整个事件已经成为一团乱麻，起源究竟在何处？没有车祸，他就不会通过林中阶梯穿越，没有穿越，也就不可能造成车祸。这是一个封闭的死循环。除非，除非整个世界都不是真实的。

那究竟什么才是真实的？

他的意识离体而出，被黑暗包裹，那黑暗中有声音遥遥地传来——“去吧去吧”，他努力睁开眼睛，依然身处医院，但那个矮胖的医生消失了，取而代之的是父亲站在床边。他看到父亲满脸老泪纵横，悲切地对他说：“阿远，去吧去吧，别担心我和你妈，你们一家好歹在一起了。”他豁然松了一口气，重又陷入黑暗中，蓦地，一道光从上方投下，妻子和儿子站在那束光中，周辰向他招手，“爸爸，爸爸，来啊！”他答应一声，跑过去，又有更多的光投射下来，在黑暗中形成一条道路，尽头是旋转的阶梯，他一手拉着儿子一手牵着妻子，向那阶梯走去。

❸ 车祸

“现在播报一条本地新闻，今天下午2点35分，龙吉高速公路发生严重车祸。二十七辆车相撞，现场一片狼藉，目前已造成七人死亡，十一人受伤，事故原因还在调查中。我台记者正在现场直击救援。”

镜头一转，从直播室转到救援现场，摄像机拍摄到身穿抢险救援的橙色制服的工作人员用切割机将一辆压扁的车切开，随后从中抬出一名男子，男子浑身鲜血淋漓，伤势严重，肉眼可见左臂折断，双腿折断，右眼被血糊住，仅存左眼却还睁着。

“还有呼吸，快送医院抢救。”画面中一名救援人员大喊。

很快有人推轮式的急救担架床过来，几人小心翼翼地将男人放在上面推走，摄影记者跟拍，路边站着一些人，有秃眉瘦脸的男人，有矮胖的男人穿着脏脏的修车服，手腕上戴的表，反射阳光，急救床推过时恰好照在伤者的眼睛上，镜头接着又扫过绿化带里倾斜的厢式货车，那货车的一面贴着整幅车体广告，画着绿叶森森的树林中，铺着地板，一架旋转的楼梯孤独矗立，旁边配着×××品牌地板的广告词。

摄像机还想继续跟拍，却被急救车里的人员推开。

伤者被抬上急救车，闪烁着红蓝灯光高速驶离现场。车上的急救人员进行简单的处理，从破烂不堪的衣服口袋中翻出钱包，里面有身份证和工作证，名字叫周明远，是龙江林业大学红松研究所的研究员。

在送医院过程中，周明远多次心跳暂停，然而又奇迹般地恢复跳动，半小时后，他被推入龙江市第一人民医院的急救室，医生看到他的伤情震惊得说不出话，失血量巨大，身体受损极为严重，按说这种状况早就死了，却没想到身体中还残存着一线生机。

经过几个小时的抢救，大剂量输血，出乎意料的是，周明远的状况一点儿都没改善，生命体征短暂恢复后又会骤然暂停，再抢救，暂时平稳，又急剧恶化，如此反复十几次，每每在医生觉得已无生机的时候又挺过来。

夜里的时候，周明远的父亲独自赶过来。主治医生和他说了周明远的状况，周父默然半晌问真的没有希望了吗，医生点头，说：“现在的状态可以理解成一种回光返照，是不可持续的，肝脏破裂，胸腔刺穿，整个身体的机能已经衰竭，死亡随时会发生。”周父问还有意识吗？医生摇头说不确定，或许有一些意识残存。老人听完，默然半晌，给医生鞠了一躬，问：“我可以去看看他吗？”医生点头。周父蹒跚走进病房，看着被纱布缠满的儿子，泪如雨下，伸出手颤抖着摸着周明远的脸，大放悲声道：“阿远，去吧去吧，别担心我和你妈，你们一家好歹在一起了。”这句话说完，周明远床头的心率检测仪从波动状态忽然变成一道平滑直线。

二

地陷之日

土地上裂个缝原本没什么稀奇，
有时候天气干燥久旱无雨地面就会龟裂出一条条缝隙，
然而颜大路面前的这条缝隙不一般，很长，只有一条，
颜大路沿着裂缝走了几十步，断掉了，往前走几步又出现一条，
如此断断续续，几乎绕着隆礼村走了一圈。

睡至半夜，颜大路做了个噩梦，梦见自己掉进一个地洞。

那洞黑黝黝的，极深，没有底一样。耳朵边呼呼的风声，四肢都触不到实地，后来他也分不清自己是向下掉还是朝上飞，手舞足蹈地在虚空中飘荡，忽然听到轰隆一声惊雷炸响，他吓了一跳，忽悠一下从梦中惊醒。

就听他妈颜老太在西屋喊他："大路，大路，你快过来！"

颜大路披衣服下地，趿拉着鞋到西屋问："妈，咋啦？这大半夜的不睡觉喊我干啥？"

颜老太指着北墙说："你看是不是墙塌了？我刚睡着就听轰隆一声响，棚顶还落了土。"

"净瞎说，这房子刚盖多久啊墙还能塌，也没地震！"颜大路嘴里嘟嘟囔囔，走到北墙，喊他妈，"妈，你拉开灯！"

颜老太一按墙上开关，灯亮了。只见北墙从房梁到墙脚裂了一条巨大的缝隙。缝隙很大，颜大路目瞪口呆地把手掌竖着伸进去，能感受到墙外凉飕飕的风灌进来。

这是怎么回事？颜大路心里暗想，平白无故，墙怎么会裂？

第二天一早，隆礼村家家户户都听说村西头颜大路家新建的瓦房坏了。

颜老太烧水煮饭，颜大路满眼眵目糊地蹲在墙角看那条蔓延到屋脊的缝隙，脚下一地烟头。

门外脚步声响，接着是一个公鸭嗓子：“大娘，做饭哪？”

“二军来啦！快进屋，也不知道造了什么孽，睡到半夜墙裂了。唉！”

颜老太的叹息搞得颜大路又上了一股火，狠狠在水泥地上把吸到过滤嘴的烟头摁灭。

颜大路和朱二军原本关系不错，但半年前发生的一件事儿让两个人之间产生了隔阂。

朱二军家住在颜大路家前院，他家后园子挨着大路家前园子，中间只隔着一道木头篱笆。朱二军和大路同龄，光屁股娃娃时候就在一起撒尿和泥玩儿，成年后也老在一起吃饭喝酒，亲如兄弟胜似手足。然而这种亲近的关系终止在朱二军娶了媳妇之后。朱二军媳妇喜欢占小便宜，属于那种不拿别人点儿东西就觉得自己吃了亏的人。秋天时走在路上，路边种的玉米、黄豆都要顺手掰一个撸一把藏兜里带回家。东西虽然都不是什么值钱东西，但性质很恶劣，所谓不问自取是为贼。村里人背后都骂朱二军媳妇一百斤贱肉，五十斤贼骨头。有一次朱二军来颜大路家喝酒，喝到夜深，二斤装的56度小烧，两个人喝了个精光。颜大路一根肠子从嘴通到屁眼，没心眼儿，不喝酒时候闷嘴葫芦，八竿子打不出半个屁，喝多了却转性一样，就爱唠叨，好听不好听的啥话都敢往出说，村里人都不敢在他面前说别人坏话，就怕他喝多了传出去给自己惹麻烦。然而背后说朱二军媳妇的人太多，颜大路东一句西一句听了一肚子，平时不喝酒想不起来说，今天喝了酒，恰好二军兄弟也在，肚子里那些话就都翻涌出来，大着舌头说：“二军你得管管你家老娘们儿，别总顺人家东西，村里都在背后讲究你知道不。”朱二军听了勃然大怒，说：“大路咱俩好兄弟这么多年，你为啥不早和我说。”说罢下地穿鞋，出了门从大路家柴垛上抽根劈成一半的松木棒子，径直回家把媳妇打了一顿。

这顿打虽然是朱二军动的手，但朱二军媳妇后来听说是大路在后面撮的火，就暗暗记在心里，过了十天半个月，朱二军和颜大路早忘了这事儿。可二军媳妇没忘，有机会就在二军耳边说颜大路的坏话，正巧颜大路家园子里有一棵果树，长在两家交界处，但树根树干都在大路家这一侧。夏日果树枝繁叶茂，遮蔽了好大一片区域。朱二军家种的几垄茄子都被遮住，见不到光，长得蔫蔫巴巴。朱二军媳妇就抱怨说大路家的树长到咱家园子里，和他说了好几次也不把枝条打一下，不但不听还对自己发火。朱二军耳根子软，经过不断的枕边风吹拂，心里就很恼火，暗想颜大路真不是东西，就拿镰刀和锯子到园子里将过界的枝干都锯断割掉。当天下午颜大路从外面回来，看到好好一棵果树被剃成了阴阳头，就去找朱二军理论，朱二军砍完果树也有点儿亏心，但碍于面子又不能认屄，就说树遮了菜地，茄子辣椒都长不大，没办法只好砍了。颜大路脑子本就一根筋，心想自家树长到人家园子里还遮了菜地确实不太好，虽然心里不爽，但为一棵树的事儿也不好发火，只好偃旗息鼓回家吃饭。暗地里却觉得朱二军办事儿不地道，就算砍树也该先同自己说一声，不该自作主张地就砍了。

自那之后，颜大路和朱二军虽然见面还和和气气，但关系远了，也不在一起吃饭喝酒了。

颜大路知道朱二军这时候来分明是抱着看笑话的心理，连招呼都懒得和他打一声。

朱二军进屋，斜着肩膀，伸着脖子看那缝隙，嘴里啧啧出声，看了半天，又跑到外面去看，过了片刻转回来，皮笑肉不笑地说："大路，我就说你不行吧，当初非要自己盖，你就差那点儿人工费？"

颜大路不忿："滚蛋，你家的房子都是我帮盖的，裂缝了吗？"

"那能一样吗？我家房子也不是你一个人盖的啊，当时我可没少找人。"

"这和找不找人有啥关系，盖一个房子，难道你找一百个人就能比找十个人更结实？我觉得不对，这里头肯定有别的原因。"

"那还能有啥原因？无非是水泥没调好，或者砖没砌对。这些年你看谁家新盖的房子裂缝了。"

朱二军这句话问住颜大路，他喘着粗气，一言不发，只是死死盯着墙上那道缝隙，像是要把那缝隙吓跑。

见颜大路气得腮帮子都鼓起来，朱二军神清气爽，优哉游哉地走了。

颜大路食不知味地吃了早饭，骑着自行车出门。颜老太问他去哪儿，他气呼呼地说还能去哪儿，去镇上买点儿水泥，把墙上的裂缝堵上。

颜大路不是独生，还有个大他五岁的姐姐，不过早些年远嫁到邻省。三年前颜大路父亲颜兴喜脑溢血去世，家里就剩他和老母亲相依为命。颜大路人品不坏，性格耿直，说耿直倒有点儿夸奖的意思，客观说就是一根筋、执拗，按照村里人说法则是虎、山炮、二百五。反正不是什么好听话。村里人骂人蠢，不说蠢，只说你怎么跟颜大路似的。足见其在村中有多不受待见。加上老父亲在世时体弱多病，靠种地赚的钱本就微薄，大多数都丢在给父母买药看病上面，所以穷得不说家徒四壁也差不了多少，虽然姐姐偶尔会接济一些，但终归是远水解不了近渴。这三年省吃俭用积攒下几万块钱，买了砖瓦水泥钢梁门窗，除去打地基上梁，三间瓦房，砌墙抹灰都是一个人完成，所以才有前面朱二军挤对他的话。

家里经济条件不太好，又被村民偏见地对待，导致颜大路四十多岁一直都没讨到媳妇。颜大路原想着盖好了房子，再踏实干两年好娶一房媳妇，可没想到这房子盖好没多久就裂缝，怎么看都有点儿出师不利的负面预兆。

隆礼村距平安镇不到五公里，颜大路心急火燎地到建材商店买了一袋水泥，又给颜老太买了两盒胃药后转身往家赶，骑到北岗，就看到村里两个孩子站在野地里哭。颜大路把车停到路边，跑过去，还没等问怎么了，就见一个孩子腿卡在一条地缝里。两个孩子大的十多岁叫康宝，小的不到八岁叫康贝，是兄弟俩，康宝说带着弟弟在草丛里抓蚂蚱玩，结果弟弟腿掉进去，拔不出来。颜大路围着孩子转了两圈，见那孩子哭得满脸花，就安慰说："小贝别哭，大路叔叔帮你把腿拔出来。"说着用手去扒地缝两边的土块，土石坚硬，孩子没有力气扒不开，颜大路又抠又挖，一点儿点儿将那缝隙拓宽，随后双手抓住孩子的腰，一边问那孩子疼不疼一边试探着往出拔，好在陷得不深，稍微挖一下就把腿拔了出来。

康宝见弟弟没事儿，就求颜大路别把这件事儿告诉父母，颜大路知道这孩子是怕回家挨打，就点头说："行，不过你赶紧带弟弟回家洗洗去，看你俩脸上都成小花猫了。"康宝说："谢谢大路叔，我现在就带我弟弟回家。"说罢，牵着康贝的手就跑了。看两个孩子跑远，颜大路却没有动，而是沿着那条地缝往前走。土地上裂个缝原本没什么稀奇，有时候天气干燥久旱无雨地面就会龟裂出一条条缝隙，有的缝隙粗大得都能掉下去人，排除天气原因的话有可能是地鼠之类的在下面挖的洞，然而颜大路面前的这条缝隙不一般，很长，只有一条，颜大路沿着走了几十步，断掉了，往前走几步又出现一条，如此断断续续，几乎绕着隆礼村走了一圈。

隆礼村在一个山坳里，周围一圈都是山岗，就像一只碗的碗底。颜大路走完一圈，时间已经到了中午，满头大汗，衣衫浸湿，他忽然意识到一个问题，这里的缝隙和自己房子的裂缝会不会有什么联系？

越想越觉得有可能，颜大路急火火骑着车子回到家，把水泥搬下来，胃药扔给颜老太，连中午饭都没吃就去找村支书孙长义。孙长义六十多岁，矮胖秃顶，住在隆礼村的东边，据说和乡里的领导关系都很好，是以连着当了好多年村支书，在村里颇有威望。

颜大路跑到孙长义家的时候，孙长义和老伴正坐在庭院里小酌，就着凉拌猪耳朵吃得正香。

"长义叔，不好了，村子要塌了。"颜大路气喘吁吁。

孙长义吓了一跳："你说啥？啥要塌了？"

颜大路端起桌上的茶缸子把里面的凉水一饮而尽："村子，我说咱们村要塌了，地！"说着还跺跺脚，"要塌了。"

孙长义莫名其妙地看着颜大路："大路你是不是癔症了，怎么净说胡话，村子好好的哪儿要塌了？”

“真要塌了，我家墙裂了那么大一个缝，北岗南岗东岗西岗，都裂了缝，可不是就要塌了吗？”

孙长义被颜大路说的严重情况吓得够呛，从前只听说房倒屋塌，还从没听说过地塌了的事情。况且也没发生地震，怎么会塌呢？就抓着颜大路仔细盘问，颜大路逻辑混乱，翻来覆去只把自己家墙裂了的事情和村子周围的裂缝联系起来，一会儿又说老康家的两个孩子掉下去。孙长义没听完，脸就拉下来，把酒杯用力蹾在桌子上，骂道：“大路你脑子让门夹了，净胡说八道，你家房子没盖好裂了和村子有啥关系，赶紧回家，别在我这儿扯淡。”

“不是，村长，地真要塌了——哎哟！”颜大路一句话没说完，孙长义就暴怒着把一只黄胶鞋砸到他身上，眼看着另一只鞋也要扔过来，颜大路只好抱着头跑出院子。

从孙长义家出来，颜大路心还悬着，脑子里翻来覆去只有一个想法：一定要让大家伙儿赶紧跑，这地一塌，说不上死多少人。颜大路说不动村长，只好用笨办法，路上遇到一个人就抓住人家说地要塌了，赶紧跑。起初一两个还当他是发神经，笑骂着让他滚蛋，还有调侃他新房子裂了媳妇更讨不着了吧！然而随着越来越多的人被颜大路抓着说地要塌的事儿，就有心细的人不免去想是不是真的要塌，于是拉着颜大路问究竟是怎么回事儿。颜大路先说自己家房子裂缝的事儿，对方听得不耐烦又不能打断，只好任他牛头不对马嘴地乱说，等讲到在岗上看到的裂缝，这才仔细问起来。问完之后，就让颜大路带着去看。

颜大路说：“好，带你们去看。”说罢扯着那人就走。

那人叫郭大宝，是村里的种粮大户，为人谨慎精明，每说一句话都要在心里转三转才出口，因此得了个绰号叫郭三转。

“别拽别拽，我跟你去。”郭大宝打掉颜大路的手，转头对周围人说，“走，咱一起去看看。”

颜大路已经走出去好远，转头招呼他们快点儿跟上，此时那些不信的也变得将信将疑起来，于是也跟着一起去看。

等北岗南岗东岗西岗转了一圈，将信将疑的人也有点儿信了，一边往回走一边讨论起来。

有人叹口气说：“我看这真是要塌啊！”

另一人愁眉苦脸地说：“是啊，不然怎么会有这么多裂缝。”

又另一人说：“这么些年，从来没看到过这么多裂缝。”

第一个叹气的人又说：“不管是不是地塌，这么多裂缝肯定有问题。”

愁眉苦脸的人拍了一下大腿，说：“去找村支书吧，这么大的事儿，得他老人家出面解决。”

有人赞同道：“说的是，走，去村支书家。”

一群人呼啦啦地从岗上下来，直奔村头孙长义家。

孙长义吃过午饭，躺在葡萄架下听二人转，只听收音机里一女声唱：我闷坐绣楼眼望京城，思想起二哥哥张相公。二哥他进京赶考一去六年整，人没回来信也没通。莫非说二哥你得中招为驸马，你有了新情忘了旧情。莫非说二哥你身遭不幸下世了，你也该托梦对我告诉……

这是二人转经典曲目《回杯记》中的唱词，孙长义一边听一边跟着哼唱，手里的蒲扇应和着节拍摇动，正听到张廷秀假扮成乞丐来探王兰英的心意，冷不丁就见一群人闯进院中来。

“老支书啊我说您还有闲心听戏，出了大事儿了！”郭大宝直奔孙长义，嗓门洪亮，人还没等走到，声音已然到了。

孙长义有点儿发蒙，从躺椅上坐起，急问：“啥大事儿？出啥事儿了？”

另一个叫谢老五的扯着嗓子喊：“村子都要塌了，你还不知道？”

这句话说出来，孙长义觉得有点儿耳熟，等定睛看到颜大路躲在人群中，顿时就火了：“颜大路你个王八蛋，张个大嘴成天胡咧咧，小王八羔子，看我不打死你！”一边骂一边跳下躺椅，赤脚，拎着鞋追打颜大路。

颜大路在院子里抱头鼠窜，狼狈不堪，孙长义的胶鞋底抽在他脑袋和后背上噼里啪啦直响。

院中众人都看呆了，等缓过神来就将孙长义拉开。颜大路趁机逃开，躲在众人身后，唯恐孙长义又跳起来打他，惊慌得像只兔子。

孙长义被郭大宝拉着，重新坐在椅子上，气得下巴上几根胡子都翘起来，兀自指着颜大路痛骂不休：“你老爹颜兴喜活着的时候嘴巴就跟老娘们儿棉裤腰似的，没想到你也这样，都说你娶不着媳妇，我看就你这德行，得打一辈子光棍。”

郭大宝把放在一边的茶缸子拿过来递给孙长义，劝道：“好了，老支书你也消消气，我多嘴问一句，颜大路究竟咋气您啦？”

“还能咋，”孙长义接过茶缸子咕咚喝了一大口水，瞪了一眼颜大路，“晌午的时候我正吃饭他就跑过来胡说八道，说什么村子要塌了什么的鬼话，我把他赶走了，你看他又把你们也骗来。”

谢老五从兜里掏出烟点了一根递给孙长义，说：“老支书，大路领我们去看了，岗上那些裂缝确实挺吓人的。”

“是啊，老支书，我看大路说的也不是没有可能。”另一人点头应和。

接连几个人都说，孙长义听了就有点儿拿不定主意，问：“你们都去看了？”

“对，我们刚从岗上下来，没去看也不敢来找您说啊！”郭大宝也说。

孙长义叼着烟，像是思考了片刻，把手里还拿着的胶鞋穿在脚上，一挥手：“走，你们再跟我去看看。”

已经是下午3点多，太阳明晃晃地挂在西半边的天空，孙长义走在前面，郭大宝颜大路等人跟在后面。七八个人，十几只脚，穿着胶鞋、布鞋、飞了边的旅游鞋、破旧的皮鞋……踩踏的地上尘土飞扬。那些裂缝条条都有巴掌宽，隐藏在玉米地、草窠子、灌木丛，以及明目张胆地显露在光秃秃的泥地上，每一条裂缝众人都围着看，间或说些这条真粗、这条真宽之类的评语，像是在评比哪一条最好看。

孙长义的脸色越来越差，灰扑扑的如同被飞扬的尘土蒙住，他不知道这些裂缝是不是真的像颜大路说的那样预示着整个村庄的塌陷，可能没有关系，也可能有关系，谁知道呢？他在这片土地上活了六十多年，半截黄土埋身，死了就是一辈子。这六十多年，他经历过饥荒、洪水、旱灾、蝗虫，人命如草，脆弱又坚韧，一道道坎挺过来，这些年赶上好日子，不仅吃饱穿暖，还能买得起好点儿的烟酒，这都是以前想都不敢想的东西，从未想过有一天会遇到这样的情况。他无论如何都不信地会塌，但他信不信不重要，回头看看跟着他的几个村民脸上都写满不安，忽然觉得这可能会是他当村支书以来遇到的最大危机。这样一想，就恨颜大路至极，平白无故给自己找这么大个麻烦。

不停歇地走了一圈，大家都有些气喘吁吁，孙长义尤甚，于是大家坐在岗上休息，抽烟的抽烟，喝水的喝水，每个人眼睛看着位于低处的村庄，房顶的砖瓦折射着太阳的光，远远有狗叫马嘶传来，齐腰高的玉米田连成一片，远远看去如同碧绿的汪洋。没人能想象得出地陷会是怎么样的状况。

“长义叔，您说会不会是开矿挖煤弄的？”谢老五蹲在一处树荫下，热得用手扇风，伸长脖子问旁边坐着喘气的孙长义。

孙长义没说话，另一个人接了话回答道：“不能吧，明德那边的煤矿在东岗那边，离咱这儿挺远。”

那人说完，又有人反驳：“那可说不准，采煤都在地下，谁知道往哪边挖，万一挖到咱村下面呢？”

又有人说：“我小舅子家就在明德，听说因为采矿每家都补了不少钱。”

谢老五问：“因为啥补的啊？”

那人答：“说是地面沉陷，地下的煤挖空了，没啥支撑着，地面就沉下去了。”

“我看明德村也没啥事儿啊，这都好多年了，也没塌，怎么他们那边没事儿，反而咱们这边裂缝了？”

明德有亲戚的那位又道：“那谁能知道？咱们也看不见，都在地下可老深了，我听说那些挖煤工人都坐升降机下去，下去一趟就老半天，你说得多深！”

郭大宝迅速抓到关键之处：“哎，你说咱们能不能也找那边的矿要点儿钱，就说他们挖矿爆炸把我们的地都震裂了，起码每家补偿个千八百块钱。”

“说什么胡话，你当人家煤矿是冤大头啊，平白无故怎么会给你钱？”

谢老五发狠道：“不给我们就堵他们大门，咱们土生土长，他们可是外来户，长义叔，您老说是不是？”

这句话一说出来，众人眼睛都放出光了，探照灯一样齐齐转向孙长义。

众人七嘴八舌地讨论，孙长义早已经在心里盘算开，明德和隆礼虽然相距不远，但不属一个乡，一属二道河，一属槐树里，每次到市里开会周边几个乡就都羡慕二道河，明德的煤矿隶属财大气粗的乐源矿业集团，开矿占土占地，乐源矿业就大把给乡里村里撒钱，不仅雇佣当地农民当矿工，还就地采买农副产品，虽然都说采矿影响环境，搞得山也秃了水也黑了，然而在贫穷之下，环境保护什么的从来不是大家考虑的事情。明德那边的煤矿开矿至今已有五年，二道河乡从经济倒数的贫困乡一跃而成蓝山县经济最强乡，乐源矿业在其中产生的作用自然不可忽视。每次看明德的村主任韩德武坐着小轿车来开会，孙长义就羡慕得牙根痒痒，恨不得自家村子里也能探出煤矿。刚刚听了村民的讨论，初时还觉得不靠谱，可再一思量这未必不是一个好机会，地上的裂缝在那儿摆着，大家也都看到了，除了附近煤矿开采不会有别的原因导致，就算不是，乐源矿业多少也得考虑一下隆礼村的几百口子村民的民意，说不准就会撒点儿钱出来堵住大家伙的嘴，每户给个几千块加一起也不过几十万，不然真闹大了上面派人下来调查整顿，十几口井，停工一日损失就要以百万计，哪儿大哪儿小就算傻子也能想明白。

思来想去，孙长义打定主意这事儿他一定要出头，因事儿不难办，还能为全体村民争取利益，一箭双雕，于是佯做犹豫道："这事儿还得再商量商量，一会儿大家挨个通知一下，家家户户能拿主意的人吃过晚饭都来我家开个会，和整个村子有关，要听取大家的意见，大家说是不是这么个理儿？"

"对对，老支书说得对！"众人轰然应诺，随后站起身来拍打着屁股上的尘土，顺着坡道，说说笑笑着往村中走去。

颜大路跟在后面，听着众人商量如何到乐源矿业去讨说法，如何同他们谈判，以及如何能最大限度地要来更多的补偿款。他有点儿发蒙，为什么大家看上去很高兴的样子，村子都要塌了，难道不是应该先让村里人搬走吗？

"大宝，老五，长义叔……唉，能不能听我说一句？"颜大路在人群中大呼小叫，众人却像根本没有听到一般，兀自前行。颜大路倔脾气上来，疾行两步，一把拉住郭大宝："大宝，你听我说一句，地都要塌了，你们还要啥钱啊？"郭大宝甩脱他的手，一脸不耐烦："行了，大路，你就别喊了，我们都知道你功劳最大，放心，要来的补偿绝对不会少了你的。你就消停在家等着就行了。"

"不是，我不是这个意思……"颜大路徒劳地解释却被旁边的人搡了一下，脚步趔趄，等回过神来，众人已经走远，只好沮丧地回家。颜老太见他回来就问他北墙的缝还堵不堵？颜大路看着那条缝隙长长叹口气，心想地都要塌了，还管什么房子。从缸里舀了一瓢水咕咚咚喝进去，进屋取了手电筒，转身又出门，颜老太在后面叫他：“你干吗去，一会儿就吃饭了。”颜大路头也不回：“妈，你先吃吧，我还得出去一趟。”

已近黄昏，站在岗上，坳里的村庄炊烟袅袅。颜大路没工夫欣赏黄昏中的乡野景致，他抱着一捆长短不一的木棍，每隔十几步就横着放进那些缝隙中，木棍两端卡在地缝的两侧，只要裂缝扩大，木棍就会掉落。

一直到夜里十点多，颜大路才在所有地缝中都放好木棍，直到这时才想起孙长义说的村民大会。跌跌撞撞往回跑，等赶回村里，会早散了。没办法他只好硬着头皮到前院去问朱二军，会上都说什么了。朱二军说推举出以孙长义、郭大宝、谢老五等七人为代表的村民代表团去和乐源矿业谈判。

颜大路一拍大腿气愤地说：“他们怎么不等我就开啊？”

朱二军冷笑：“你还真拿你自己当个人物了，你算老几啊！”

颜大路没时间和朱二军掰扯，转身去找孙长义。

孙长义刚睡下，就被颜大路吵醒，隔着窗子说：“大路啊，有啥事儿明天再说行不？”

颜大路说：“不行，长义叔，明天说就晚了。”

孙长义心里骂娘，但颜大路怎么赶都赶不走，无奈之下只好披衣下地给颜大路开门。

颜大路没进屋，就站在门外说：“长义叔，你打算啥时候让大家搬走啊？”

孙长义：“为啥要让大家搬走？”

颜大路："地都要塌了，不搬走，不都掉下去了吗？"

孙长义："谁告诉你地要塌了？"

颜大路："不塌，不塌能裂那么大的缝？"

孙长义被气笑了，说："好，咱就按你说的真会塌，那你告诉我什么时候塌？"

颜大路顿时被问蒙了，张口结舌不知如何回答。

孙长义："咱们村好几百口子人，搬走了去哪儿住？睡荒地？一年不塌睡一年荒地？我说大路啊，你也得长点儿脑子，别天天净瞎想些没用的。"说罢，砰的关上门。

颜大路差点儿被门板拍到脸，踉跄后退，几乎跌倒。

在孙长义家院子里呆立半天，颜大路郁郁往家走，月上半天，影子在身前，扭来扭去，像是嘲笑他的不自量力。

回到家中，颜老太已经睡下，他泡着凉水吃了一碗米饭，躺在东屋炕上，辗转反侧，一会儿担心睡到半夜会不会房倒屋塌，一会儿又想村支书说得也没错，这地也不知道什么时候塌，毕竟谁也不是土行孙，不知道地下面的情况。现在科技昌明，电视上都说能测到地下的煤矿石油，估计找个专业的人也能看出来这地究竟会不会塌，什么时候塌。霍然想到姐姐家大小子周鑫念过书有文化，问他估计能给自己出出主意，思及至此翻身坐起就想给姐姐打电话问周鑫的电话号，看到时钟已经指向凌晨，心想这么晚姐姐早睡了，早上起来再打也不迟，于是旋又躺倒，稀里糊涂睡去，第二天早早醒来，到村子东南西北转了一圈，昨夜扔到缝隙里的木棍还在，看不出有移动过的迹象。颜大路只好回家，心里五味杂陈，也不知是该庆幸还是该沮丧。吃过早饭，给姐姐打电话要来外甥的联系方式，记在一张纸上，又照着纸上的数字拨打外甥周鑫的电话，嘟嘟几声之后，电话拨通，颜大路却紧张得说不出来话。

周鑫在电话那边问：“喂，谁啊？”

颜大路咽了好几口唾沫，才扯着脖子喊：“周鑫，我，颜大路，你老舅。”

周鑫说：“老舅啊，你找我干啥？”

颜大路说：“大外甥，老舅找你问个事儿。”

周鑫说：“老舅你说啥事。”

颜大路就又从自己房子的裂缝说到地上的裂缝，末了道：“外甥你脑子聪明，给老舅出个主意，找谁能看出这地能不能塌。”

周鑫问：“老舅这你得找研究地质的专家。”

颜大路蹲在炕上，急迫地问：“上哪儿去找啊？”

周鑫说：“这样吧，老舅，你找人拍几张照片，发过来给我，我帮你去问问。”

颜大路拍着大腿说：“那太好了，咋发给你啊？”

周鑫就又在电话里告诉他到村里找个年轻人有能拍照的智能手机，然后去多拍几张地缝的照片，发到他邮箱里。颜大路连声答应，默默把周鑫的话记在心里，虽然不明白都是什么意思，估计找一个明白人问一下就能明白，就算他不明白对方明白也成。挂断电话，穿鞋下地，径直往村里的食杂店行去。

说是食杂店倒不如叫杂货铺，烟酒糖茶，针头线脑，零食饮料都卖，平日里村民们没啥事也都喜欢聚集在店外的大柳树下扯闲篇。

颜大路还没等走到食杂店，远远地就看到一个半大小子边走边玩手机。走近一看，是磨坊家的杨二小子，就喊："杨二你过来。"

杨二小子叫杨浩，因为排行老二在村里就被喊杨二，年龄不过十八九岁，读不进去书，早早辍学在外面学理发，手艺不知道学咋样，头发倒是弄得五颜六色。

杨浩听到有人喊他，抬头一看是颜大路，就问："大路叔你喊我干啥？"

颜大路说："我给你十块钱你帮我办件事儿。"

杨浩问："啥事儿？"

颜大路说："你跟我走一趟，拍几张照片发给我外甥，你会玩手机，我不会，你弄好了我就给你十块钱。"

杨浩咧咧嘴，说："十块钱太少了，我可不去。"

颜大路说："那你要多少？"

杨浩说："二十，再给我买一包白沙。"

颜大路朝杨浩脖颈子抽了一下，说："小崽子还挺会讲价，成，二十就二十。"

杨浩跟着颜大路先上东岗，又转到南岗、北岗、西岗，在颜大路的指挥下对着地上的裂缝拍照。杨浩问拍这些裂缝干啥。颜大路说叫你拍你就拍，别瞎问。杨浩嘴里嘟囔着骂颜大路傻，颜大路没听清，就问他说啥，杨浩赶紧辩解说："啥也没说，你听错了。"

总共拍了几十张，回到村里颜大路让杨浩用电脑发到周鑫的邮箱，等杨浩说发完，颜大路又给周鑫打电话说照片已经发过去，周鑫说："行，老舅，我下午就去给你问，你等我消息。"

结果颜大路还没等来周鑫的消息，去乐源矿业谈判的孙长义一行人倒先回来了，各个都兴高采烈，说乐源矿业说下午就派人过来查看，如果真是采矿导致地面开裂一定会补偿大家。几个人都面红耳赤，酒气熏天，显然是中午在乐源矿业那边大吃大喝了一通。

到下午果然来了一辆车身上写着乐源矿业的面包车，下来几个年轻人拿着各种仪器，问明裂缝所在何处，就径直赶过去。

颜大路好奇就跟着那些人去看，见他们有的把一个东西插进地缝里听，有的测量地缝的宽度，有的拍照，还有的在笔记本电脑上记录什么。颜大路也看不懂，这边瞅瞅那边看看，不是挡住人家的光线就是影响人家测量，其中一个像是带头的年轻人就说："老乡，您能别在这儿晃悠吗？"

人家已经如此说，颜大路就不好赖在那里，只好怏怏地回了家。吃完晚饭后出去转了一圈，逢人就打听那些人测出什么了吗，是怎么说的，结果只听说那些人探测了一番就打道回府，也没说出个子丑寅卯。

颜大路心说一帮小年轻，下巴上连胡子都没有，俗话说嘴上无毛，办事不牢，肯定也没啥水平，这地塌不塌的结果还得等他的外甥。然而直等到午夜外甥周鑫也没给他打电话，转天早上，他迫不及待又打电话去问，结果周鑫说照片已经送到省地质研究所，不过研究所的刘教授在外出差，得一周后才能回来，他一周后会再去一次。颜大路无奈，只好说那就等人家回来再说。

又过几天，乐源矿业来了一个车队，直接开到村支书孙长义家，没多久后，村里的大喇叭就开始喊村民开大会，家家户户都带着凳子到孙长义家的院子里，孙长义的侄子大虎从村小学搬来几张桌子椅子，桌子用绒面红布铺着，上面像模像样地摆了几瓶矿泉水，等村民到齐了，孙长义请五六名陌生面孔坐在桌子后面，有人认出其中有乡长，还有乐源矿业的老总。

颜大路站在人群中，心想这些人来莫不是和地裂有关。

等麦克风和音箱插好，孙长义拿着话筒扯子嗓子介绍了一下客人，除了乡长和乐源矿业的副总，还有乐源矿业保卫科的科长，以及财务部的会计，接着乡长又发表了一番长篇大论，等乡长讲完，孙长义说乡长说得太好了，大家给呱唧呱唧，人群中这才不情不愿地响起几声稀稀落落的掌声。孙长义有点儿尴尬地打圆场，随后说下面请乐源矿业的副总给咱们讲两句。

那个副总站起来，身材瘦高，戴着金丝眼镜，梳着背头，可能是抹了头油，在太阳底下泛着光，他接过话筒，自称叫顾卫，说集团对隆礼村出现的地裂现象很重视，当天就派专业的地质检测人员来探测，虽然根据结果显示和采矿没关系，但为了安抚广大村民的心，集团决定给隆礼村106户村民，每户补偿人民币5000元。

村民一听发钱，顿时掌声雷动。

随后，有人从随行的车里拎出几个箱子，打开后里面满满登登都是成捆的百元大钞，一摞摞拿出来摆在桌子上，堆成一座小山。村民们哪见过这种场面，一时间连大气都不敢喘。

孙长义拿出一张名单，逐个念名字，念到名字的就可以到桌前来领钱，郭大宝、谢老五等帮忙维持数钱发钱。孙长义看着村民们满脸喜悦地领了钱，心里涌出一股自豪感。隆礼村一共106户，男女老少全都加一起不到四百人，他做村支书多年，总结出来的经验就是利益均沾，上面派下来的福利不管是钱款还是物品，他一概奉行雨露均沾，无非是穷的多一点儿富的少一些，所谓拿人手短，吃人嘴短，捆住手堵住嘴，都是老实人谁也翻不出什么浪花来。村民都说他孙长义公平公正，其实平不平正不正又有几人能衡量得那么清楚，无非是让大多数人顺了心，就算不公平，也要在人前做出公平公正的样子。

颜大路目瞪口呆，他没想到乐源矿业那边真过来给村民发钱。念到他名字的时候，他没上前去领，而是转身离开。领了钱离开的村民都喜笑颜开，一叠声地称赞孙长义有能力，平白无故就能给大家要来钱。颜大路听着，心里却觉得堵得慌，他不知道自己这是怎么了，他不想要那钱，因为觉得要了那钱就没办法再去追究地陷的事儿。

不料他虽然不想要，但有些人要他一定要。

下午，村支书孙长义就拿着钱来找他，不是5000元，而是8000元。

孙长义语重心长地说："大路啊，多出来的这3000元不是乐源给的，是我，是你长义叔给你的，你房子裂了不管是怎么裂的，没你一直较真的话，咱们村也要不来这些钱，大家都以为是我要来的钱，其实大家最该感谢的是你。"

颜大路听完眼眶立时就红了，活这么大岁数，他从来没听过有人这么跟他说话，豁然明白自己为何心里发堵，因为从未有人把他当回事儿，大家都觉得他蠢，平日里拿他当笑话看，心情好了调侃他两句，心情差就拐弯抹角地拿话怼他。他性子温吞，可不代表他真傻，此时听到孙长义的这番话，一连多日堵塞的胸口倏然松快了许多。

孙长义说完，拍拍颜大路的肩膀，就走了，颜大路坐在炕上看着面前那沓钱，一会儿想收了吧，反正人家都探测出地不能塌，一会儿又想，不能收，省城的专家还没来看过，如此翻来覆去地想了很久还是定不下心来，眼看着到了夜里，放在柜子上的电话忽然叫起来。

颜大路拿起话筒放在耳朵上，就听到外甥周鑫在电话那头喊他。

挂断电话，颜大路哆嗦着把钱揣好，下地出门直奔孙长义家。

孙长义还没睡，正一边洗脚一边看电视。

颜大路进屋把钱掏出来放在孙长义面前，说：“长义叔，这钱我不能要，我觉得咱们都不能要。”

孙长义诧异道：“钱都不要，你还想要啥？”

颜大路：“命都快没了，还要钱有啥用？”

孙长义：“大路，你把话给我说明白，什么意思？”

颜大路：“长义叔，实话和您说了吧，我找了省城的地质专家，专家看了我拍的照片，说情况很严重，很有可能发生地面沉陷，这两天就要来实地考察。”

“你说啥，谁来考察？”孙长义猛地站起，把洗脚盆都踢翻了，水哗地洒了一地。

颜大路重复道：“省城地质研究所的专家，叫刘正儒的教授。”

说完，颜大路转身就走，孙长义赤着双脚木然立在原地。

第二天一早，周鑫又打电话来说：“刘正儒教授说今天就过去，老舅你要是有时间就到县里去接他一趟。”颜大路一叠声说：“成成，有时间，我去接他。”吃完饭，找了一套去参加婚礼时才穿的体面衣服穿上，先骑车到镇里，又乘客车到县里，在县里的客运站等着，结果等到下午也没见到人来。他又打电话给周鑫问，周鑫说他再去问一下，过一会儿回电话说，问过了，是坐火车去的，说是已经到了。颜大路匆匆挂了电话，又往火车站赶，可是依然没见到人影，眼看着日头西斜，只好乘最后一班客车回到镇上。

沮丧至极的颜大路回到村里，疲惫至极连晚饭都没吃就睡去，等他再醒来已经是转天的早晨，吃过早饭走出去，听到村头车笛声响，有人说乐源矿业的人又来了，有了上次发钱的经历，村民呼啦都围过去，颜大路也跟在人群中去看。

只见车门打开，上次来发钱的顾卫当先下来，随后一个满头花白头发的干瘦老头也走下来。

顾卫说："集团为了村民的安全专门请了省地质研究所的刘正儒教授来实地考察，请刘教授说两句。"

刘正儒看起来比孙正义年纪还大，戴着黑框眼镜，面目儒雅，说："诸位老乡，村子周围的裂缝我已经去看过了，没事儿，都是正常的地面沉降，我们都知道咱们地球内部一直存在地壳运动，这些裂缝就是地壳活动产生的结果，不会塌，不会塌，大家安心居住，绝对不会塌的。"

颜大路还没想明白刘教授好端端的怎么就跑到乐源矿业那边，听他说不会塌，就从人群中奋力挤到前面，扯着嗓子问："你真是地质研究所的刘正儒专家？"

刘正儒笑笑说："这还能有假？我可以把工作证给你看。"

颜大路皱着眉说："那不对啊，你不是说情况很严重吗？我外甥在电话里和我说的。"

刘正儒看了一眼颜大路说："您就是发照片给我的老乡吧，照片中看起来很严重，所以我才要来实地考察啊，刚刚看过之后发现照片拍得有些失真。”

颜大路还要再说什么，冷不防人群中有一只手伸过来扯了他一下，他回头看是郭大宝，想问他干啥，却被旁边的大虎架着走出去，到人群外边，膀大腰圆的大虎搡了他一下，郭大宝也跟着走出来，低着头看他，满脸不屑道：“瞧把你能的，还能找省城的专家，你咋不上天啊？”

大虎伸出一根手指戳他的胸口，恶狠狠地说：“颜大路，我告诉你，还想在村子里住的话就别整天搞幺蛾子。”

说罢两个人转身走掉。颜大路立在原地想不通郭大宝和大虎为啥对他那么凶恶，等他回过神来，村民已然散尽，那位叫刘正儒的教授也已随着乐源矿业的车走了。颜大路沮丧至极，失魂落魄，不知怎么走到岗上，看那些裂缝如同裂开的大嘴要把他吞掉，他吓得踉跄后退，猝然跌倒，不经意间看了一眼那裂缝，发现他前些日子放进去的木棍消失了，他唯恐自己看花眼，连着查看十几条裂缝，都没了，而且那些裂缝似乎比之前宽大了许多。

“地要塌了！”他大呼小叫地朝村里跑，逢人便说。然而早没人信他，大家像躲避瘟疫一样绕着他走，他看到谢老五，就扑过去，抓住他：“老五老五，快跑吧，地要塌了。”

谢老五厌恶地掰开他的手，狠狠推开：“滚远点儿，神经病。”

颜大路被这一推，趔趄一下，一不留神跌进路边的阴沟里，等他爬出来，浑身臭水，狼狈不堪，周围村民都捏着鼻子远远躲开。还有几个孩子朝他丢土块，康宝和康贝也在其中。他只好浑身臭烘烘地回家，在院子接一大盆水兜头浇下来，刚刚从地下抽出来的水，冰凉刺骨，颜大路冷得浑身直打哆嗦，进屋换了一身干净衣服，出来蹲在太阳下晒了一会儿才缓过来。身体暖过来的同时脑子也活过来，豁然想通刘正儒为何会被乐源矿业接去，一定是村支书孙长义把消息通知给乐源矿业，他们抢先一步接走了刘正儒，然后让刘正儒说假话，可是他们为什么会这样？除非他们知道地会塌——

想到这一点的时候，颜大路自己都吓了一跳，这些人胆大包天到如此程度。

他猛地站起，但一想到自己无凭无据，又颓然坐下，没人信他说的话！

颜大路急得团团转，猛然听见屋子里电视中有人说“要进京告御状”，是颜老太正看的电视剧。戏里蒙冤受难的主人公打算进京去找皇帝告状。颜大路一拍脑门，心想自己也可以学，不用进京，只要到市里省里去告状就足够了，对，就告这些人草菅人命。

想通这点，颜大路心上的大石总算落了地，在窗外喊颜老太：“妈，你先别看电视了，收拾收拾东西，明天我带你出门。”

颜老太在屋里问：“干啥去？”

颜大路说：“我姐说了好几次让你去她家待几天。村里这段时间不太平，我送你去我姐那儿。”

颜老太说：“我不去，上她那儿连个说话的人都没有，大路啊，郭大宝他妈说你在村子里净瞎折腾，你就消停点儿吧！”

颜大路不耐烦：“妈，你就别管我的事儿了，咱俩明天早上走，我这就给我姐打个电话。”

颜老太拗不过颜大路只好嘟嘟囔囔地翻箱倒柜收拾东西。

吃过晚饭，颜大路刚和姐姐打完电话，就听屋门响，接着就见朱二军拎着酒菜走进来。

颜大路正感诧异，朱二军就满脸赔笑地说："大路，以前都怪我小肚鸡肠，和你闹别扭，听说咱村补助的钱多亏你才要来，今天专门来赔罪，以前的事儿都过去了，你就别跟兄弟我一般见识。"

颜大路原也不是睚眦必报的人，见朱二军态度诚恳，就说："没事儿没事儿，我都没往心里去。"

说着两个人把酒菜摆开，便开始喝，喝到半酣，颜大路就开始长吁短叹，朱二军问出啥事儿，颜大路没有半点儿戒心，说自己要去省里去告状，说罢还拍着朱二军的肩膀说："二军，你听我一句劝，赶紧和你媳妇搬走，村子是真要塌了。"朱二军诧异说："不能吧，今天省里来的专家不是说没啥事儿吗！"颜大路骂道："什么狗屁专家，乐源矿业的走狗，都从乐源矿业拿了钱。"朱二军脸色都变了，说："这也太不像话了。"颜大路说："没事儿，我去告状，上面就会有人来收拾他们，狗日的，一个都跑不了。"

颜大路不知道什么时候睡过去，睡醒了发现朱二军已经走了，他起床到外面撒泡尿又回来继续睡，正睡得稀里糊涂忽然被泼了一盆水。被冷水一激，颜大路大叫一声跳起来，抹掉脸上的水，只见大虎、郭大宝、谢老五都站在屋里，每一个都凶狠地看着他。

颜大路吃了一惊，问："你们要干啥？"

几人不答，郭大宝喊了一声"拖出去"，两个身强力壮的村民就扯着颜大路的手臂把他拖到院子里。

门灯开着，院里站了一群人，孙长义站在前面，眉目阴森。

颜大路还没从震惊中醒过神来，就被扔到众人面前。

孙长义厉声喝问：“听说你要去省里告状？”

颜大路看到朱二军站在孙长义身边，哪里还能不知道是怎么回事，从地上爬起来，义正词严道：“是，我就是要去告状，孙长义你别以为我不知道，你肯定也被乐源矿业收买，当了他们的走狗，不顾村民的死活。”

颜大路一时激愤顺嘴胡说，却不料正好戳到孙长义的亏心处，大喝一声“闭嘴”，抢胳膊就给了他一嘴巴。

颜大路被打得嘴角溢血，疯了一样想要上前去还击，却被大虎等人死死架住。

“孙长义，你这老王八蛋，我打死你。我揭了你的短，你就整我。”

孙长义气得眉毛都竖起来，兀自强压怒火道：“颜大路你口口声声说我被乐源矿业收买，我看你才是没安好心。二军，你告诉大家，颜大路都是怎么和你说的。”

朱二军脸上表情愤恨，朗声道：“今晚上我去找颜大路喝酒，大路喝得有点儿多，就和我说他要去省城告状，我问他告谁，他说告乐源矿业非法开采导致咱们村子地面塌陷，我说省城的专家不是说了没事儿吗，颜大路就骂我什么也不懂，只要去省城告状，上面派人来查，乐源矿业就得停工，停工一天就会损失很多钱，为了少损失，乐源矿业一定会给他钱让他别去告状，别以为五千八千就能收买他，他要的是五万八万。”

这一番话说得绘声绘色，周围村民听完都污言秽语地骂颜大路。

颜大路没想到朱二军会如此编造谎言坑害他，破口大骂道："朱二军你胡说，你他娘的胡说，老子根本没那么说，你血口喷人。"

孙长义道："乡亲们，乐源矿业这事儿如果捅出去，补给咱们的钱都要收回，你们想把钱交回去吗？"

村民们都喊"不想"。

孙长义佯装问道："那怎么办？"

有人喊："把颜大路这王八蛋的腿打折，让他还敢去告状。"

另一人喊："对，让他滚出隆礼村，我们村没有这种祸害。"

"让他滚，让他滚！"村民们一起喊。

孙长义说："颜大路，你在隆礼村这么多年，如果你说你不去告状，我还可以放过你。"

颜大路怒目圆睁："呸，孙长义你个老王八，有种就把老子弄死，只要不弄死老子，老子一定去告状。"

孙长义面无表情地挥了挥手，大虎走到颜大路面前噼里啪啦地连着扇了颜大路十七八个嘴巴，只打得颜大路鼻口蹿血，两颊高高肿起才罢休。

孙长义再问："你还去告吗？"

颜大路口齿不清，血液混着唾液从嘴角一滴滴流出来："有种你就打死老子。"

不等孙长义命令，大虎又挥拳朝颜大路的胸腹猛击。颜大路被打得狗一样蜷缩在地上，夜里喝的酒吃的菜，混着胆汁胃液都呕了出来。

颜老太一直被人按着，在角落里呜呜地哭泣，此时看儿子快被打死，忽然冲过来趴在颜大路身上，哀号道："大路啊，你就答应他们，咱不去告了。”

颜大路奄奄一息，但眼神冷硬，没有一丝求饶的意思。

孙长义冷哼一声：“颜大路，你嘴硬可以，不过你能眼睁睁地看着你老娘也跟着你挨打吗？”

大虎犹豫了一下，扯着脖领子把颜老太拎起来，伸手欲打。

颜大路看着白发苍苍的老娘，在灯光下映照出惊恐的表情，顿时崩溃，号啕道：“别打我妈，我不告了，我不告了。”

大虎便放下颜老太。

孙长义这才放心道：“这可是你说的，在这张纸上按个手印，明天太阳升起前滚出隆礼村。”说罢，郭大宝拿一张纸和印泥向他走来，颜大路认识的字不多，恍惚间看到那张纸上写着：“我为一己私利想要讹诈乐源矿业，现在认罪——”他不认识那个“讹”字，但知道“讹诈”连起来不会是什么好词，还未等看到下面内容，就被郭大宝拉着手在那些字的结束处按了个手印。随后那张纸交到孙长义的手里，孙长义仔细看了一遍，折叠好揣进兜里，一挥手，村民们呼啦啦散去，各自消失在暗夜里。

颜大路在院子里躺了很久，才有力气爬起来。

颜老太在一旁哭得上气不接下气，只是不断号着说：“造孽啊造孽。”凄厉的声音在寂静的夜里传得好远。

颜大路终于爬起来，搀着颜老太，把她扶回屋，又打盆凉水洗净脸上身上的脏物。天快亮了，东方的天际露出鱼鳞状的白云。行李已经收拾好，颜大路锁好门窗拉着颜老太走出院子，又走出村子，一步一挪地走到岗上，他站定，回头看了一眼这个自己从小到大，生活了半辈子的村庄，氤氲的雾气像层纱一样笼在上面，不知谁家早起的公鸡已经开始打鸣，他眯着眼睛找了半天，才在树木掩映中找到自己的房子，这么多年来，尚是首次以这样的角度去看自家房屋。看着看着颜大路鼻子发酸，眼中流出两行泪来，他擦干脸上泪水，转身默默离去，所谓故土难离，不是迫不得已谁会想要离开呢，而这一离开，此生也许就再也不会回来，嗨，还回来干什么，故土虽是故土，却也是伤他最深的故土。泪水擦了又来，他擤了擤鼻涕，长出一口气，攥着母亲的手往前走，不料刚走出十几步，整个大地都摇动起来，接着是轰隆隆的巨响，两个人被震得跌倒在地，头晕目眩，等他重新站起来，回头去看，整个村庄已经消失，取而代之的是腾起的尘土。

地真的塌了。

二 附身实验

他盯着那张脸良久，脑中电闪雷鸣，显然这具身体并非自己的身体，那为何自己会在这具身体中醒来，正苦苦思索，忽然觉得镜中面孔有些熟悉，蓦然想起，这张脸他见过，在附身实验当晚，是那个植物人老头。

❶

蓝山医科大学附属医院后街有一家叫恩熙韩式烤肉拌饭的餐馆，店老板是一对朝鲜族夫妻，男的姓郑，矮小瘦弱，眼睛细小，女人肥胖粗壮，满脸堆笑。夫妻俩之前在韩国的饭店里打工，男的当厨师，女的洗碗，一年前回国，把在韩国辛辛苦苦赚的钱都取出来，在这里开了一家店。店面不大，能容纳十几张桌子，因味道正宗和服务态度好而颇受欢迎。每到饭点需要等很长时间的位子。就算过了饭点，店中通常也坐得满满登登。

例如此时已是下午3点，店里也就只有一两桌的空位。

越过四个推杯换盏的中年男人和一对彼此夹菜的亲密情侣，拐角里侧的一张四人桌，三个年轻人正在一边吃一边聊。三个人都是蓝山医科大学的博士研究生，导师叫高仲德，是国内著名的脑科专家。三个人差不多都是二十八九岁的年纪，平时又都在一起，关系很好，经常在一起吃饭喝酒。其中一人戴黑框眼镜叫徐海星，身材瘦削，头发稍长，长脸淡眉，医学世家出身，父母都在医疗系统工作，家教甚严，由小至大一直规规矩矩。吃饭时说话必定把筷子放下，咽下嘴里的食物，再喝一口水清口，就算和很熟的朋友也是如此。而另一人则正好相反，一口肉一口菜吃得汁水淋漓，边吃边道：“老师说这次交流要去一年之久，等我再回来可就一年之后了，海星你和周凯可不能忘了我。”

“说什么屁话，怎么可能忘了你，来，走一个。”三个人举杯喝酒。

前一个说话的人叫谭俊，三个人中年龄最小，短发方脸、浓眉大眼，长得仪表堂堂，出身贫寒，年幼时父母双亡，寄身于叔叔家中，天资聪颖，蓝山医大五年本科毕业后直接被高仲德破格招入门下，从硕士到博士，已不下六年，被视为其衣钵传人。后面提杯的叫周凯，年龄最大，中等身材，圆脸圆眼，父亲周木森是蓝山著名的企业家，起初是倒腾木材的，后来发家，名下有多家家具城、建材城，身价几千万。周凯是独子，却不似其他富二代般纨绔，反而低调好学，其父周木森对其宠爱有加，如有所需无不应允，钱财方面更是敞开了花，因此，周凯甚至买了一栋房子装出一间实验室，虽然面积小，但麻雀虽小五脏俱全，所购仪器装备几乎比一般社区诊所都全。

三个人都对医学兴趣浓厚，天赋上各有高低，家学渊源的徐海星理论扎实技巧娴熟，但天赋最低；周凯属于有冲劲、好奇心强，剑走偏锋，论天赋悟性比徐海星高，却远远要低于谭俊。谭俊属于那种一点即通，而且能举一反三的天才型，心态也好，不浮躁，肯下苦功夫练基本功。三个人同在高仲德门下求学，和谭俊免试被招入门下不同，徐海星和周凯都是通过考试考进来的，起步上就输了，平日里高仲德对三个人也是亲疏有别，例如这次学校外派到华盛顿大学医学院的交流生名额，高仲德直接就给了谭俊。

“小俊，你出去一年，雪静怎么办啊？”徐海星饮尽杯中酒，用纸巾擦了擦嘴边的酒水问道。

谭俊蘸着调料吃了一口五花肉：“下个月我打算先和雪静把证领了，等我从美国回来直接结婚。”

周凯看了一眼徐海星，转脸又对谭俊道：“老师同意了？”

“还没和老师说，这不求婚仪式还得兄弟们给出出主意嘛，”说到这里，面有难色，“凯哥，有没有啥赚钱的门路啊，给我介绍一个，求婚也得花钱啊！”

周凯听了二话没说从钱包里掏出一张卡递给谭俊，说：“这张卡你拿着，里面有一万多，密码是我生日，你知道的。”

谭俊接过，笑着道谢。

周凯摆手说没事儿，顿了一下，像是忽然想起什么事儿似的说：“对了，小俊，我不是弄了一个直播室嘛，最近人气不错，我和海星想做一个直播，你来帮忙呗，这钱哪你也不用还了，就当是劳务费，怎么样？”

谭俊听说过周凯的直播室，别人直播唱歌跳舞打游戏吃米饭，周凯直播救助各种伤残的猫猫狗狗，伤口缝合、骨折修复之类的，堪称网络直播界的一股清流，拥趸颇多，而且大多是爱猫爱狗的女生。偶尔徐海星也去帮忙，两个人穿着手术服，戴着口罩，无影灯一开，颇有做一台大手术的架势。谭俊之前听了颇为不屑，心说学得一身本事却靠动物哗众取宠，因此也不去掺和。今天拿了周凯的钱，毕竟拿人手短，只好点头说好。

周凯一听谭俊同意，顿时眉飞色舞道：“你们知道我今晚要直播什么吗？”

谭俊和徐海星都摇头。

周凯用手指蘸着啤酒在玻璃桌面上写了两个字。

两个人看完皆是一愣。谭俊问：“什么意思？附身是啥？”

徐海星也是一脸迷惑。

周凯说：“我前几天看到国外有个研究所在做一个灵魂转移的课题，说把一个PVS（持续性植物状态，简称植物人）病人脑部和正常人相连，就能将正常人的意识短时间转移到PVS（植物人）病人身体中。”

谭俊撇嘴一笑，说：“这种东西你也信！”

周凯眉毛一挑：“我当然不信，不过网络直播嘛，要想吸引人气还不得出奇才能制胜？”

谭俊脸上出现厌弃的神色，说：“这可不是奇，这分明就是骗人的把戏。”

见两个人要说僵，徐海星赶紧出来打圆场，说：“没那么严重，就是个游戏，我们无非是做个样子，那些观众都是门外汉，又怎么能看出来是真是假，小俊你不知道有一个主播眼红凯哥人气高，骂他说只能给猫猫狗狗治病，充其量不过是个兽医，凯哥气不过才想出这样一个手段来对付他。你就帮帮他。”

谭俊被徐海星一劝，脸色放缓，向周凯道：“凯哥你这个忙我帮你，不过不是冲你的钱，钱我会还，一码是一码。”

周凯端起一杯酒，说：“小俊你是老师的高徒，我和海星以后还得多仰仗你，咱们师兄弟三个人互帮互助，不用说那么多见外的话。”

“对对对，咱们三个情同兄弟。”徐海星也举起杯。

谭俊点点头，没说话，三只酒杯撞到一起，随后一饮而尽。

2

三个人吃过饭，回到医院中各自忙活。虽然还是博士在读，但高仲德经常出诊，偶尔也带着他们一起，平常有些简单的工作高仲德都交给他们三个来做，所以三个人半学半工，理论结合实践，水平远远要比一般医生来得出色。

高仲德在蓝山医科大学中颇有威望，更是附属医院的镇院级人物，全院上至院长下至护士都要仰其鼻息，加之其脾气大，又护短，谭、周、徐三个人在院中来去自如，几乎无人敢管。

当晚8点，高仲德离开医院回家，三个人也被解放，谭俊和高雪静一起吃了晚饭借口说晚上要值班，便赶到周凯的实验室，等到门前，只见门锁着，徐海星和周凯都不在，打电话过去，周凯说马上就来。

又等了一刻钟，周凯开车进来，是一辆厢式货车，谭俊正纳闷周凯怎么没开自己的车，却见车停好后，徐海星打开后车箱门推出一辆轮椅，轮椅上坐着一位白发苍苍的老人。那老人歪着头，像是睡着了。

“小俊，来帮我一把。”徐海星向谭俊招手。

谭俊满头雾水地走过去，把轮椅从车厢中抬出放到地面，问：

“这谁啊？”

未等徐海星回话，周凯走过来接口道：“实验道具！”

谭俊摸摸那人的脸，皮肤温热，顿时吓了一跳，失声叫道：“开什么玩笑，这是活人。”

“对啊，是活人，只是陷入持续性植物状态的活人，简称植物人。”周凯哈哈哈一笑，推着轮椅走向门口。

谭俊站在原地，目瞪口呆，他做梦也没想到周凯竟然如此大胆地将医院中的病人偷推出来做实验，快步走过去，抓着周凯的手臂厉声道：“快推回去，被老师知道了，咱们都得完蛋。”

周凯瞪了他一眼，撇撇嘴说：“放心吧，这老头都在医院里躺十年了，亲属远在大洋彼岸，身边就一个见钱眼开的护工，而且那护工被我买通不会去说，做完直播就送回去。你别担心，就算有事我会担着。”说罢，挣脱谭俊的手，去开实验室的门。

谭俊有心离开，但前面答应的话已经说出口，只得硬着头皮跟过去。

周凯的实验室倒不如说是解剖室和诊疗室，有解剖台、诊疗床也有一些仪器，等谭俊走进去，那个植物人老头已经被安放在诊疗床上，脑袋上贴满电极片。周凯在一边调试摄像设备，徐海星则将一些带有显示屏的仪器打开推放在床的周围，乍一看上去还真像那么回事儿。医学领域各种仪器设备多如牛毛，大多数医生也只是熟识自己领域的一些仪器，俗话说隔行如隔山，在医学界，各科之间的差异也不见得比隔一座山要小多少。所以这些仪器一布置上，恐怕大多数行外人士先就会信了七八成。

谭俊袖手站着，直到此时他还不知道自己要干什么。见周凯和徐海星也没有招呼他的意思，就在一边看。

约莫过了一刻钟，周凯调试好设备，拿一套衣服走过来道：“你去隔壁换上。”

谭俊接过，发现是一套病号服，问：“我换这个干吗？”

“你今天晚上要充当的是另一个实验道具。”

谭俊顿时明白了，原来周凯是让他当附身者，也就是要让他通过仪器和植物人状态的老头相连。还待要问，周凯就不耐烦地将他推出去。等他换好衣服回来，整个实验室已经布置完成，徐海星和周凯也各自换上全套装备。

“来来来，躺这里。”周凯指着同植物人老人相对位置的另一张床道。

谭俊无奈躺在上面，透过薄薄的衣服能感受到诊疗床冰凉的床面。

“不会拍到我的脸吧？”谭俊问。

“不会的，脸部和声音都会经过处理。”徐海星道。

谭俊“噢”了一声，不再言语。

周凯看了看时间，打开摄像机，连上电脑，开始直播。

谭俊躺在诊疗床上听周凯前面说了一大堆话，无非是介绍所谓附身实验的神奇，极尽夸张，仿佛这是一场足以获得诺贝尔生理学奖的实验。周凯说完开场的话，便进入正题，先是走到谭俊身边，说：“这是实验者1号，来，和大家打个招呼。”

谭俊伸手挥了挥，说了声大家好。

从另一边的电脑终端能看到自己的脸上打了马赛克，就放下心来。看来自己只需要躺在这里，就能完成任务了。

周凯介绍完谭俊又走到植物人老人身边，说：“这位是实验者2号，很遗憾他不能和大家打招呼，因为他是植物人嘛，就像你家院子里的树，哈哈哈，开个玩笑，在这里和大家普及一下，植物人，英文名称，persist vegetative states，简称PVS，与植物生存状态相似的特殊的人体状态，除保留一些本能性的神经反射和进行物质及能量的代谢能力外，认知能力已完全丧失，无任何主动活动。又称植质状态、不可逆昏迷。植物人的脑干仍具有功能，向其体内输送营养时，还能消化与吸收，并可利用这些能量维持身体的代谢，包括呼吸、心跳、血压等。对外界刺激也能产生一些本能的反射，如咳嗽、喷嚏、打哈欠等。但机体已没有意识、知觉、思维等人类特有的高级神经活动。我们今天的实验就是想要看看能不能将正常人的意识转移到这具活死人的身体内。”

顿了一下，周凯的声音忽然高昂起来：“什么？有人说实验者2号是假的，好，那我们来验证一下，”说着他点了一根烟抽了几口，然后把燃着的烟头按在那老人的手臂上，只听“嗤”的一声轻响，烟头熄灭。相隔不远的谭俊清楚地闻到一股焦臭味。

“还有人怀疑吗？活人可没办法忍受这样的疼痛，死人也不会有疼痛反应。好了，如果没有人有疑问的话，我们就开始今天的实验。”

“凯哥，观众数量破百万了。”徐海星在一旁低声道。

即便声音很低，谭俊依然能从徐海星的语气中听出压抑不住的激动。

“我宣布实验现在开始，亲们，大家都知道人脑是人体上最神秘又最复杂的器官，至今没有人知道思维和意识是如何产生的。所以我们的实验最大的可能是失败，但即便失败，不妨将其当成探索人脑奥秘的第一步。”

周凯口才不错，把一场骗局说得天花乱坠。

谭俊暗感好笑，徐海星在周凯说话的时候将一些电极片贴在谭俊的太阳穴及后脑，一边贴一边凑到他耳边道：“这些都是做个样子，不会和任何东西相连，一会儿凯哥说启动时，你配合着抖动身体就可以了。”

谭俊微微点头，示意自己知晓。

“报告，已经连接完成，实验准备就绪。”徐海星一本正经地对周凯说。

周凯行到一个控制台前，装模作样地将所有按钮逐一开启，然后把手放在一个绿色按钮上。抬头看了一眼徐海星，后者朝他点点头。

谭俊看不到周凯和徐海星的举止，躺在床上凝神细听，随时准备配合抖动身体。然而就在一瞬间，他感到头部的电极片忽然变得灼热起来，巨大的电流从电极片中蹿出，钻进他的脑中，眼前陡然一黑，意识瞬间消散。

3

实验后第二天中午，周凯和徐海星在恩熙烤肉拌饭馆吃饭，两个人一边喝酒一边聊天。

周凯举起酒杯，志得意满道：“计划成功，喝一杯吧！”

徐海星举起酒杯，面有忧色道：“雪静看起来很伤心。”

周凯饮尽杯中酒：“时间会冲淡一切，谭俊的GCS（GCS评分，全称格拉斯哥昏迷指数，是医学上评估病人昏迷程度的一种方法，分数越低，昏迷状态越严重）评分还不到3，这辈子估计是不会醒过来的。雪静再伤心也不会陪着一个植物人过一辈子。现在雪静是你的，留学名额是我的，皆大欢喜。”

徐海星长长吐口气：“我真怕这事儿压不下来。”

周凯哼了一声：“能有什么压不下来的，谭俊的叔叔一看就是个见钱眼开的人，只要摆平了他还有谁能出来找麻烦，那个植物人老头？事情真相你知我知，一口咬定是个意外，谁也不能把咱俩怎样。”顿了一下，周凯又道，“这段时间老高那边肯定会对咱俩有怨恨，毕竟谭俊是他得意门生，不过也没啥，一个学生而已，又不是他亲儿子，当心点儿别踩雷。”

徐海星点点头：“嗯，我知道了。”

两个人说完，结账离去。

出门后，周凯说要回家一趟，驾车离开。徐海星在店门口站了一会儿，转身向医院后门走去。一边走一边看着电话屏幕上的号码，犹豫了半天还是给高雪静打了个电话，接通后，那边传来沙哑的声音，徐海星问她要不要吃点儿什么东西，高雪静说不用。徐海星说“好”，放下电话转身去另一家日料店打包了高雪静最爱吃的鳗鱼饭。

高雪静是高仲德的独女，年纪要比他们三个小几岁，相貌出众，徐海星第一次见到她的时候就一见钟情，然而彼时高雪静已经和谭俊在一起，徐海星只能把爱慕之心压在心底，可感情这东西并不是你想压就能压得住，反而愈压愈是炽热难忍。无奈谭俊和高雪静感情甚笃，水泼不进，他想要挖墙脚都没办法。

此时谭俊陷入不可逆昏迷状态，高雪静孤掌难鸣，即便感情再如何深厚，没有彼此互动，天长日久也难免冷下去。所谓水滴石穿，绳锯木断，徐海星暗暗打定主意要使出水磨功夫，将高雪静追到手。拎着鳗鱼饭回到医院，谭俊已转到普通病房，徐海星进去的时候，高雪静正坐在床头默默垂泪。

徐海星走过去说："雪静，吃点儿饭吧，你这样下去没等小俊醒过来，你就坚持不住了。"

高雪静擦干脸上泪痕，说："谢谢你，但我真的吃不下。"

徐海星把食物放在床头柜上，看着病床上陷入昏迷的谭俊，闷声闷气道："我和凯哥也没想到会出现这样的情况，唉，现在说什么都晚了！"

高雪静叹了口气，说："你和凯哥也别太内疚，毕竟是意外，你们平时关系那么好，我知道你们两个心里也不好受。"

两人相对无言，徐海星看着高雪静，高雪静却只是望着谭俊。徐海星看在眼里，胸中醋海生涛，恨不得床上的谭俊立时死了才好。细细打量高雪静，虽然双眼红肿，满脸悲戚，却另有一番风韵。徐海星咬咬牙，心道总有一天我会让你钟情于我，继而又想到那时，他和高雪静两个人柔情蜜意双宿双栖，不免心猿意马，正满脑子绮丽念头，手机铃声突然响起，徐海星掏出手机一看是周凯，接通之后还未等应声，就听周凯在电话那边大喊："你快去看看李云祥还在不在病房。"徐海星愣了一下，才反应过来，李云祥是那个昨天充当实验道具的植物人老头，忙问："怎么了？"

“先别问，你快去看看，308病房，刚刚护工给我打电话说啥时候把李云祥送回去，我说昨天晚上就送回去了，她说早上过去发现床上没人，没敢问医生先给我打的电话，我怕她搞鬼，你先去看看，我马上到。”

徐海星说“好”，同高雪静说了一声就跑出去。

李云祥在医院的三号疗养楼，这里住的大多数是需要长期在医院进行护理治疗的患者，类似于李云祥这种长期昏迷或瘫痪在床的病人并不罕见，因此管理松懈，病患家属朋友随意进入。徐海星一路跑过去，上到三楼，就见308门口站着一个涂脂抹粉穿着俗气的中年妇女。

“我是周凯的朋友，出了什么事儿？”

那女人脸上表情惊慌，声音尖细：“什么出什么事儿啊，人不见了！”

“你和我说说，是怎么回事儿？”

“我中午过来发现床上没人，他都躺了十年了，之前你们说用完就给送回来，怎么不讲信用啊，我跟你们说这人可是我的饭票，老娘这后半辈子都靠他呢，他要是有个三长两短的，第一个我没法向人家在国外的姐姐交代，第二个，你们还得赔我后半辈子的生活费。”

女人越说嗓门越大，徐海星赶紧拦着她，说：“你先别嚷，一个大活人不可能凭空消失，而且还是一个植物人。”

“不能丢？你说得简单，现在人在哪儿呢？”女人不依不饶，嘴里的口水几乎喷到徐海星的脸上。

徐海星后退一步，说：“大姐，你先在这儿等我一下，我去帮你问问。”说罢转身去找疗养楼的护士长，结果刚出门就看到周凯跑过来，上气不接下气地问：“什，什么情况？”

徐海星道：“人确实不在房内，我正要去护理站问一下。”

周凯喘息片刻，摆摆手说：“别去问护理台，这走廊都有监控器，咱俩去监控室，一看监控视频就知道谁在搞鬼了。”

两个人来到医院的监控中心，负责监控室的人姓邓，长得五大三粗，四十多岁，因为面相较老，平时大家都称其为老邓，周凯和他打交道不多，但老邓知道周凯是高仲德的学生，也知道蓝山首富周木森是他老子，所以当周凯说明三号楼有名患者不见了，想要查一下视频的时候，老邓二话没说就指挥手下一个瘦脸男生去查监控。

画面中显示出的是三号楼三层走廊的画面，时间从昨天晚上将李云祥送回医院之后开始高倍速播放，屏幕上的数字跳到今天凌晨4点的时候，静悄悄的走廊里忽然出现一个人影，

老邓说停，往回倒一下，瘦脸男生把时间往回调，同时将画面放大，只见一个佝偻着背的老人穿着病号服从走廊一头扶着墙壁慢慢挪过来，一步一步接近，面容也逐渐清晰，等走到监控附近时，已经可以清楚地看到那人的长相——白发苍苍，瘦脸狭长，两只眼睛深深凹陷进眼眶中。

徐海星像是见鬼一样“啊”地叫了一声，脸色惨白，周凯也目瞪口呆。那画面中的人正是已经昏迷了十年之久的李云祥。

老邓看着两个人，奇怪地问：“是你们要找的人吗？”

4

谭俊像是溺水的人重新获得呼吸一样咳嗽着醒来。

从失去意识到恢复，短暂得像是瞬间。

甚至鼻端还萦绕着周凯让他换上的那件病号服的汗臭味。然而此时眼前一片黑暗，暗淡的光线从窗帘的缝隙中透进来，应该是夜里，地点还在医院，因为被褥床单上都散发着熟悉的病房味道。他躺在床上细细回想，自己应是昏迷后被送到医院。只是，昏迷了多久呢？

他挣扎着从床上爬起来，身体沉重得像是后背缚了一块千斤巨石。手脚四肢都虚弱得使不出力气。挪到床边，把脚放下去，不料双脚触地后根本支撑不住身体的重量，猝然扑倒。这一下更惨，几乎摔散了全身的骨头。呻吟良久后谭俊才攒足力气爬起，先是扶着床，又扶着墙，挪到门边，拉开门，走廊的灯光哗地涌进来，光线刺眼。谭俊猝然从黑暗中走出，双眼受不住强光的刺激，流出泪来。

适应了半天谭俊才睁开眼睛，扶着墙壁走出去，他认识这儿的环境，是蓝山大学附属医院的疗养楼，自己怎么会住到这里来？唯一的可能是主楼里的病房没有床位，只好插到疗养楼里来，确实有这个可能，有一次郊区药厂起火，烧伤数百人，烧伤科的病房住不下就征用了其他科室的病床，心想自己乱猜还不如去护理站问一下，于是继续前行，然而当他看到自己扶墙的手臂时吓了一跳，瘦骨嶙峋，细细的臂骨只被一层皮包裹着，曲张的静脉蛇一样盘在手臂上。这样的手臂只可能出现在年老体衰的老年人身上，谭俊吓了一跳，暗想难道自己昏睡了几十年。人在昏迷中无法感知时间流逝的尺度，确实有可能出现“山中方一日世上已千年”的错觉，转念一想不可能，因周围环境和昏迷前并没有什么变化，不可能是时间流逝许多年后。

走廊尽头是洗手间，洗手池上面有一面镜子，谭俊一步步挪过去，等他看到自己的脸时惊得跌坐在地上，一个陌生的苍老面孔，双眼凹陷，右眼角有一颗痣，那可不是自己的面容，支撑着爬起重又去看，以枯瘦的手去摩挲那张脸，触感温热粗粝，不是幻觉梦境也不是面具之类的东西。他盯着那张脸良久，脑中电闪雷鸣，显然这具身体并非自己的身体，那为何自己会在这具身体中醒来，正苦苦思索，忽然觉得镜中面孔有些熟悉，蓦然想起，这张脸他见过，在附身实验当晚，是那个植物人老头。

难道自己的意识真的附身在植物人老头的身上？让他惊讶的是首先出现在自己脑海中的想法竟然不是如何才能回到自己的身体中，而是周凯那个荒诞不经的实验竟然成功了，如果能够重复的话这可是足以轰动世界的新闻。思及至此，他恨不得肋生双翅飞去找周凯。

然而等他激动的心情平复下来之后，却想到这件事情也许没这么简单，因他清楚地记得实验开始之前徐海星在他耳边说那些贴在头部的电极片是断开的，周凯也说过只是让他去做做样子，但现在看来，显然不是做样子，否则自己也不会变成这副样子，那么问题来了，周凯和徐海星为什么要联合起来骗他？

电极片通电，电流贯穿大脑，这可不是恶作剧，这是谋杀！

谭俊百思不得其解，三个人平时关系好得跟亲兄弟一样，他细细地回想自己以往的言行举止，虽然偶尔会同周凯在言语上有所顶撞，但也只是口角而已，并没有什么严重的矛盾冲突会怨恨到想置对方于死地的程度，至于和徐海星，连吵嘴的情况都没发生过。

就像没有无缘无故的爱一样，也没有无缘无故的恨。越是想不明白其中原因，他就越是想要知道。心底盘算着如何才能弄清原因。这种阴暗的事情，必然不能直接去问，唯一可行的是隐在背后暗暗调查。无论是什么原因，以现在的情况来推断，周凯和徐海星都已达成目的，正是戒备心松懈的时刻。三个人朝夕相处一年多，相互之间非常了解，即便是只言片语都能推测出很多东西，且以现在的模样，也不会引起对方的注意。将这方法反复在脑海中排演了几遍，暗觉可行。于是谭俊迈开双腿颤颤巍巍地从洗手间直接走到楼梯，一阶一阶地挪下去，在晨雾渐起的时候离开医院。

徐海星和周凯家都在蓝山，只是走读，谭俊有一间单人宿舍，在蓝山医科大学五号公寓楼，门锁有三把钥匙，一把在身上，一把在高雪静那里，一把备用藏在走廊墙壁的缝隙里。五号公寓楼住的大多是在读的博士生和硕士生，人数不多，管理也松懈，谭俊避过门口的监控，从西侧楼梯上楼，打开门锁进入室内，简单洗漱一下躺在床上直到天明，又从抽屉的夹层中拿出一千块备用金，换掉病号服，再次离开。

在路边吃了点儿早餐，谭俊挨到商场开门，买了一身老年人穿的衣服帽子和鞋，就到蓝山大学附属医院门口等周凯和徐海星来，然而一直等到中午也没见两个人出现，他看了看时间，揉了揉瘦骨嶙峋的双腿，蹒跚着拐到医院后街的恩熙烤肉拌饭馆，果然通过玻璃窗看到周凯和徐海星在他们常坐的位置吃饭，他开门进去，恰好周、徐两个人前面的一张桌空出来，于是他压低帽子走过去坐下，还好饭馆的卡座之间有很高的靠背挡着，不会被看到，随便点了饭菜，他就屏气凝神，侧耳细听。

5

周凯拉着老邓的手道谢，说没错就是这个人，多谢你了邓哥。老邓摆手说没什么，举手之劳。徐海星还呆立在原地盯着电视屏幕看，周凯走过去拉他走出去，等走到门外，徐海星嘴唇颤抖着说："是李云祥，可是，怎么可能？"

周凯没应声，皱着眉头思索，半晌，问徐海星："你给我说一遍你当时是怎么组装那些仪器的。"

徐海星瞪圆眼睛："还能怎么装，你当时说只是做个样子，我就乱接一气。"

"李云祥和谭俊床头的仪器你也连到一起了吗？"周凯追问。

徐海星一头雾水："你问这个干吗？想不起来了，都是乱装的，"说到这里，徐海星忽然停住，像是被抽一鞭子似的跳起来，"你在想什么？不可能的，怎么可能！"

"你也看到了，李云祥自己走出去的，之前他可是植物人，十年前因为车祸脑部损伤，一直深度昏迷。"

徐海星见鬼了似的神情："不可能，绝对不可能，这里面肯定有别的什么原因。”

“那你说会是什么原因？”

“我，我，我不知道，但绝对不可能是你想到的那个。”

“只有两个可能，第一，李云祥的意识被我们的实验刺激醒了，第二，谭俊的意识真的附身在了李云祥的身体中，”周凯说完眼神陡然亮起来，“无论是哪一个，你知道这意味着什么吗？”

徐海星有点儿气急败坏：“我不知道意味着什么，我只知道如果谭俊的意识真的附身在李云祥身上，那咱俩的事儿就都得露馅儿。”

周凯拍了一下徐海星的肩膀：“说什么呢，这是一个意外，记住，这就是一个意外，无论谁问都一样。”

徐海星叹了口气，问：“那现在怎么办？”

“还能怎么办，找李云祥啊，找到李云祥一切真相大白。”

“可，这上哪儿找去啊？”

“不对，”周凯嘴里“嘶”地抽了口冷气，“如果真是谭俊，不用咱俩去找他，他自己就得来找咱俩，”说到这里，周凯又顿住，摇头道，“其实我也觉得不大可能是谭俊，那个什么实验都是我胡编乱造的，怎么可能就那么巧真成功，如果是李云祥那就更没啥可怕的了，醒了也好死了也罢都和咱俩没有关系。”

徐海星点点头，像是忽然想起什么似的问：“那个护工咋办？胡搅蛮缠，我看着脑门都疼。”

周凯撇撇嘴道：“没事儿，她就是要钱，给她点儿钱就打发了。行了，你别管了，我来处理。”

徐海星道：“那好，我去陪雪静了。”

周凯挥了挥手："好，你去吧。"

徐海星转身走了。周凯看着徐海星远去的背影，脸上浮现出厌弃的神色，低声咒骂了一句，从另一个门离开。

李云祥失踪的事情终究还是被周凯给压下来，护理工狮子大开口要十万，周凯说给不了那么多，两个人一个漫天要价，一个就地还钱，最终谈到五万八，女人才同意去和院方说人被亲戚接走了，送到另一个疗养院。钱给了女人，见那女人满脸喜色地蘸着口水一张张数，周凯冷哼了一声，把女人的家庭住址、家里有几口人、孩子叫啥名都复述了一遍，说你要是敢搞什么猫儿腻信不信我让你家破人亡，女人听了吓得一张敷满白粉的脸又白了几分，点头如捣蒜，连声说不敢不敢。周凯这才放她走。

6

谭俊失魂落魄地走出恩熙烤肉馆，差点儿摔倒在台阶下。他没想到周凯和徐海星竟然如此阴险恶毒。一直以来，他都将两个人当兄弟一般真心对待。他自小孤独，寄人篱下，叔叔待他也不好，这一年多的时间，三个人差不多算是朝夕相处，或多或少从周、徐二人身上感受到一些亲人兄弟般的温暖。然而知人知面不知心，经此一事，他才知道周、徐二人竟然包藏祸心如此坑害他。

不敢回大学的宿舍，他只好找了家小旅馆，但没有身份证不让入住，只有谎称自己身份证丢了，好说歹说苦苦哀求，旅馆老板看他那么大年纪才让他住进去。这具身体很差，四肢力量更是衰弱得厉害。毕竟上了年纪，加上又在床上躺了好些年，很多运动能力都退化了。

在旅馆的床上躺了好一会儿，谭俊才缓过来。周凯、徐海星设局害他，愤恨是愤恨，然而仇恨没办法解决问题，当务之急却是如何才能恢复自己的原本身体。所谓君子报仇十年不晚，如今自己看明白对方是什么样的人，只要回到自己的身体中，以后报仇的机会多得是。

左思右想，解铃还须系铃人，关键还在周凯和徐海星身上。只是两个人毒计已售，想必不会帮他恢复。谭俊细细思索，周凯表面说是为交流生名额，其实根本原因是嫉妒他在高仲德面前受宠，徐海星的目的则比较单纯，就是为雪静。周凯为人热衷名利，如果令其获得更大的好处，或许有可能说动他。至于突破点还得从附身实验上来想，他是当事者，每次对镜自视，都有虚幻的恍惚感，总是疑心自己身在噩梦之中，确定身在现实之后，不免感慨附身实验的神奇。周凯和徐海星是实验的设计者，无论其出发点是什么，也不管是不是阴差阳错，总归是达成实验目的。近乎于神迹的实验一旦公布于众，所造成的影响无异于在整个世界投下一枚核弹。届时周凯肯定会成为全世界媒体的宠儿。这么大的荣耀，想必周凯无法拒绝。

谭俊性格谨慎，即便料定周凯会同意，还是反复思量良久，取了笔在纸上逐条将周凯可能会表现出的反应列出来，又想出应对方法。他本不想用纸笔记录以防留下证据，但李云祥的脑子太过衰老，记忆力也消退得厉害，很容易前面想好的后面又忘记。

等他写满一页纸，脑子已经开始混沌起来，只好放下纸笔，揉着太阳穴，仰躺在床上休息。迷迷糊糊中坠入梦境，梦中他似乎身处于一片杂草丛生的荒地中，时间是黄昏，季节是夏天，周围蚊虫飞舞缭绕，他挥手驱赶，看到身前有一个身穿白底蓝色碎花连衣裙的女孩儿仰面躺着。那女孩儿年纪轻轻，面容姣好，看起来不过二十多岁，却脸色灰败，双眼圆睁，眼球凸出，柔弱白嫩的脖子上缠绕着一根小指粗的绿色尼龙绳，勒痕深重，深深地嵌进肌肤中，显然已死去多时。可他兀自站在那尸体身边，仔细地打量，像是在观摩自己甚为得意的作品，心情愉悦，甚至想吹一段口哨。过了片刻，他俯身从女孩儿身边的挎包里掏出一个蓝色小本，上面写着学生证，翻开看，内里贴着一寸照片，照片中人明眸皓齿，笑靥如花，正是面前已经死去的女孩儿，名字叫孙晓梅，蓝山师范学院教育专业二年级。他把学生证放回去，从自己兜里掏出一根三股红线编成的红绳，认认真真地系在女孩儿的手腕上。不料刚刚系好红绳，他就从梦中猝然醒来，自然是身处旅馆床上，但片刻前梦中情景历历在目，真实到指端还残留着那女孩儿肌肤上的冰凉触感，以及草茎被折断所释放出的清新气息。如此诡异的梦境，他从未经历，闭目回想，那女孩儿的名字蓦然浮现，他拿出手机，搜索孙晓梅的名字，重名者很多，他退回去在名字之后又键入蓝山师范学院几个字，网页缓慢打开，第一条就是蓝山师范学院大二女生惨遭杀害的新闻，看时间已经是十五年前。

谭俊通篇读完，只觉一股凉气从脚底一直升到头顶。新闻中所述和自己方才的梦境竟然一一吻合。配有图片，打了马赛克，但观图片中女孩儿躺倒的姿势亦是和梦境中一模一样。谭俊学医多年，思维方式理性严谨，读本科时曾听过一门关于人脑研究的课程，教授说人体构造，最难理解的是大脑，几百年来医学界对人脑的研究始终进展缓慢，他老师高仲德在脑科领域中浸淫三十余年，也曾说越是研究人的大脑越是觉得自己所知甚少，这么一坨近似椭球形，带点浅灰，重约1.4公斤的粉色物体，却隐藏了无数的谜团。人类的所有行为都是由此而生，但即便是经过这么多年的研究，人们对其运作机制还是一知半解。

梦境亦是大脑活动的产物，附身实验之前他从未做过像片刻前那么真实又恐怖的梦，所以原因呼之欲出。显然是李云祥的大脑影响了他本身的意识导致产生梦境，不对，那又不仅仅是梦境那么简单，谭俊清除之前的搜索记录，键入李云祥的名字，刚要搜索，顿了顿，又删除，重新键入红绳、女尸，两个词组，随后点击确定，页面很快打开，第一条新闻是“红绳屠夫”再现蓝山，新闻发布的时间是十二年前，内容是纺织厂一女工被发现勒死在下班回家的巷子里，手腕绑着一条鲜艳红绳，已是系列案件的第七名死者，警方侦破三年，始终茫然无绪，谭俊粗略扫过，继续看第二条，标题上写明——红绳屠夫人间蒸发，连环杀人案再难侦破。稿件中说从2000年开始出现的红绳屠夫，到2005年疯狂作案十余起，但到2005年之后，就再没有新的案件出现，有犯罪心理方面的专家称，红绳屠夫很可能已经死掉，或者出现其他导致无法作案的缘由，否则断然不会停止作案。

看到这里谭俊想到周凯说李云祥植物人十年，心底咯噔一下，暗忖难道李云祥就是红绳屠夫？这个念头一起就再也压不下去，真实得仿若曾经历过的梦境和巧合的身体状况都隐隐证明可能性非常之大。想到此处，谭俊又增添一层担忧，人脑玄妙难解，刚刚一天自己的意识就已经被附身的记忆所影响，时日一长谁也想不到还会发生什么事情，他必须要尽快将自己的意识转回原本的身体中。

7

转眼到晚上，周凯吃过饭来到医院，把车停好后，从停车场出来，走着走着，隐约觉得身后有个人跟着他，转身去看却又没人，周凯留了一个心眼儿，走到转弯处躲在一侧，片刻后只见一个穿灰布衣服的老人颤颤巍巍急匆匆走过来，左顾右盼地寻找。周凯冲上去一把抓住那人的衣领子，厉声喝问："你是谁？跟着我干吗？"

那老人哆哆嗦嗦地喊了一声："凯哥，凯哥，我是小俊。"声音老迈嘶哑。

周凯像是触电一样松开手，仔细打量，只见那人瘦脸狭长，眼角有一颗痣，两眼凹陷，满头白发，面皮上皱纹纵横，抽抽巴巴得跟一颗老核桃一样。确实是李云祥没错。

"你，你，你是谭俊？"虽然之前已经想到或许附身实验真凑巧成功了，但当披着李云祥皮的谭俊出现在面前，还是让周凯结结实实地吓了一跳。

"凯哥，是我，是我。"谭俊抓着周凯的手老泪纵横。

周凯被谭俊那双鸡爪子一样的手死死抓着，脸上还要做出疑惑不解的震惊神情，颤声问："小俊，你，你怎么变成这个样子？"

谭俊摇头，脸上神色悲喜交加："我也不知道，凯哥，可能，不是可能，是一定，你做的那个实验成功了，所以我的意识才穿进植物人老人的身体中，成了现在的模样。而我原来的身体此刻已经成了一具失去意识的活尸。"

周凯张了半天嘴，才蹦出一句话："可那只是一个游戏！"他一直在心里担忧如果谭俊问为何之前明明说做样子的实验会成了真的，他该如何回答，谁知道谭俊根本连提都没提。

"别管是什么，现在已经变成这个样子，所谓祸福相倚，对我来说是祸，但未必不是一个转祸为福的机遇。我从醒来之后就在思考，上次你和徐海星成功把我的意识附身在这个老人体内，只要按照上次的方法，也一定可以从这个老人体内让我回到原本的身体中，如果真的换回来，你应该明白这意味着什么。"

周凯佯装惊讶地瞪大眼睛："难不成意味着我将会成为最年轻的诺贝尔生理学奖获得者？"

"我想应该不止，你想想医学界有哪一次发现能抵得过你的这次实验，无论是克隆还是人体基因组都没办法和意识移植相提并论，这简直不是医学层面，而是上升到了灵魂、神迹，乃至宗教玄学的层面，这样的实验如果能够重复，将会在人类历史上开创一个新的纪元，理论上来说甚至可以做到意识上的永生。或许若干年后你也能成为达尔文、牛顿这种量级的人物。"

"你说的这些都能成真？"周凯激动得眉飞色舞，这句话里的情绪七分真三分假，谭俊说的那些他自然也想过，然而从谭俊嘴里说出来，就更真实一些。人生一世，最挣不脱的无非名利二字，"利"对他来说根本不算什么，但"名"是周凯的死穴，他做梦都想出名。

谭俊猛点头：“只要实验能够重复，何止我说的这些！”

周凯一把抓住谭俊树枝一样的枯干手臂：“好，我们今天晚上就重做。”

8

徐海星接到周凯电话的时候正对着菜谱给高雪静熬鸡汤，接起电话，周凯在电话那边说：“海星，谭俊来找我了。”

徐海星手里的勺子当啷一声掉在地上：“是真的吗？”

周凯说：“嗯，李云祥的模样，我旁敲侧击问了几件只有咱仨才知道的事儿，他对答如流，是谭俊没错。”

徐海星问：“他没问怎么会变成这样吗？”

周凯：“没问，他就想要把自己身体换回来。”

徐海星死死攥着电话不出声，手指的骨节都泛白了。

周凯：“海星，你听我说，现在情况有变，咱得把他换回来。”

徐海星断然拒绝：“不行，换回来我和雪静就彻底没戏了。”

周凯：“那万一他去找雪静怎么办？”

徐海星：“让他去找，没人会信。”

周凯哼了一声：“那可不一定，别人不会信，雪静一定会信，你也不想想他俩在一起多久了。”

徐海星："就算她信又能怎样，她会选择一个年纪足以做她爷爷的老头？"

周凯："海星，你冷静冷静。"

徐海星声色俱厉："冷静什么啊我没法冷静，你告诉我谭俊现在在哪儿，我弄死他算了。"

周凯："海星，你别冲动，你听我说，如果我们能把实验重复一次，咱俩可就发达了。"

徐海星早听出周凯的态度已经发生了转变，咬牙切齿："我不想发什么达，我只想谭俊死。"

周凯在电话那头也有点儿不耐烦，强压着火气道："徐海星你别那么不上道！"

"我就这样，实验你有能耐就自己做，别来找我。"徐海星说罢，挂了电话，咣地把一锅鸡汤掀翻在地。

过了一会儿，周凯又把电话打过来，徐海星怒气未消，挂断不接。却不料半小时后周凯直接找上门来，在门外砰砰砸门，继而又软语相求。徐海星无奈只好放周凯进门。周凯由小到大哪里受过如此对待，一进门就气急败坏道："徐海星你是不是蠢？"

徐海星只是对其怒目而视，不发一语。他不傻，知道周凯的目的，实验当晚那些仪器都是他安装连接，当时目的只是弄死谭俊，设备都是乱接，岂料最后实验成功，这就出现一个问题，想要重复实验，就要把设备按照当晚那样接，然而当时乱接的设备，此时想要正确无误地还原，就算徐海星本人也未必能做到。周凯自然知晓其中利害，所以心中再如何恼怒怨恨，却还得巴巴赶来求他。

周凯见徐海星不说话，脸色却越来越黑，暗叫不妙，赶紧把自己的怒火压下来，恨铁不成钢地道：“海星你真是让我很失望，不是你的态度，而是你竟然不信我，你也不想想咱俩是一条绳上的蚂蚱，我能不为你着想吗？为了让你得到高雪静我帮你设局搞谭俊，你真以为我需要那什么交流生名额吗？无非是让你心安罢了。”

这一番话说出来，徐海星脸色放缓，他心思单纯，之前只道周凯要把高雪静夺走，因此心理极其抵触，加上性格执拗，吃软不吃硬，周凯在电话中硬声硬气，他反而狠得下心来同他对着干。此时周凯晓之以理动之以情，回想整个事情的起因，确实是周凯看穿他的心思，又好心好意帮他一步步谋划。

周凯见徐海星脸上表情松动，继续道：“你想谭俊死还不简单，别忘了法律意义上的谭俊现在还在病房里躺着，李云祥那个老东西弱得一根手指就能戳死，你还担心他能做出什么妖？我答应谭俊重复实验，还不是为了先拴住他，等他上了实验台彻底弄死他。谭俊也不傻，你以为他真的就没怀疑？逼急了他去找高雪静捅破你我的阴谋，你以为高雪静还会接受你？”

徐海星憋着的一股气瞬间泄尽，沮丧道：“谭俊他既然已经心有怀疑，为何还会来找咱们？”

周凯皱皱眉头：“我想他也是人在矮檐下不得不低头，毕竟想要恢复正常只有咱俩能办到，但若真让他恢复正常，咱俩恐怕以后也得担惊受怕过日子。”

徐海星面有愧色：“凯哥，对不起，我不该没问清楚就朝你发脾气。”

周凯摆摆手道：“算了算了，先别说这个，谭俊在我家等着晚上附身实验，咱俩就当什么事儿都没发生，装得尽心尽力帮他，到时等实验开始，他是生是死还不是咱俩说了算。”

9

周凯驾车离去，谭俊在楼上望着周凯的车拐过一个弯消失在视野外，穿上鞋子随后离开。

片刻前周凯说有事儿要出去一趟，让他在家里等着。他知道周凯去找徐海星了，离开之前周凯一直在另一个房间打电话，谭俊趴在门边听了几句，隐约猜到是和徐海星产生争执。

谭俊打车直奔蓝山大学附属医院，从本科到硕士继而到博士在读，十年时间，至少有一半待在医院里。不夸张地说，就算蒙着眼睛，他也能在医院中通行自如。他的目的地是位于一楼西侧的药房，药房白天有两个工作人员，晚上只有一人值班，今天值班的是崔大姐，谭俊认识，三年前他还没和高雪静在一起的时候，崔大姐曾经一门心思地想把自己的外甥女介绍给他。谭俊不好意思拒绝，见过对方一次，是个心比天高的普通女孩儿，总想着到韩国整容之后回来嫁个富豪，一步登天。两个人客客气气喝了一杯咖啡，彼此都觉得对方不是自己的菜，就此作罢。虽然相亲没成，但崔大姐依然一副媒人的姿态，经常抓着谭俊聊天，一来二去两个人就熟悉起来，所以谭俊对崔大姐的情况很了解，有一个儿子，宠爱得不行。眼见崔大姐在药房里斗地主，谭俊用自己新买的电话拨通她的号码，尖着嗓子说你儿子出事儿了，快回家一趟。说罢挂断，就听崔大姐嗷的一声跳起来，推门就向外跑。药房的门关闭即锁，需要用门禁卡开启，趁着门还没关，谭俊溜进去拿了几盒氟硝西泮。

氟硝西泮别名氟硝基安定，是一种镇静催眠药。可口服可肌注，诱导时间可控，时效较长。谭俊拿到药后在周凯回家前赶回去，将淡黄色的药片碾成碎末，装进一个很小的玻璃瓶里，揣在身上。他知道周凯的实验室有饮水机，把药悄悄投进去，两个人喝了，产生效果至少半小时，那时实验已经完成，药效发作，持续八个小时左右，按照上次的经验，他已经从自己的身体里苏醒，到那时，自己就可以完成复仇大计。

实验时间定在午夜，彼时高雪静已经离开，医院人少，方便把谭俊的身体偷出来。周凯同徐海星回来的时候还不到晚上8点，徐海星即便早已知道，见到谭俊时依然还是一副如同见鬼的惊愕表情。见时间尚早，三个人腹内饥饿，就又一起到恩熙烤肉拌饭馆吃饭。徐海星心有芥蒂，面目表情僵硬，周凯不断对其施以眼色，谭俊只当没看见。吃完后，谭俊先被带到实验室，周凯和徐海星又去接谭俊的肉身。谭俊随后便将氟硝西泮的粉末兑进实验室的饮水机中。半小时后屋外车响，紧接着徐海星和周凯推着谭俊的身体走进来。

谭俊看着自己的身体无声无息地瘫坐在轮椅上，就像一个失去牵线的木偶，那种感觉诡异荒诞，他走过去伸手去摸自己的脸，虽有温度，但失去意识之后，肤色黯淡，整个人确实还活着，只是充满沉沉的死气。

“好了，谭俊你躺那张床上。海星你帮我把这个谭俊抬到这张床上，仪器方面还得你来安装。”

谭俊缓慢挪到之前自己曾经躺过的那个位置，爬到床上躺下，看着周凯和徐海星将自己的肉身安放到另一张床上，随后徐海星开始将床周围的设备连接起来，周凯则将电极片贴在两个人的头部。两个人忙活半天终于搞定，短暂歇息的工夫一人接了一杯水咕咚咚喝进去。

周凯走到谭俊身边说：“要开始了，可能会有点儿痛，你忍耐一下。”

谭俊点头。随后周凯和徐海星走到控制台，准备开启实验。从谭俊的角度看不到两个人的表情，只能看到周凯的侧脸，脸颊肌肉抽动，他心中惴惴，刚想要说什么，只见周凯忽然回头冲他狰狞一笑，手指扭动，头顶灯光闪烁，头部灼烧，瞬间失去意识。

⑩

谭俊从昏迷中醒过来的时候，隐约听到粗重的呼吸声，像是有人在拉扯破掉的风箱，他努力睁开眼睛，看到周凯朝向他趴在地上，双手徒劳地在地面上划拉，脸色青紫，双眼圆睁瞪视着他。再往上看，原来有人骑在周凯身上以一根腰带勒周凯的脖子，紧接着谭俊发现那人是他自己的面貌，他吓得从床上滚下来，立刻看到徐海星的尸体躺在另一侧，同样脸色青紫被人勒毙。他挣扎着想要爬起来，却被身后人一脚踹倒，那人又把他反转，掰断他想要挣扎的手，将皮带缠绕在他的颈部，随后大力拖动。他在地上无助地滑动，经过周凯时，瞥到周凯手腕上系着一根鲜艳的红色布条。

二 今日宜拆迁

刘俊武回屋子洗把脸，换了身衣服，
将白日里已经磨锋利的刀子别在腰里，
临出门前看了一眼墙上挂着的日历，
上面写着：8月17日，星期二，忌嫁娶，宜动土拆迁。

❶

长途大巴过了西岚县没多久就到了龙江地界。抵达鹿儿山镇的时候已经是上午10点半。

鹿儿山镇隶属黑河市，位于吉林和龙江两省交界处，走哈大高速，首站就是鹿儿山。二十世纪七八十年代的时候，镇子周围的山中有野鹿生活，是以得名鹿儿山。后来林木采伐，山林退化，鹿就没了，至今只存留在镇名中。

大巴车门开启，身材肥硕的女售票员率先跳下，扯着脖子大喊："鹿儿山到了，鹿儿山到了，路旁有厕所，要方便的赶紧去，抽烟的别在门边站着，往那边走走，停车五分钟，大家抓点儿紧。"在售票员破锣嗓子般的吆喝下，乘客三三两两地走出来，有的直奔路边的公厕，有的站在车旁抽烟。刘俊武最后下来，拎着黄色的旅行袋。他年龄三十多岁，大约170厘米的身高，体型偏瘦，四方面孔，浓眉大眼，胡子拉碴，头发中间长两边短，往一边斜着梳。

从长途汽车站的停靠点离开，沿着一条水泥路往镇中走。

路两侧都是各种店铺，理发店、浴池、小饭馆、小超市、文具店、粮油副食品批发店，有的是平房，有的是二层小楼。大多数店铺都还是记忆中的模样，除了一些门脸翻新，或者翻盖之外并没有太大的区别。刘俊武还记得小时候在这些店铺门前跑过，那时候镇中道路没有水泥，都是沙石。路两边植满一抱粗的白杨，挺拔伸展，枝叶繁茂。春天时长出嫩绿的叶子，生机勃勃；夏天时叶子变得巴掌大，风一吹，哗啦啦地响；秋天树叶凋零，一片片从枝头跌落。他年幼时在下面奔跑，少年时在下面骑车，后来道路扩展，白杨都被伐倒，只留下空荡荡的水泥路。

刘俊武从那些店铺前面走过，粮油店的老板看到他，就和旁边正往出搬东西的农资店老板交头接耳。

“哎，你看，那是不是老刘家的小子？”

“谁啊？”

“刘俊武嘛！刘启宏家的。”

“啊？他还有脸回来？”

“他爸不是被打了嘛，怎么也得回来看看。”

“唉，也是，都多少年了，有七八年了吧？”

“八年，我家大小子结婚那年嘛，现在我孙子八岁了都。”

“回来有什么用，我看黄二是憋着要把老刘家弄个家破人亡。”

“嘘，别说啦，小心惹火烧身。”

粮油店老板自知失言，赶紧左右看看，见没什么人，这才松口气，摇摇头苦涩道：“这日子也不知道什么时候才是个头！”

农资店老板叹口气没有再说话。

刘俊武家住在镇子东边，经过镇中心的路口之后，继续前行七八百米，就能看到一个铁门上挂着“启宏农机修理”的招牌。此刻大门紧闭，上面挂着一个暂停营业的牌子，院子内人影皆无。刘俊武站在门口朝里面打量，和自己走的时候没多大变化，除了院子里地面由砖石换成水泥，修理间、清洗间还在原来的地方，东侧摞着一些废旧的轮胎，西侧停着一台挖掘机，黄色机臂上标着“VOLVO”字样。想必是来修理或者暂时停放在院中的。大门上挂着一条手臂粗的锁链，倒是没有锁，交缠在一起。刘俊武解开锁链，推开门迈步进去，刚走进几步，一条黄色的土狗从狗窝里倏然蹿出，站在面前，狺狺地叫，警惕地盯着他看，忽而像是认出他一般，顿住，接着“汪”地叫了一声，摇着尾巴欢快地扑过来。

刘俊武蹲下身抱住狗的脑袋，一瞬间鼻子酸得厉害。这条狗是他离家前两个月捡来的，刚捡来的时候还是一条断奶没几天的幼犬，又瘦又小，只有一只拖鞋大小，他买了一袋奶粉冲了灌进瓶子里一点儿点儿喂它吃。一个月之后，小狗已经长大许多，只要刘俊武回来，就欢快地围着他蹦跳。刘俊武还记得自己给它起了一个名字，叫白耳，因它两只耳朵尖都是白色，时隔八年，没想到当初那么小的狗已经长得这么大。

白耳用舌头吧唧吧唧地舔刘俊武的脸，刘俊武则一边阻挡它湿漉漉的舌头，一边用手摩挲它颈后的皮毛。

一人一狗正嘻嘻哈哈玩闹着，忽然听到远远有人发出一声冷哼。

刘俊武放开狗，站起身，就看到父亲刘启宏站在门口瞪着他，同样的四方面孔，满脸皱纹纵横，头发花白，穿着洗得发白的工作服，下身是褐色的裤子，胳膊拄着一支拐，右腿悬空，打着石膏，左侧额头还贴着一块纱布。

“爸！”刘俊武哑着嗓子喊了一声。

“你还有脸回来？”刘启宏冷着脸说。

“宋越和我说你被人打了。”

“那又怎么样？打死了也和你无关。”刘启宏依旧绷着脸。

刘俊武看着就有点儿来气，故意拿话怼他：“还是有些关系的，打死了我得回来给你收尸发送（即送终）。”

果然激发了刘启宏的怒气，暴喝一声：“滚，王八犊子。”骂罢，气呼呼地转身进了屋。

刘俊武拎起包跟在后面，看着他爸一瘸一拐的背影，心里就莫名地发酸，当年他离开的时候，刘启宏的脊背依然挺直，身体也比现在壮硕很多。算算年纪，老头子今年已经59岁，年轻时在西藏当过汽车兵，身体素质相当过硬，后来复员回来利用自己在部队学到的修车技术开了这家修理铺，然后娶了他妈，一年后又有了他。

刘启宏脾气火暴，不懂什么说服教育，刘俊武但凡犯错，就扯过来胖揍一顿，后来刘俊武长大成人，性格倒不像刘启宏那么易怒，不过每每和父亲产生矛盾，势必爆发争吵。刘俊武早已习惯，王八犊子之类的脏话，他从来都不当回事儿。刘启宏方才骂是骂，但刘俊武已经看出来老头子眼圈都红了。

老头子一辈子性格强硬，如石头一样，发怒时倒是会摔摔打打，然而一到悲伤、愧疚、喜爱这些方面就七窍玲珑心通了六窍——只剩一窍不通。刘俊武母亲去世时，刘启宏一个眼泪珠子都没掉，只板着脸不说话，葬礼当天，发送完之后，回家时正赶上下雨，一路泥泞，等到家时，刘俊武发现刘启宏左脚鞋子丢了一只，光脚回来的。就问他鞋子怎么丢了，谁知老头诧异地看了看自己的脚，骂了一句，扭头就回去找鞋。要知道刘启宏平时最重视衣着，可以不穿新衣服，但一定不会衣冠不整，鞋子丢了都不知道，这件事儿无论如何都不会发生在他身上。至此，刘俊武才知道他老爸心里究竟失魂落魄到何种程度。

刘俊武跟着老头子进屋，想问问究竟怎么回事儿，宋越之前在电话里和他说刘启宏被打了，当时他正在工地上忙，也没细问，等忙完了，再打宋越的电话，或许是因为山里信号太差的缘故死活都打不通。最近这三年他都在贵州南部的那片山区里修一条公路，真真正正的逢山开道，遇水架桥。他是项目上机械维修队的主干，最擅长的就是修理那些重型工程车辆，什么挖掘机、铲车都不在话下。说起来这也是从刘启宏那里得到的遗传，他虽然没念过什么机械专业，但悟性极高，小时候刘启宏修车，他在旁边帮忙递递钳子、扳手什么的，谁知看了几遍就明白了其中的原理。

有一次他老爹刘启宏被喊去修抛锚在路上的拖拉机，他一个人在家，有个附近村子里的男人把一台手扶式拖拉机开进来，说犁地的时候老是跑偏，一条垄犁得像波浪线，被老婆臭骂一顿，要找他爸给修修。刘俊武一边看电视一边说，且等哪，我爸去南岗了，那人听了就急得原地打转，说不行啊我急用，种子化肥都准备好了就等着开犁种地。刘俊武打量那人两眼把遥控器扔下，说我帮你看看，彼时刘俊武才十三四岁，那男人也是病急乱投医，就说“好”，结果刘俊武拿着工具到院子里转了两圈，发现牵引架上左右两个调整螺钉和中间连接架之间的缝隙过大，这个毛病他看他爸修过不止一次，挽起袖子钻到车下把两个螺钉扭紧，调整了中间连接架的位置，前后用了不到十分钟，就把问题搞定了。

那人试了一下发现确实不跑偏了，乐得龇牙裂嘴，问多少钱。刘俊武擦擦手上的柴油说，钱就免了，你去旁边的烟酒专卖给我买一条黑星，原来刘启宏不让刘俊武小小年纪学抽烟，就和整条街上的店家说谁如果敢卖烟给刘俊武就砸了谁家的柜台，当然砸柜台肯定是玩笑话说说而已。刘启宏为人急公好义，助人为乐是为人本分，和左右邻居甚至一条街上的商贩都处得很好，这话一说，就彻底断了刘俊武的烟路。那人自然不知原委，一条黑星烟不过七八十块钱，可比修车钱少多了，乐颠颠跑出去买了烟扔给刘俊武，转头就开车走了。等人走了之后，刘俊武后悔地拍了一下大腿，忽然想起忘记告诉那人别出去乱说。

事实证明他的担心是有道理的，没过多久之后，刘启宏就听有人称赞他家招的小学徒技术相当厉害，刘启宏刚开始还没意识到是自己儿子，结果又听说小学徒修车不要钱，买条好烟就行，顿时就知道是自己儿子搞的鬼，转身回家就把刘俊武拉过来打了一顿，还从床底下搜出五六条烟，一看牌子这下更生气了，心想小兔崽子，老子都没抽那么好的烟，转身出去又打一顿，把烟也没收了。

不过从那之后，刘俊武算是有了个兼职，学习之余就帮刘启宏修车，等他长到十七八岁的时候，农用机械已经没有能难住他的，高二那年暑假，在刘俊武的要求下刘启宏把他送到市里一个朋友开的修车厂当学徒，送去还不到一周，就因为和厂里的另一个正式学徒打架被朋友送回来。刘启宏气得想要打刘俊武。不过此时刘俊武早已不是几年前那瘦弱干瘪的男孩子，长得身高腿长，一看他爸从腰上抽皮带，撒丫子就跑了。

虽然在修车厂只待了不过短短一周，刘俊武却对汽车着了迷，满镇子里翻找汽车杂志，还托人从省城的书店买，没多久就对各大厂的汽车型号、功率、特性了如指掌，甚至用废铜烂铁焊装了一辆阿斯顿马丁的架子。刘俊武一门心思研究车，学习成绩就可想而知。还没等升高三就自己辍学了，刘启宏气得打了他一顿，见他死活都不想去，心想儿子怎么说也有了一技之长，就算不读大学也饿不死，也就没有勉强，刘俊武欢呼雀跃，只有一直望子成龙的母亲冯慧芝暗自神伤。

刘启宏进屋后就坐在沙发上抽烟，刘俊武怎么问他都不说。刘俊武只好不再问，洗了澡换身衣服出门。

2

太阳升到正天中，已经是中午。刘俊武站在路边一家叫小玉饭庄的门口上下打量。以前并没有这家饭馆，显是新开的，门开着，里面有几桌食客各自吃着桌上的饭菜。从早上到现在，刘俊武只吃了一个面包喝了一瓶矿泉水，此时早已经饿得腹鸣如鼓，于是径直走进去。

店里还算整洁，每张桌子上都铺着一张红白格子的桌布，以玻璃板压着，没有靠背的四方凳子摆在桌子四周，漆着红漆。正对门口的柜台上挂着一个红底金字的牌匾，上面写了龙飞凤舞的大字——日进斗金。柜台内老板娘是个年纪四十多岁的女人，穿着闪着亮片的短袖，正低头算账，见刘俊武走进来，就问吃什么，墙上有菜单，都能做。

刘俊武看着墙上的菜单，点了干锅鸡、土豆牛肉、白灼菜心，盐爆花生四个菜，又要了四瓶冰镇啤酒，随后选了一张靠里的桌子坐下，坐下后，掏出手机拨打电话。电话响了几声接通，刘俊武说："我回来了，在小玉饭庄，你过来吧，我请你吃饭。"挂断电话的时候，老板娘已把四瓶还挂着水珠的啤酒放到桌子上，刘俊武捡起桌子腿上系着的起子开启一瓶，仰着脖子一口气喝进半瓶，长长吐出一口气。

菜陆续端上来，刘俊武一边吃一边自斟自饮。一刻钟后，一个穿着加油站工作服的男人走进来。那人身材矮胖，圆脸，小眼睛，蒜头鼻子，厚唇大嘴，进门之后就瞪着眼睛四处踅摸，刘俊武起身招招手，那人扑腾扑腾迈大步奔过来。一屁股坐在刘俊武对面，抓一把花生米一粒粒丢进嘴里，嚼得咔嚓咔嚓响。

刘俊武："八年没见了，你没啥变化。"

那人嗓音尖细，笑着说："你变化倒是挺大的。"

刘俊武给那人倒一杯酒，摸了摸自己的脸，问："老了吧？"

那人拿着杯子说："老了是老了，不过我说的是精神状态，当年你可是意气风发，现在，呵，够落魄的。"

刘俊武喝了一口酒，道："狗屁意气风发！"

那人仰头喝掉杯中酒，打了个嗝："你也是狠心，一次都没回来。"

刘俊武又给他斟满，举起杯子，道："我爸还多亏你帮我照顾！"

那人和刘俊武撞一下杯，一脸惭愧道：“别说这个，你家老爷子那么要强，什么事儿都自己干，我也没帮上什么忙。”

这句话说完，刘俊武没再接话，两个人之间陡然沉默下来。

片刻之后，刘俊武闷声道：“宋越，和我说说吧，究竟怎么回事儿？”

宋越是刘俊武的发小，从光屁股时候就在一起玩，幼儿园、小学、初中、高中，然后一起辍学。从儿时的下河摸鱼、上树抓鸟，到少年时的旷课抽烟、打架斗殴，两个人都混在一起。后来出了事儿，刘俊武远走他乡，将老父托付给宋越照顾。这么些年，也是间接从宋越那儿打听家里的情况。

宋越：“你还没回家？”

刘俊武点头：“回了，问我爸，老头子跟哑巴似的，一句话不说。”

宋越咂了咂嘴，摇头道：“你家老爷子脾气也真是，唉，是这么回事儿，三年前黄建民当了镇长，从浙江那边找来一个商人来投资，说是本地的黏土很好，就成立了一个开采黏土的矿业公司，就在北山那边开了矿，据说开采出来的黏土品质很好，那商人赚了不少钱，这不就想着扩大开采范围。你家坟地就在要开采的范围内，前些天黄建民的弟弟黄建新，就带着人来找你家老爷子谈，问能不能把坟迁走，你家老爷子也没说同意不同意，上来就问候黄建新的祖宗八代，没两句就吵起来，黄建新带的那帮人，都是四下招揽的地痞流氓，推搡起来，一时没分寸，就把老爷子推倒了，正巧路边是壕沟，挺老深，虽然没有水，但下面都是烂泥石头，老爷子滚进去腿摔断了，脑袋还撞了一下，等我赶过去的时候老爷子已经被左右邻居送到医院，黄建新那帮人早跑了。还好医生说脑袋上的伤不严重，但腿得打石膏静养。我觉得你家老爷子不说也是怕你一时冲动去找黄家人拼命。”

刘俊武听完气得脸色铁青，但他早过了逞一时血勇的年纪，强把怒气压下，低声继续问：“黄建新和那商人什么关系？”

宋越也压低声音说：“还能什么关系，狼狈为奸呗，黄建新在那商人的黏土矿里肯定有股份，你没看这两年黄氏兄弟的房子都盖得高门大院跟以前的地主似的。”

刘俊武问：“黄建民也掺和在其中吗？”

宋越挠挠下巴说：“黄建民不知道，估计还好点儿，毕竟是镇长，要顾及名誉，不过他也管不了他弟弟。黄建新本来就是个二混子，如今有钱有势，更是无法无天，这两年把镇子弄得乌烟瘴气。”

刘俊武：“就没人向上面反映一下？”

宋越：“你也不是不知道鹿儿山有多少姓黄的，沾亲带故的，姻亲交缠，本地人都没法和黄建新这种枝繁叶茂的地头蛇斗，黄建新四叔在市里是实权副市长，你往上告直接就被按下来了，镇派出所的所长黄德胜，按辈分得叫黄建新三叔，本省公检法各个部门都有黄家的人，虽然不能说所有黄家人都像黄建新一样坏得缺德带冒烟，但黄建新也不会惹到他们头上，谁也不愿意为外人出头得罪自家人。原来开种子站的老路你知道吧，前两年国家补贴农业，农民种粮积极性高，赚了不少钱，没承想就被黄建新看上了，非要花钱入股，真掏钱入股也就罢了，黄建新却一分钱不拿就想要30%的干股，老路不同意，被黄建新搞得很惨，老路放话说要到省里去告，结果连镇子都没出去，被黄建新抓起来打一顿，鼻青脸肿腿断臂折，差点儿被弄死，后来受不住签了合同把种子站转给黄建新，这才被放出来，出来当晚就连夜搬了家。”

刘俊武抽了口冷气：“这么嚣张，小时候咱俩可没少揍他，当时还真没看出来。”

宋越咧咧嘴：“快别说这个了，那王八蛋可记仇呢，总找我碴儿，我都躲着他。”说着叹口气，“你回去劝劝你们家老爷子，实在不行就别硬着干了，你们家在鹿儿山独门独户，也没个亲戚，斗不过黄建新。”

刘俊武沉吟片刻，说：“我知道，不过估计劝也是白劝，我家坟地上不仅埋着我们家祖宗，还埋着我妈，我爸甚至都给他自己留好了位置。老头子大半辈子就没怕过谁，年轻时候当兵，单枪匹马杀过境外三四个盗猎者，黄毛老二想要刨我们家祖坟，那是打错了主意，除非之前把老头子打死了，否则活着就别想干这事儿。”

宋越叹了口气，说：“可是你们爷俩绑一起也不是黄建新他们那群人的对手。”

刘俊武皱眉寻思了片刻，说：“如今是法制社会，黄建新再嚣张还能大过法理吗？我下午去找黄建民说说看，难不成这鹿儿山真就被黄建新一手遮天！”

宋越点点头说：“好吧，有事儿记得喊我，我得回去上班，晚上来我家，让我媳妇炒俩菜，咱俩再喝点儿。”

刘俊武笑着说“好”，喊老板娘过来结了账，和宋越一起走出去。

出了门，宋越转身欲走，刘俊武像是忽然想起什么似的：“先别走，还有个事儿——”

宋越站住，转过身看刘俊武，哈哈一笑，说："行了，你不说我也知道你想问啥，胡兰嫁给黄建新了，五年前的事儿，女儿都三岁了，怕你添堵，你没问我就一直没敢告诉你，听我媳妇说黄建新那浑蛋对胡兰不好，总打她，我有一次看到她戴着墨镜出来买菜，半边脸颊都是肿的。不过再怎样也是人家家事，外人也没办法插嘴。我劝你也别多管闲事儿。"

说罢宋越转身走了，刘俊武站在原地呆立半晌，转身朝镇政府所在地行去。

3

鹿儿山镇政府位于镇子西侧。从小玉饭庄出来，步行的话二十多分钟就可走到。

刘俊武走到一半路的时候，一辆白色的丰田吉普车忽然擦着他的身体从旁边驶过，若不是刘俊武及时躲避，多半就会把他刮倒。

如此危险驾驶简直是马路杀手，刘俊武心里咒骂，却没想到那车驶过不远就停下来，接着倒车灯亮起，引擎轰鸣，快速至极地倒回来。刘俊武站在路边看着那车倒回自己身边，心想这司机难道意识到自己的错误来给他道歉吗？这个念头还未等转完，车子已经嘎吱一声停在身边，后侧车窗摇下，一个油头粉面的男人面孔显露出来，嬉皮笑脸地说："我刚刚还以为看错人，还真是你啊刘俊武。"

刘俊武这才认出来，车中人正是带人打他父亲，想要刨他家祖坟的黄建新。

黄建新和刘俊武同岁，老爸叫黄金宝，靠贩卖粮食发家，算是鹿儿山首先富起来的那批人，哥哥叫黄建民比黄建新大四岁。鹿儿山镇不大，只有一所小学，一所初中，所以黄建新和刘俊武从小学到初中都是同学，同学是同学，但从小就不对付，黄建新仗着家里有钱，加上高年级还有个哥哥，特别蛮横，经常欺负别的同学，刘俊武受刘启宏的正义感影响，本性中就好打不平，所以看不惯黄建新的行为，经常出手阻止。黄建新怕刘俊武找他老爸告状，往往就此收手。彼时黄建新父亲黄金宝还活着，而且和刘俊武父亲刘启宏关系不错，因为黄金宝的贩粮车一出故障就去找刘俊武修，一来二去就熟络了。黄金宝为人精明，但品性不坏，若是知道黄建新的行为势必会胖揍他一顿。这也是刘俊武能够制住黄建新的撒手锏。至于找老师家长告状，刘俊武也只是用来威胁黄建新，在小孩子的世界中告状向来被视为懦弱之举，就算挨了欺负也不会求助于老师家长。

时日一久，黄建新就把刘俊武视为眼中钉，刘俊武也看不上黄建新，两个人都有各自的追随者，常常一言不合就放学约架，彼此各有胜负，常常鼻青脸肿地回家。后来各自长大，心智成熟，不再像年少时冲动好斗，但终归是物以类聚人以群分，不像也不会尿到一个壶里。那时候黄建新老爸车祸死掉，学霸黄建民在读大学，高中辍学的黄建新如同断了狗链子的野狗一样在镇子里游手好闲，整日同各种流氓厮混在一起，同样也是高中辍学的刘俊武却已经成为刘启宏修车店里的顶梁柱。有时候在镇子里遇到，两个人彼此横眉冷对，形同陌路。

刘俊武后来被迫离开鹿儿山，想必最为幸灾乐祸的就是黄建新。此时遇到，黄建新怒马鲜衣，刘俊武落魄邋遢，两相比较，黄建新自然是优越感爆棚，以他的性格，如果不羞辱刘俊武一顿那是说不过去的。刘俊武心里清楚黄建新的企图，再加上老父挨打的事儿，显然无法善了，原本就憋了一肚子火，他也没想忍气吞声，看黄建新那副得意扬扬的模样就嘲讽道："认不出来我没啥关系，可我却能认出你，虽然这么多年没见，可我离大老远就知道是你黄建新，都不用眼睛看，你知道为啥吗？"

由小至大，黄建新一直被刘俊武称为黄毛老二。盖因为年少时，黄建新头发颜色枯黄，在家里又排行第二，刘俊武便给他起了这么一个有些侮辱意味的绰号。谁承想叫来叫去，就被叫开了，成年之后，当面自然是无人再这么叫，但背后还是屡被提及。黄建新每思至此都对刘俊武心生憎恨，没想到此时相见，刘俊武竟然破天荒喊他大名，心中暗想难道是怕了自己？左思右想不明白刘俊武那句话的意思，就问："为啥？"

"因为啊，"刘俊武装模作样地用鼻子嗅了嗅空气，哈哈一笑，"就算隔着十里地我都能闻到一股人渣味儿。"

黄建新气得嘴唇发抖，气急败坏地拍着车窗道："刘俊武你行，我说不过你，不过你既然回来了，就别想走，看我不玩儿死你。识相的话，就乖乖签了你家坟地的转让协议，否则，别怪我心狠手辣。"说罢，黄建新摇起车窗，丰田霸道疾驰而去。

刘俊武站在原地看着车子远去，嘴角荡起笑意，心想这王八蛋还是一如既往地愚蠢。

镇政府是栋三层高的大楼，兴建于二十世纪九十年代，占地面积颇广，还有一个大院子，院里周围还有几栋独立的二层小楼，分别是镇派出所、镇邮局和镇林场。刘俊武站在门口张望，他还记得上小学的时候曾经被学校老师带领着来这里打扫卫生，当时看到镇长办公室外挂着的镇长名牌，觉得威风凛凛。

刘俊武信步走到院子里，在一侧的宣传墙上看到了镇政府组织架构图，镇长和镇委书记的位置都贴着黄建民的大头照，只是镇委书记的后面以括号写了暂代两字，刘俊武盯着大头照看了一会儿，照片中人头发向后梳，长脸细眼和黄建新有七八分相似，穿着蓝西服打着红领带，看起来像是农民企业家。

黄建民和黄建新虽然是一奶同胞，却天壤之别，就像春天在地里种下两粒同样的种子，生根发芽，没多久后发现一颗种子长得挺拔茂盛，另一颗则左歪右扭。黄建民自然是挺拔茂盛的那一株，自小学习成绩出众，小学、初中、高中都是名列前茅，高中毕业考进全国前几名的重点大学，该大学以盛产政治家而闻名，毕业后顺理成章地成为公务员，至于怎么跑回鹿儿山来当镇长却是刘俊武所不了解的。

在刘俊武的印象中，黄建民和黄建新关系很差，在学校时对待自己弟弟如同对待一坨散发着臭味的垃圾，其实刘俊武知道黄建民不是单单对黄建新这样，而是所有学习成绩不好的人，在他眼中都是垃圾，当然也包括刘俊武。因年龄差距，刘俊武和黄建民打交道不多，心想这人和黄建新不对付，又是镇长，应该能说得通，迈步走进去，进门就遇到一个穿着蓝色连衣裙的年轻姑娘，问他找谁，他说找镇长，那女孩儿说黄镇长到省里去开会，过两天才能回来，你是有什么事儿吗。刘俊武心想自己这事儿也就和黄建民能说，和别人也说不着，就说没事儿，那过几天再来，说罢转身出去。

出了镇政府，刘俊武有些茫然，站在路边，不知该往何处去。来之前已在心里盘算良久，想了好多说辞，黄建民不在这些话就都白准备了，颇有些蓄力好久的一拳，却击打在空气中的挫败感。

眼看着日头西斜，刘俊武只好往家走，路过菜市场就拐进去，父亲刘启宏喜欢吃排骨，刘俊武就盘算着买点儿给他做着吃。循着摊位走到猪肉档口，摊主看着面生，已经不是原来卖猪肉的朱大叔，问了价格就跟老板说给我切一斤排骨，老板说“好”，选了两三根肋骨条，一段段剁开，装好称妥，刘俊武接过付了钱正要转身去买菜，没想到刚一转身，就有什么东西迎面砸在他脸上，那东西脆弱，咔嚓碎裂，黏糊糊、冰冰凉的液体糊了他满脸，随后又有东西噼里啪啦砸在他身上。刘俊武视力被遮挡，看不到面前情况，只是下意识用手护着头脸以防再次被砸，耳朵里听到一个尖细的女人声音：“刘俊武你还敢回来，你这个挨千刀的，你还我女儿命来！”

刘俊武抹掉脸上的东西，发现一手的蛋黄蛋清，原来砸他脸上的是一枚鸡蛋。而面前的中年女人正愤怒地指着他的鼻子大骂，若不是旁边有人拉着，恐怕已经扑到他身上来。

中年女人他认识，是于大海的老婆陈月红，于文秀的妈。八年前，于文秀自杀，留下一封遗书，遗书中说刘俊武骗了她的身子，又对她始乱终弃，所以愤而自杀。于大海夫妻自然是恨刘俊武入骨，刘俊武也是因此离开鹿儿山远走他乡。

此次回来刘俊武一直提心吊胆，就怕遇到于大海夫妻，没想到越怕什么越来什么，还没到晚上就和于文秀母亲狭路相逢。刘俊武没法还口更不能还手，只好扭头狼狈逃跑，耳听着女人从咒骂变成呜呜的哭泣，心情灰恶得无以复加。

从市场离开，刘俊武郁闷至极，走到超市的边上站住，一边抽烟一边发呆，头发上没擦净的鸡蛋清一滴滴地滴落下来，他也懒得管，吸尽一根，又掏出一根点上，冷不防眼角余光瞥到有人伸手来抓他脸，刘俊武吓了一跳以为陈月红追过来打他，赶紧挥手阻挡，用力有些大，打在那人手上，那人“哎哟”一声痛呼。

刘俊武转脸去看，等他看清那人脸的时候，瞬间僵在原地。

❹

刘俊武上高二那年，镇子里搬来一户姓胡的人家，在镇子东侧开了一家叫“DREAM”的西点店。店老板叫胡维斯，是个身材高大，满脸络腮胡子的男人。同他一起的还有一对母女，母亲是胡维斯的老婆，姓秦，长得颇为秀美，女儿十七八岁年纪，亭亭玉立，叫胡兰，瓜子脸大眼睛，睫毛长得像两柄小扇子，皮肤又白，漂亮得像瓷娃娃一样。

鹿儿山只有小学和初中，高中在黑河市里，有三所中学。最好的是重点中学黑河一中，然后是刘俊武所在的黑河十五中，以及当地矿务局办的第九中学。鹿儿山距离黑河市车程三十多公里，平时刘俊武、宋越等鹿儿山的学生都住校，只有周末才回家。胡兰成绩不错因而转到黑河一中。

某次周末放假，刘俊武和宋越一起乘车回鹿儿山，班车驶到一中门口，刘俊武看到黄建新那帮人正嬉皮笑脸动手动脚地围着两个女孩儿。其中一个女孩儿刘俊武认识叫于文秀，也是鹿儿山的学生，另外一个长得极美的却面生。于文秀气急败坏地指着黄建新骂不要脸，显然两个人被黄建新骚扰。车停下，于文秀和另一个女孩儿走上来，黄建新和三四个坏学生也想上来，刘俊武倏地蹿过去一把关上车门，隔着车窗对门外的黄建新说："满了满了，你们等下趟吧！"接着一叠声催促司机师傅开车。黄建新恶名远播，车内学生都喊师傅快开车，那司机听了便启动车子，也不管黄建新几人在大力拍着门窗叫骂，轰鸣离开。

于文秀领着那女孩儿坐在刘俊武和宋越旁边的位置，笑着向刘俊武道谢。那女孩儿也微笑着和刘俊武点头。随后于文秀给他们互相介绍，这时刘俊武才知道女孩儿的名字叫胡兰。于文秀是那种叽叽喳喳的女孩子，长相顶多算是清秀，但性格活泼开朗，同刘俊武、宋越等从小就认识，父亲于大海是镇粮库的职工，一家人住在镇西。

都是少年人，性格跳脱活泼，还没到鹿儿山，他们几个就熟悉了，胡兰话很少，但一颦一笑都让刘俊武目眩神迷。班车驶达鹿儿山，四个人下车分开。宋越和于文秀都住西边，胡兰和刘俊武正好一路。一边走一边说说笑笑，大多都是刘俊武讲，胡兰听。聊电影聊小说聊音乐，十分投机。分开时就有点儿恋恋不舍，于是刘俊武顺势提出要不周末一起骑车到北山玩，那边风景很好，银鹭湖波光荡漾，鹿鸣山林木繁茂。胡兰对刘俊武的描绘心动不已，当即答应。第二天一早，刘俊武就去喊胡兰，在胡兰的极力要求下又勉为其难地叫上宋越和于文秀。四个人买了零食带了饮料沿着公路骑到山脚下，藏好了车后徒步登山，时值春夏之交，山林中鸟语花香，风景如画。

四个人一路说说笑笑，爬累了就休息，到鹿鸣峰刚好中午，在山顶护林员用来监察山火的小屋旁吃东西休息。鹿鸣峰海拔不到一千米，却已是周围百里的最高点，鹿儿山小镇就在山脚下，站在峰顶凭栏远眺，另一侧的银鹭湖如同一块翠绿的玉石一样点缀在群山中，刘俊武同胡兰并肩而立，看着她柔媚的侧脸，情动之下，偷偷握住她的小手。胡兰稍微挣扎了一下便告放弃，刘俊武心中喜悦得几欲大叫。

经这一次远足之后，刘俊武和胡兰的关系越发变得亲近，经常在一起玩。为了避免引来闲言碎语，便也常叫上于文秀和宋越。时日一长，感情越深，两个人便水到渠成地成了恋人。只是当时家长和学校都对早恋视若毒蝎，刘俊武成绩一塌糊涂倒是无所谓，但胡兰被寄予厚望，所以两个人只能偷偷摸摸谈恋爱。一年之后刘俊武辍学，胡兰则考上本省的重点大学，虽然相隔两地，好在相距不远，每逢周末刘俊武就乘车过去同胡兰约会。

与此同时，刘俊武修理技术日益精湛，不仅仅是农用车，货车、轿车也都可以修理。那段时间修理店生意红红火火，刘俊武也获得了一部分财务大权。胡兰上大二的时候，刘俊武已经用自己的积蓄购买了人生中的第一辆车，是一辆大众帕萨特，从黑河的4S店提了车出来，刘俊武带着临时牌照，直接开车到省城找胡兰。正赶上周末，刘俊武开车带胡兰在省城周围的几个风景区玩了一圈，玩完把胡兰送回学校。

临别时胡兰欲言又止，刘俊武早看出胡兰有点儿不开心，就问发生了什么事儿，胡兰说她和她爸胡维斯说了他俩的事儿，但她爸死活不同意，虽然没明说，但显然是觉得刘俊武一个高中都没毕业的修车工配不上他上重点大学的女儿。刘俊武听了有点儿郁闷，但并不觉得是什么大问题，就说："没事儿你爸不同意我就带你私奔。"心底却想自己学历不高，但赚钱能力不差，胡兰和他感情甚笃，只要生米做成熟饭，胡维斯不同意也得同意。

这年夏天，胡兰过生日，请了一些同学朋友一起吃饭唱歌。聚会地点在黑河市的一家西餐厅，刘俊武、宋越、于文秀也在其中。更没想到的是黄建新也赶来凑热闹。大家虽然厌烦黄建新，但见他嬉皮笑脸地非要加入进来也就没拒绝。席间黄建新端酒和众人道歉说以前确实有点儿不像话，这几年每每想起都觉得愧疚，如今改过自新，希望大家接纳他。刘俊武等人虽然不太相信，但看他态度真诚也就没再给他脸色看。

吃完喝完已经晚上10点多，黄建新倡议大家一起去唱歌，他请客。众人喝得七荤八素，兴致正高，黄建新一说，便都轰然叫好。于是黄建新引路带到一个看起来颇为豪华的KTV，又要了几十瓶啤酒，众人一边唱一边喝，很快醉倒。刘俊武酒量相对来说不错，却也醉得人事不知。

等他第二天醒来，惊愕地发现自己竟然赤裸着身体和于文秀躺在一块儿。仔细回想，头昏脑涨，昨夜发生了什么竟然一丝一毫都不记得，然而眼前这事儿若是被胡兰知道，他俩肯定完了。心念电转，就想偷偷离开，可自己的手臂还在于文秀怀里抱着，正要轻轻挣脱，于文秀忽然睁开眼睛，两个人对视一眼，于文秀惊吓得大声尖叫，刘俊武赶紧捂住于文秀的嘴，说你别喊你别喊。于文秀说：

“刘俊武你王八蛋，睡了我还要我别喊。”刘俊武辩解说：“你别血口喷人，我都不记得昨晚上发生了什么，凭什么说是我睡了你。”于文秀一听怒火冲天，扑上来就朝刘俊武的脸上抓了一下。

刘俊武脸颊被抓破，挣脱于文秀的双手，顺势翻到床下，穿了条内裤，抓起衣服裤子就往出跑，结果一开门就撞到宋越身上。宋越踉跄一下抱住刘俊武，问：“怎么了这是？”刘俊武还没张口解释就看到胡兰和其他几个同学也站在走廊里，心想这下完了，直接跑到胡兰面前说：“胡兰你一定要听我解释。”胡兰瞪着一双大眼睛一脸茫然问：“听你解释什么？”刘俊武张口结舌，脑中一片空白，只是重复着你一定要听我解释，说罢狼狈逃跑，只听得身后于文秀追出来哭喊：“刘俊武你这个王八蛋，睡了我还不认账。”

5

时间拨回到半小时之前，胡兰到市场买菜，女儿说要吃西红柿炖牛腩，于是胡兰在卖蔬菜的摊位俯身挑西红柿，刚挑了两三个就听到另一侧卖肉的档口吵了起来，是一个女人的尖厉声音，紧接着却在那尖厉声音中隐约听到一个熟悉的名字。悚然一惊，直起身去看，发现一个穿灰色短袖的男人正被一个中年女人攻击咒骂，男人背对着她看不清面容，女人倒不陌生，是高中同学于文秀的妈妈陈月红。冲突似乎很激烈，陈月红骂得声嘶力竭，若不是周围人拉着，已经伸手过去抓那男人的脸。胡兰扔下西红柿奔过去，转过一个菜摊，看到那男人的正面，方脸大眼，表情尴尬羞愧，满头满脸都是碎裂的蛋清蛋壳还有黄糊糊的蛋黄。脚边还滚着几个土豆和胡萝卜，显然也是陈月红刚刚丢过去的。胡兰脑子嗡了一声，呆立在原地。无论如何她都没想到那男人是刘俊武。

就在她愣神的一刻，刘俊武趁着周围人拉着陈月红的时机，趁乱逃走。眼看着刘俊武逃出市场，胡兰西红柿也不买了，紧跟过去。一路尾随，刘俊武行至利民超市边上停下抽烟。胡兰远远看着，脑海中全是许多年前那个阳光开朗，咧嘴一笑满口白牙的少年。如今许多年过去，彼时的俊朗少年已然成了一个眉间都是忧愁，眼中蕴满苦涩，胡子拉碴的中年人，猝然间心头剧痛，下意识就走过去，刘俊武入神想着什么，眼神空洞，丝毫没发现她接近，她默然站在刘俊武身边，见他头发上的蛋黄还在一滴滴滴落，掏出口袋里的纸巾就去为他擦拭，却不料刘俊武忽然惊醒，猛地伸手去阻挡，一下打在她手上。

胡兰痛呼了一声，缩回手。

刘俊武看到是她，叫道："啊，是你！"脸上表情精彩至极，一会儿惊喜一会儿羞愧一会儿悲伤。

胡兰点头："嗯，是我。"

随后两个人都不说话，只是互相看着。

呆立半晌，胡兰羞赧地收回目光，指着街道对面的咖啡店说："我们去那边聊聊。"

刘俊武像是忽然从梦中惊醒一般，连忙点头说好。

店里人不多，只有两桌十五六岁的女孩子在一边吃冰激凌一边叽叽喳喳说笑。胡兰要了一杯奶昔，问刘俊武喝什么，刘俊武说要一杯水，随后两个人找了一个靠里面的位置坐下。

坐下后，刘俊武一直痴痴地盯着她，眼中雾气弥漫。

胡兰心中泛酸，努力驱散想哭的感觉，便问："你——这些年，还好吧？"

刘俊武苦涩一笑，说："凑合活着。你过得怎么样？"

胡兰缓缓摇头："我，我不太好。"

"我听宋越说了一点儿——"刘俊武欲言又止。

胡兰点头："正在办离婚。"

刘俊武叹了口气："我真没想到你会和黄毛——黄建新走到一起。"

回想这八年来自己过的日子，胡兰不由得也跟着叹了口气说："我也没想到，七年前我从大学毕业，在省城待了两年，工作换了不少都不合心意，五年前我爸查出肝癌，去北京看医生说肝移植手术可以保命，但前后费用至少五十万，我家那个蛋糕店本来就不赚钱，想要转手套现都没人要，黄建新听说之后二话不说就把全部存款都拿出来给我，当时人命关天，我没办法，拿了钱，三个月后给我爸换了肝，可半年后还是因为排异反应去世了。钱也花了人也没了，我妈伤心过度脑梗，没救过来，短短半年我突然成了孤身一人，那段时间只有黄建新陪在我身边，我知道他的心思和企图，但欠他的实在太多，他那人又惯会曲意逢迎伏低做小，加上人在脆弱的时候，会变得软弱，所以就慢慢接受了他。"

这番话说完，两个人又沉默不语。

大约过了几分钟，刘俊武犹犹豫豫地问："一直想问，八年前的事儿，你还恨我吗？"

胡兰低头看自己桌子上那滴从杯子上滑落的水，低声说：“不，其实，其实，也不该恨你。只是文秀——唉，你不知道我前几天做梦还梦见咱们一起去爬鹿鸣山。”

刘俊武表情痛苦道：“说实话，这么多年，我一直都没想清楚当时是怎么搞的，文秀因我而死，我也没面目再见你。”

胡兰倏地抬起头，伸手抓住刘俊武的手，劝慰道：“你别自责，我也是最近才知道文秀那件事儿另有隐情！”

刘俊武大吃一惊：“什么？你说什么？什么隐情？”

“我不能和你说——”胡兰火烧一般收回手。

刘俊武却反手一把抓住，双眼灼灼地凝视着她：“你就忍心让我内疚一辈子？”

胡兰不敢去看刘俊武的眼睛，只是摇头：“你别逼我，别逼我，我说了会有不好的事情发生。”

刘俊武见胡兰神情惊恐，心下一软，松开手，虚弱地道：“都过去这些年了，你还怕我会怎样，我只是，我只是一直想不明白。”

“是一个局，黄建新设的一个局。”胡兰终于哭着说出来。

“你是怎么知道的？”刘俊武声音颤抖。

“半年前，有一次黄建新喝多了，对我又打又骂，说当初我如何如何瞧不起他，现在还不是想打就打想骂就骂，还说当年你那么厉害，如今不也被他搞得臭名远扬，背井离乡。我听他话里有话，就激他，说你当年离开是咎由自取和他有什么关系，黄建新当时好像意识到自己说错了话，只是冷笑，不再说话。我知道他已经在心里有了戒备，不可能从他嘴里问出当时的真相，就没再追问。他有几个好朋友，其中一个叫魏山，你应该知道，我暗想如果八年前那事儿真是黄建新设的局，不可能只靠他一个人，肯定有人帮他，几个狐朋狗友中，魏山可能性最大。有一次他们几个人在我家喝酒，喝完了又到棋牌室打牌，魏山酒劲上来在客厅沙发躺着看电视，我过去给他倒水，就套他话，说我们家建新这两年事业能顺风顺水多亏你的帮助，我俩当年能在一起，估计你也没少出力。魏山一听我这话脸上浮现惊讶的神色，就问，建新和你说了？我点头说是啊，魏山见我承认脸色一松，摆手说，嗨，当时只不过是出点儿力而已，还是你们家建新脑子够用。我看他脸上的表情变化更加确认当年的事儿有问题，就继续套话，说建新聪明是聪明，俗话说一个好汉三个帮，没有你帮他也不行。魏山嘿嘿一笑，说都是相互的，我帮他，也能得到好处不是。说到这里，叹了口气，摇头说于文秀自杀谁也没料到，转而脸上浮现淫邪的笑，像是还在回味一般地说，不过，那女孩儿倒是骚得很，那天晚上，迷晕了之后，嘿嘿……还待再说，这时黄建新出来打电话，就喊魏山去代他玩一圈，魏山止住话头，从沙发上站起来摇摇晃晃地走进去打牌，虽然是只言片语，我大体上已经猜出了怎么回事儿。”

刘俊武脸色发白，两只手死死攥着，骨节青筋暴起，咬牙切齿道：“在KTV时，那王八蛋可能就在酒里下了药，怪不得我一直奇怪为啥喝了没多少就醉得一塌糊涂。既然魏山那么说，他们很可能迷奸了于文秀，随后把我俩放在一个床上，文秀不知道内情只是认为是我和他发生了关系——他妈的黄建新，我要杀了他。”

胡兰拉住刘俊武的手，说：“杀了他有什么用，文秀活不了，你也得搭进去。”

刘俊武愤懑不已：“那怎么办，就让这帮混蛋逍遥法外？”

胡兰痛苦地掩面哭泣，摇着头说："我不知道，这么多年过去，文秀也死了，人证物证都没有，况且，况且，我不想别人骂我女儿有一个强奸犯爸爸！"

刘俊武霍然立起，愤怒至极，险些撞翻桌子，声嘶力竭地吼道："那我呢？！我这么些年背负的骂名，我臭名远扬，不得不跑到几千里外的大山里累死累活，八年了，你想没想过我这八年是怎么过的？"

店里所有人都惊诧地转过来看刘俊武。

胡兰不说话，只是呜呜地哭。

刘俊武困兽一般在原地转圈，有冤难诉，这许多年受的屈辱瞬间都涌上来，堵在胸口，几欲爆炸。

这时店外刹车声响，刘俊武转头去看，只见两辆丰田SUV停在路边，黄建新从第一辆车里下来，气冲冲地往店门走过来，身后还跟着几个人。刘俊武满腔怒火无法发泄，看黄建新过来，拎着旁边的一把木头椅子就冲出去。

黄建新接到手下人报告说胡兰和刘俊武一起进了冷饮店，终于有了搞刘俊武的借口，兴冲冲过来兴师问罪，没想到刚一开门，黄建新就被椅子劈头盖脸砸在头上，接着当胸一脚。

黄建新一屁股跌倒，头破血流，椅子也四分五裂散落各处。身后跟着的几个膀大腰圆的男人一看黄建新挨打，愣了一下一起冲过去，围着刘俊武拳打脚踢。

刘俊武起先仗着一时悍勇还挥拳还击，怎奈双拳难敌四手，只坚持了片刻就被几人打得躺倒在地。左右店家听到声音都跑出来察看，见三四个人围殴一人，有看不过去的就想要制止，结果黄建新捂着流血的脑袋，凶神恶煞地喊：“我看谁他妈敢多管闲事！”

众人一见黄建新就都跑回去，没跑的也是远远站着不敢说话。

胡兰努力想要上前，却被另一个穿黑色短袖的男人拉开。只能徒劳地喊不要打了不要打了。持续殴打了近十分钟，刘俊武被打得鼻口蹿血奄奄一息，黄建新终于叫住众人。

刘俊武被两个人架起，黄建新走到近前，狰狞一笑：“让你他妈的勾引我老婆，奸夫淫妇就该打死。”一边喊一边挥拳狠狠击打他的胸腹。连续打了十几拳，才气喘吁吁地停下。

刘俊武呕了几口血，凄然一笑，说：“黄毛老二，你有本事就把我打死。”

黄建新一把掐住他的脖子，贴在他耳边，冷笑说：“你以为我傻啊，打死你我还得摊上官司，我现在打你是因为你和我老婆搞破鞋，警察来了也顶多警告我一下，大不了赔你点儿医药费，不过，你觉得警察会来管你这摊烂事儿吗？”

刘俊武挨了一通打也冷静下来，自己刚刚太冲动先动的手，无论如何都是自己挑衅在先。黄建新那么一嚷就更是给他泼了一盆脏水。然而胡兰确实在这儿，孤男寡女在一起也确实百口莫辩。

“说吧，你想怎么办？”黄建新用手指戳着刘俊武的胸口问。

刘俊武咳嗽着反问：“什么怎么办？”

黄建新又抽了他一巴掌：“和我老婆搞破鞋这事儿，你想怎么解决？”

刘俊武看胡兰在一边对黄建新破口大骂，就辩解道：“你别血口喷人，我俩什么事儿都没有。”

黄建新撇嘴一笑：“你说没有就没有，谁信啊，当年你还说和于文秀什么都没有呢！逼得人家于文秀上吊自杀。”

一提起这茬，刘俊武火往上撞，牙齿咬得咯嘣乱响：“你当年陷害我，别以为我不知道！”

黄建新脸色一变，旋即恢复正常：“看看，你这才是血口喷人，人是你睡的，和我有什么关系。”

刘俊武气得双目赤红，说：“你这么丧尽天良，就不怕遭报应吗？”

黄建新望天打了个哈哈，说：“报应？我可是唯物主义者，不信你那些封建迷信的东西。”

刘俊武怒视着黄建新，说：“我就不信这天底下就没王法了！”

“别的地方兴许有，不过在鹿儿山，嘿嘿，老子就是王法。”黄建新说着，从刘俊武身上掏出手机，扔给身后的獐头鼠目的男子，“耗子，碎了。”

绰号耗子的男人应了一声，将刘俊武的手机扔在地上一脚踩碎，又从地上的一堆碎片里捡出SIM卡用力掰断。

“听着，”黄建新站在刘俊武面前，压低声音，“我现在给你一个机会，只要你同意签了你家那块地的转让协议，我就让你和你家老头子离开鹿儿山，否则，你们爷俩都得交待在这儿。”说罢，转身走向停在路边的SUV，胡兰也被拉走。

看到黄建新离开，抓着刘俊武的两个人松开他的双臂，狠狠往前一推，转身向另一辆车走去。

刘俊武被推得跌倒在地，悲愤地看着黄建新等人驾车离开。

6

刘俊武鼻青脸肿地回家。

刘启宏见了就问是不是遇到黄建新了。

刘俊武点头，打开从药店买的创可贴对着镜子处理伤口。

刘启宏叹口气，说："你走吧，再也别回来了。"

刘俊武从镜子里看了刘启宏一眼，说："你不走我也不走。"

刘启宏吃力地挪着那条打了石膏的腿到沙发边上，坐下，喘口气说："我这把年纪了，能去哪儿？"

刘俊武气鼓鼓地说："去哪儿都比在这儿等死强。"

"说什么屁话，"刘启宏拍了一下桌子，"你爷爷你奶奶，还有你妈都埋在北山，就算是死我也得死在这儿，"说罢顿了一顿，又道，"我打算去北山搭个棚子，万一他们偷摸把祖坟给刨了，我可没脸再见地下的列祖列宗。"

刘俊武愣了一下，说："不用去，要刨早给你刨了，还用等这个时候，黄建新那王八蛋是吃定咱们没法反抗。"

刘启宏骂了句脏话："早知道他这副德行，当年就应该让他爸打死他。"

刘俊武贴完创可贴，坐在沙发上，拿起茶几上的座机给宋越打电话，结果发现电话没声，还未等他开口问，刘启宏就说："电话线被剪了。"

刘俊武问："谁干的？"

刘启宏点了根烟，见怪不怪道："还能是谁。"

刘俊武咣当把电话扔到一边："不能接上吗？"

刘启宏无奈地说："接了又剪。"

手机被砸碎，座机电话线也被剪断，加上没有网线，刘俊武如同被困在一座孤岛。

正郁闷，忽听屋外狗叫，随后门响，宋越拎着饭菜走进来。

"还没吃吧，你电话咋打不通，这是咋了？"宋越看到刘俊武脸上的伤痕就是一愣。

"没事儿，被黄建新堵住打了一顿。"刘俊武没事儿人似的接过宋越手上的饭菜，一盒盒摆在茶几上打开，又从柜子里拿出一瓶白酒，三个玻璃杯一字摆开，咕咚咚倒满。

三个菜分别是辣椒炒肉、麻婆豆腐和凉拌海带丝。刘俊武起头喝了一杯。

宋越夹了一口菜送进嘴里说："来的时候，我看你家门口停了一辆覆了膜的捷达，黄建新手下有个叫耗子的平时就开那辆车，你说会不会是黄建新安排来盯梢的？"

刘俊武听了就推门出去，果然看到一辆车在街对面停着，黑灯瞎火，也看不清里面有人没人，他从院子里捡了一枚鸡蛋大小的石头，抡胳膊朝那辆车扔过去，准头奇差，高高飞过去，他低声骂了一句，又捡一个稍微小点儿的扔过去，这次很准，"嘭"地砸在车顶，紧接着就有两个人从车里出来看，刘俊武伏下身，转身回屋，黑着脸说："哼，真是。"

刘启宏猛地将酒杯顿在茶几上骂："老子如果手里有枪，非一枪一个毙了他们狗日的。"

刘俊武和宋越相视无言，三个人闷声喝酒，没一会儿刘启宏就喝得大醉。

刘俊武把父亲扶上床，回来和宋越说了下午见胡兰的事儿，以及黄建新可能是于文秀自杀事件的真正元凶。宋越听完气得目眦欲裂，咒骂说没想到黄建新这王八蛋如此坏。两个人喝到半夜，宋越又劝刘俊武离开鹿儿山。

刘俊武说："我是无所谓，但老头子那么倔，他不走我这当儿子的怎么可能走。"顿了顿又说，"难道就没有把黄建新绳之以法的办法吗？"

宋越想了想说："风言风语倒是有不少，可谁都没有实质性证据。"

两个人各自叹口气，饮尽杯中酒。宋越起身告辞离开。刘俊武送走宋越，收拾了一下桌子，回卧室睡觉。转眼到第二天，早上7点多，刘俊武正在院子里刷牙，宋越急匆匆跑进院子，脸色灰败，喘着粗气说："胡兰死了。"

刘俊武一嘴牙膏沫子，问："你说啥？"

宋越说："胡兰死了，昨天夜里上吊自杀。"

刘俊武愣住，嘴里的牙刷和手里的塑料杯子一起掉在地上，自语道："昨天还好好的，怎么就自杀了？不行，我得去看看。"说罢，急急往出奔，嘴上的牙膏沫子都忘了擦。

宋越在身后喊："你干吗去？"

刘俊武头也不回："我去看看。"

宋越从后面追上，一把抓住他："你上哪儿看去啊？尸体一大早就被警察拉走了。"

刘俊武颓然站住，眼中怔怔流出两行泪来。

宋越站在他身边拍拍他肩膀，不知道该说什么，只是不住叹气。

“是黄建新杀了胡兰。”刘俊武忽然说道。

宋越呆了一呆：“不——不会吧！”

刘俊武：“昨天我和胡兰见面，黄建新怒火冲天，但我看得出他其实并不怎么在意胡兰是不是和我有染，但我说知道他当年陷害我的事情，他就变了脸色，估计是猜到是胡兰和我说了什么。后来他们离开，胡兰也被拉走，虽然在当场黄建新并没有打胡兰，但临走时看她的眼神特别凶狠。经他那么一闹，想必整个镇子都知道胡兰和我私下里约会的事情，因此她羞愧自杀在情理上也说得过去，至于是自杀还是他杀，还不是黄建新说了算。”说到此处，刘俊武忽然停住，拉着宋越回到屋中，“我求你一件事儿。”

宋越点头：“你说。”

刘俊武额头冒汗：“你帮我找辆车，今天晚上12点，粮库那边的交道口，我带我爸过去。”

宋越沉默一下，说：“决定了？”

刘俊武点点头：“黄建新狠得下心杀胡兰，那也肯定没想让我活着离开。”

宋越说“好”，随后转身离开。

宋越走了之后，刘启宏从卧室出来，见刘俊武正在门口磨刀，就问：“你磨刀干吗？”

刘俊武恶狠狠地说：“去弄死黄建新，与其等着他来，倒不如先下手为强。”

刘启宏急道：“那可不行，杀人犯法，犯法的事儿咱可不能做。”

刘俊武细细用毛巾擦掉刀身上的水渍，说：“黄毛老二如此欺负咱们，我可咽不下这口恶气，我杀了他，他就不会再来为难你，到时我去自首，争取宽大处理，你有时间来看看我就行。”说罢，将那把尖刀用毛巾层层裹紧，揣进怀里。

刘启宏拄着拐上去一把拉住刘俊武：“不行不行，你不能去。”

刘俊武挣脱刘启宏说：“不去不行，不去咱俩都得死。”说着走出门去。将要走到大门口，耳听身后扑通一声，接着是刘启宏的痛呼，他转头去看，见刘启宏躺在门口，拐杖扔到一边。刘俊武赶紧跑回去扶，刘启宏痛得额头冒汗，兀自扯着他说：“走吧走吧，惹不起咱躲得起，你要是有个三长两短，我死了可没脸见你妈。”

刘俊武心下一喜，佯装固执道：“你不走我也不走。”

刘启宏叹口气说：“我走我走，都走。”

刘俊武听了，心里总算松了口气。

当天晚上11点半，刘俊武扶着他爸，偷偷从后院子翻墙出去。黄建新在后街也安排了人盯梢，不过他不知道院墙的另一边有个豁口，通过那豁口可以直接钻进后面荒草丛中。穿过荒草丛生的河岸，刘俊武和刘启宏行至一条偏僻的小路。夜空晴朗，一轮皓月当空，照得小路上一片清辉。刘俊武搀着刘启宏走一段歇一会儿，走得越远心里便越踏实。大约12点时，终于走到粮库附近的交道口。路上空荡荡，别说车了，连人影都没一个。刘俊武和刘启宏隐在树影下，大约过了一根烟的工夫，一辆车缓缓驶来，过了交道口就停在路边，车灯熄灭，宋越从车里出来，大声喊：“俊武，俊武！”

刘俊武应了一声走过去，拉开车门安排刘启宏坐在后排。关上车门后，他走过去对宋越说：“别去黑河，你去西岚，找个地方把我爸安顿好。”说着掏了一张银行卡塞到宋越手里，“这里是我这八年攒下来的钱，不太多但总够我爸活下去，密码是我爸生日，你给我爸。”

宋越吃了一惊：“你不走？”

刘俊武抿着嘴唇，脸颊上的肉轻轻抽动：“八年前我已经逃过一次，这次无论如何都不走。”

宋越拉住他：“俊武，你别冲动——”

刘俊武止住宋越的话：“不用劝我，我已经打定主意。你快带我爸走。万一盯梢的人发现人不见了追过来谁都走不了。”

宋越眼见无法说动刘俊武只好叹口气，狠狠抱了一下刘俊武，把银行卡揣进口袋，回到车里，启动车子。刘启宏在后座见刘俊武不上车，立刻便猜到刘俊武的用意，急得破口大骂，但腿脚不便，宋越又把车门锁死，只能眼睁睁地看着车子越开越快，越离越远。

车缓缓驶离，逐渐在夜色中消失不见，刘俊武怔怔地又站了一会儿，这才转身原路返回。

这次并未从后院墙钻入，而是堂而皇之地从正门进去。并且还专门从盯梢的车前路过，只是车内两个人已经昏昏欲睡，并未发现他。刘俊武心想早知这两个家伙睡成这副德行，就不用费劲从后面出去。回到屋子里坐了一会儿，刘俊武掂量着手中的刀子，暗想凭这一把刀子肯定不是黄建新等人的对手，忽而眼神透过窗户落到院中的挖掘机上。心里一动，心说他黄毛老二不是要挖咱家祖坟吗，那我就先把他家的挖了。

前一日他问过刘启宏这台挖掘机的情况，刘启宏说是一周前一个熟识的朋友送来修的，水箱漏水，已经补上了，钥匙还在车里。刘俊武这八年的工作就是维修这些重型机械，对性能和驾驶技巧更是熟知。走到院子里围着挖掘机转了一圈，性能倒是没问题，只是防护性不佳，开出去，很容易被破坏。于是，刘俊武取来电焊钢板以及切割机等工具，对院子里那辆沃尔沃挖掘机做了改装，先是在水箱、油箱等关键部位焊了一层0.5厘米厚的钢板，又在窗户玻璃外侧用手指粗的钢筋焊在上面，形成一道栅栏，既不妨碍视物，又可保护驾驶员，履带的前后都加装了防护板，油箱里加满油，等将挖掘机改装完之后，东方已经露出了鱼肚白。

刘俊武回屋子洗把脸，换了身衣服，将白日里已经磨锋利的刀子别在腰里，临出门前看了一眼墙上挂着的日历，上面写着：8月17日，星期二，忌嫁娶，宜动土拆迁。

7

刘俊武钻进驾驶室，关紧门，将外面的防护栅栏放下。扭动钥匙启动发动机。

一阵轰鸣声，挖掘机被启动，刘俊武向前掰动操作杆。挖掘机颤动着向前开去。出了大门，刘俊武看到那辆盯梢的车还停在路对面，就径直开过去，等驶到面前时，猝然将机械臂放下，只听嘭的一声巨响，铲斗砸在车头发动机处，整辆车一下像是一个玩具一样翻过来，里面传出惨叫声。刘俊武不理，掉转方向，本想去挖黄建新家的祖坟，但并不知道在哪儿，不过埋死人的地方不知道，活人住的地方一清二楚。刘俊武定了定心神，把挡位调高，驾驶着全副武装的挖掘机向黄建新家驶去。

北陆夏日，天亮得早，镇里大多数人还在熟睡中，街道上人影皆无。只见一辆黄色涂装的挖掘机轰鸣着驶过，径直往镇西行去。

黄建新家的老房子在镇西五棵树，原本只是几间瓦房，后来黄建新的老子黄金宝发了家就推倒了老房子，在原址盖了一栋二层小楼。黄金宝死后，黄建新还在二层小楼里住，两年前，又将原来的二层楼扒了，不仅扒了二层楼，还将周围几户邻居逼走，抢占了人家的地，又找了一名香港的建筑师来设计，听宋越说，盖房子加装修一共花了五百多万，建起了占地十几亩的一座别墅庄园。院子里假山小湖一应俱全，甚至还有室外的游泳池和一个国际标准的网球场，见识过的都说比电视里看到的那些豪宅一点儿不差。

刘俊武不知道那别墅庄园长啥样，但至少知道地方在哪儿。那地方原来有五棵两人合抱的榆树，所以得名五棵树，他小时候经常在那几棵树下玩，后来有一年夏季风狂雨骤雷电交加，一夜间五棵树都被雷劈了，当时镇里老人都说那五棵树估计是年深日久生了灵性，所以引来雷公击杀。

刘俊武脑子里胡思乱想，等他回过神来，已经驶到黄建新的别墅附近。眼见一栋豪奢至极的三层洋屋被一圈围墙围着，刘俊武心头火冒，暗想黄建新这厮不知贪了多少钱才盖起这么漂亮的房子。发动挖掘机，操纵铲斗只一下就将围墙铲倒，接着铲斗连挥，整面围墙如同多米诺骨牌一样，节节坍塌。但也只是塌了一截而已，刘俊武一鼓作气沿着围墙开始破坏，等他将要毁到正门时，屋内人终于惊醒。几个男人穿着短裤跑出来，看到一辆挖掘机正在大肆破坏围墙，一时间都有点儿发蒙，有人还以为自己是在梦境中。

刘俊武在驾驶室中，透过铁栅栏看到黄建新也穿着睡衣跑出来，身后还跟着一个女人，心想胡兰尸骨未寒，黄建新却已然另结新欢，顿时怒火上冲，猛地撞开黑色的大铁门，又将两边的门柱子拦腰打倒，在尘土飞扬中用最大马力轰鸣着冲向黄建新。

黄建新看不清车内是谁，却知道来者不善，指挥众人上去阻止。连魏山在内的几个男人冲上去，待看清是刘俊武，就叫骂着让他停下。刘俊武不理他们的叫骂，沉默前行，有想要接近的都被他转动铲斗吓退。黄建新听魏山说是刘俊武，顿时变了脸色，大喊道：“快阻止他。”

话说得容易，做起来却难。众人手无寸铁如何阻止防护甚严的挖掘机？有人弯腰捡石头扔向刘俊武所在的驾驶室，却轻而易举地被上面安装的铁栅栏弹开。

“报警，报警，快打电话给黄胜德。”黄建新又喊。

就在他喊的工夫，刘俊武已经驾驶着挖掘机开到房子前，众人惊慌躲开，刘俊武抬高铲斗，哗啦一声将一面墙铲出一个大洞来。其余众人趁着刘俊武拆房子，便用石头棍棒攻击挖掘机的各个部位，却收效甚微。

黄建新眼瞅着左侧的一面墙已经被破坏得千疮百孔，心里焦急，喊魏山：“老魏你去把车开来撞他，我就不信撞不死他。”

魏山应了声好，跑去开车，很快便把丰田SUV开过来，让他去撞却有点儿胆战心惊。黄建新一再催促，魏山却不敢去撞。与此同时房子被刘俊武破坏得更加厉害，黄建新心头滴血，怒气冲冲地把魏山从车里喊出来，自己钻进去。他先把车后退了一段距离，然后猛踩油门向刘俊武驾驶的挖掘机撞过去。

刘俊武早看到魏山开了车来，心下忐忑，如果高速撞来，挖掘机虽然坚固但也无法抵挡撞击的力道，想要抵挡一时间又无法把挖掘机的铲斗掉转过来。等黄建新亲自去开车，就松了一口气，将轮盘转过来，铲斗腾空，眼看白色SUV冲过来，心里算好时间，猛地将铲斗挥过去，正好在丰田车驶到的一刹那击中车身的一侧。两股巨力交击，SUV侧向翻倒，滚向另一侧。

车体扭曲变形，车窗玻璃破碎四溅。

一时间现场一片寂静，刘俊武心下畅快，转回去继续去拆黄建新的房子。黄建新手下那些打手已经顾不得去管刘俊武，都奔到SUV旁边，七手八脚地把满头满脸鲜血淋漓的黄建新抬出来，没想到黄建新十分命大，只是擦破了点儿皮，疯了一样大叫大嚷，威胁着要将刘俊武碎尸万段，但没有一个人敢去阻止刘俊武和那台疯狂的挖掘机。

一时间只听挖掘机的轰鸣和砖石掉落的声音。众人面目灰败，呆呆地盯着还在不断破坏的挖掘机。别墅的一侧已经坍塌，现场砖石飞扬，尘土四起，一片狼藉。

忽然警车声响，众人像是如梦方醒。

警车开进院里，一个穿着便服、肥头大耳的男人从车里费劲地钻出来，看到眼前的景象也是一呆，就问：“这房子不挺好的嘛，干吗拆了啊？”

黄建新看到救星一般，坐在地上大喊："德胜，德胜。"

那叫黄德胜的肥胖男人走到黄建新面前，说："三叔，你这是咋啦？唱的哪一出啊？"

黄建新急切地问："你带枪没？"

黄德胜一头雾水，反问："带枪干吗？"

黄建新咬牙切齿道："你给我打死他！"说着一指挖掘机。

黄德胜吃了一惊："谁啊？"

黄建新说："刘俊武，他妈的王八蛋要拆了我的家。"

黄德胜说："枪在所里，我可没带在身上，我去看看谁这么大的胆子敢拆我三叔的房子。"

刘俊武知道一栋房子只要把几个支撑点，也就是所谓的承重墙拆了，整栋屋子就会坍塌。西侧的两面承重墙和一根支柱已经被他破坏，正要去破坏另一面，只见一个肥猪一样的胖子走过来，朝他嚷嚷，引擎的轰鸣声太大，他听不清对方说什么，看表情气急败坏，想必说的也不是什么好话，不去管他，继续去破坏东侧的承重墙。看着屋子里的各种家具都在他的铲斗下破碎，心里充满了复仇般的快感。

黄德胜气恼地退下来，说："让他拆吧，等车没油了看他怎么办。"

黄建新嚷道："黄德胜我平日里可没少给你上货，到关键时刻你怎么就认屄啊！"

黄德胜摊摊手，说："我反正是没办法，这么个大玩意儿，啥能挡住啊，只能等它没油了，另外不是我说你三叔，你看看这房子就算是现在停下来你还能住吗？反正也是要盖新的，那不如让他给你拆干净点儿。"

黄建新在乎房子，更在乎脸面。他吼道："房子我不要了，谁要是能把挖掘机给我弄停，我奖励十万。"

所谓财帛动人心，一听有钱拿，原本畏手畏脚的几个混子都摩拳擦掌，各抒己见。

黄建新说："不管用什么办法，谁弄停了，钱就给谁。"接着转头又对黄德胜说，"你走吧，你在这儿反倒碍手碍脚。"

黄德胜一走，现场的五六个人立刻行动起来。钢筋之类的东西倒是很好找，但刘俊武的挖掘机履带部位也做了防护，根本无法塞进去，提出找另一辆挖掘机来和刘俊武对打的更不靠谱，就算立刻找到，等开过来，刘俊武早把房子拆完了。反而是第三个办法最可能实现，于是几个人找了根管子从残破的SUV油箱里往出导汽油。

刘俊武一边操作挖掘机，一边留神黄建新这边的动静，等他看到对方抽汽油的时候，心就猛地往下坠去，立刻停止拆房子，转身去阻止他们抽取汽油。然而挖掘机行动迟缓，等他转过来，魏山等人已经抽了两瓶子汽油，都是用啤酒瓶子装着，看刘俊武驾驶挖掘机冲过来，就将半瓶子汽油摔碎在挖掘机上，其中一瓶正好砸碎在驾驶室的前挡风玻璃处，顿时一股浓烈的汽油味弥散开来，刘俊武心想完蛋了，一点火自己立刻变成烧猪。还好黄建新等人身上都没有点火之物，刘俊武趁着空当，驾驶挖掘机准备逃跑，不承想一直惊恐地站在最外侧的女人忽然从睡衣口袋里掏出一个打火机来。

黄建新坐在地上狂喊："烧死他烧死他。"

魏山接过打火机，点着火狞笑着扔向挖掘机。防风的打火机翻转着撞到挖掘机驾驶室的前挡风玻璃，只见呼啦一声，火焰爆燃起来。刘俊武迅速推开驾驶室的门，掀开铁栅栏跳下去，然而还是慢了一步，后背被波及，衣服都着了。他在地上滚了一滚这才把身上的火扑灭，回头一看挖掘机却已烧成一团火球。

一愣神的工夫，魏山等人已然围了过来，表情凶狠。

刘俊武从裤腰上掏出刀子，怒喊："谁敢过来我就弄死谁！"边说边不断在身前横砍直刺。一时间众人都不敢接近。黄建新在一旁咒骂催促，有一个瘦弱男人突进了一下，便被刘俊武的刀子划伤手臂，魏山一看硬闯不行，就喊另一个男人去找长点儿的棍子。那人转身离去，不一会儿就拿来几根高尔夫球杆。一寸长一寸强，长达一米半的高尔夫球杆握在手里，围攻众人胆气立壮，挥舞着向刘俊武攻击。没几下刘俊武手中的刀子就被打飞，随后脊背中了一棍，接着是额头和大腿。刘俊武扑倒在地。

血从额头流出来，热辣辣的，刘俊武像狗一样蜷缩在地上，双手护头。棍棒拳脚交击在身上，疼痛感倏然远去，周围的辱骂声也像是从遥远的地方传来一般。太阳不知什么时候升了起来，橙红色的光从围打他的人拳脚间透过来。他想起许多年前他约胡兰一大早上爬鹿鸣峰看日出，太阳从东方的云海中一跃而出，光芒四射，胡兰跳着叫着，雀跃开心得像个孩子。也不知道死了之后会不会有阴曹地府，胡兰昨日死的，也许还在黄泉路上，自己走得快些去随她一起。如此想着，对死亡就不那么恐惧了，意识开始模糊，将要消逝时，却猛然听到有人呼喊自己的名字，刘俊武一下惊醒，发现围攻他的人都停下来，惊恐地看向另一个方向，他也朝那个方向看去，只见宋越正拿着一根什么东西从大门处跑过来。刘俊武心想宋越来干吗，来送死吗？这念头刚转过去，一群拿着各种棍棒铁锹的鹿儿山镇民在宋越后面出现，有人喊："打死恶霸黄建新！"

二

阴影飞行

韩立德全身一共被割了576刀，失血过多而死；门口死的两个人一人被捏碎喉管，一人胸口中刀，刺穿心脏，送到医院的那人伤在肺部，本不致命，但随后被勒死，这就比较令人发指了。

❶

下午3点半的时候下了一阵急雨，四十分钟后雨散云收，暑气渐消。

老魏站在门口向西边的天空望了望，虽然日落尚早，但西天澄澈晴朗，不像还有雨的样子。于是扯着嗓子把店里趁着下雨无客上门玩手机睡觉吹牛的店员喊出来收拾桌子。

夏日的烧烤大排档加冰镇扎啤算是最受食客欢迎的项目。老魏这家烧烤店，全靠夏季这几个月的利润过活。下午5点多零散客人上门，到晚上8点左右是高峰，一直持续到后半夜都有生意做。一天的流水往往要比其他时候的三天都多。老魏最烦下雨天，盖因一下雨，食客们都没心情出来撸串喝啤酒，大大地影响生意。

白色的塑料桌子和椅子，横三竖四，在店前的空地上整整齐齐一摆。老魏像监工一样指挥着，时而喊人来擦拭未擦净雨水的桌面，时而挪动没放准位置的椅子。

毛豆花生各种凉菜都已就位，羊肉牛筋金针菇鸡心也都穿好，可烤串工小梁打电话给他说中午吃坏了肚子晚上要请假。老魏放下电话气得直哼哼，咧着嘴骂了声浑蛋，他知道那家伙是在威胁他，昨天晚上提涨工资，自己没同意，于是今天就上演撂挑子的戏码。然而形势比人强，这个季节，想要找一个合适的烤串工不太容易，耽误一天就少赚一天的钱。老魏虽然气得像青蛙，却不想和人民币过不去，掏出手机正要再打电话同意小梁的要求，就听旁边有个声音弱弱地问："这里招烤串工吗？"

如果老魏是只兔子的话，此时他的耳朵必然像雷达一样转向声音的来源。当然他不是兔子，所以只能把身子转过去。

是一个戴着棒球帽的年轻人，帽檐压得很低，一双狭长的眼睛从帽檐下盯着他看。

"你会烤串？"老魏开门见山。

"会。"年轻人回答得也是言简意赅。

老魏一指炭炉："你给我烤一串羊肉，烤一串鸡心，烤一串牛筋，再烤一串金针菇，如果我吃着对味，你现在就可以上岗。"

年轻人沉默着走过去，熟练地将炭火拨匀，挑出老魏要的那些串，开始烤起来。

老魏背着手在一旁看，年轻人的手很稳，翻动肉串很有节奏感，对火候掌握得也不错，加材料的时机也很适合。显然不是菜鸟，经验相当丰富。片刻之后，老魏要的东西陆续烤好，逐一试吃之后，老魏心里大喜，羊肉串烤得外焦里嫩口齿留香，其他几样也都正是食材最好入口的时刻，脸上却不动声色："你要多少钱一个月？"

"包吃包住的话，工资老板您看着给。"年轻人闷声闷气地说。

“包吃包住？我们这儿只管吃，不包住啊！”老魏面有难色道。

“那我走了。”年轻人作势欲走。

“等一下，”老魏忙喊，“包住也可以，不过工资只能给你一个月两千。”

“可以。”年轻人答。

“那今天就开始吧！”老魏一指炭炉。

“能让我先吃点儿东西吗？我很饿。”年轻人问。

老魏转头喊面点师傅：“老陈，给下一碗打卤面，”转头又问年轻人，“吃什么卤？一碗够吗？对了你叫啥名字？”

年轻人依次回答：“要三碗，茄丁肉末，顾远。”

“好，就叫你小远了，把身份证给我看一下，我这儿需要做个登记。”

叫顾远的年轻人面露犹豫：“身份证我没带在身上，实话和你说吧老板，我和我爸妈闹矛盾，离家出走跑出来，身份证什么的都在家里。”

老魏有点儿意外，又打量了一遍面前的年轻人，看起来也就二十出头，中等身材，五官周正，衣服破旧，脚上的鞋都快穿破了。看起来像是离家出走的样子，这个年龄的孩子正处于逆反时期，一言不合就离家出走，不过又不是自己儿子，管他呢，便道：“身份证号总还记得吧？”

顾远说了一串数字，老魏记在纸上：“行了，有时间去派出所出一份临时身份证就可以了。”

顾远答应一声，正好打卤面端上来，开始大口吃起来。

老魏哼着小调，走到路边，看着降落的夕阳，拨通小梁的电话："你个小兔崽子还想拿我一把是不是，告诉你，听好喽，你爷爷我走过的桥比你走的路还长，你不是不想干了吗，成，你以后都别来了，这半个月的工资你也别想要了。"骂罢，挂断电话，老魏顿觉神清气爽。

❷

"老沈，干吗呢，下班了，走，喝两杯去啊！"片警老路站在门口催。

一个地中海发式的中年男子从电脑屏幕后面抬起头来，眉头皱成一个川字，骂："急个屁，你等我一下，我这儿还有个活儿。"

片刻后老沈关了电脑走出来。两个人沿着派出所门前的路往前走，一边走一边聊。起初无非是巡逻排班之类的，聊着聊着又说到彼此的家庭，老沈说自己儿子不听话，成绩也不好，考试英语都没及格，老路就抱怨老婆和老妈处不好，天天吵。两个人唉声叹气，一副遭遇中年危机的模样。

走着走着，就走到了街尾的老魏烧烤。

正是上客的时候，外面还有两张桌子空着。老路扯着嗓子喊了两声，老魏就从店里小跑出来，满脸堆笑："你俩可是有段时间没来了啊！"

"怪老沈，他媳妇把零花钱都扣下了，搞得没钱喝酒。"老路一边翻菜单一边推卸责任。

“滚蛋，说得好像你还有小金库似的。”老沈反唇相讥。

“哈哈哈，”老魏笑，“你俩可真能闹，想吃就来呗，我老魏不差你俩的酒钱。”

“可别这么说，”老沈连忙摆手，“那可违反纪律。”

片刻后，老路要了两扎啤酒，点了二十串羊肉，二十串腰子，一盘毛豆，一盘花生。

肉串没烤好之前，两个人已经喝下去半扎。在老魏的专门关照下，两个人点的串最先烤好，并亲自送过去。老沈就笑，说：“老魏你拍我俩马屁没用，一没权，二没势，别看你的店离我们所近，可你知道不，你们这片不在我们辖区。所以我俩才来这边撸串。”

老魏半辈子做买卖经商，都是和人打交道，精明得拔根眉毛都能吹响，怎么会被老路的话影响，胸脯拍得山响，道：“这话说的，你们为了社会治安任劳任怨，就不准我们老百姓发扬发扬风格了？”

“行了老魏，知道你最厚道，羊肉都选最好的，”老沈一边说一边咬了一口肉串，随后两眼一瞪，“今天这串烤得相当不错。”

老路也惊讶，问老魏：“什么情况？这可比上次来吃的串好吃多了。”

老魏一指正在炉边烤串的顾远，矜持地笑：“换了一个烤串工。”

老沈两口干掉一串腰子，嚼得满嘴流油，含糊不清道：“行啊老魏，照今天这个标准保持下去，你离发达也不远了。”

“把小兄弟叫来，为这么好吃的串也得敬他一杯，说实话，这是我这两年来吃过最好吃的肉串了。”老路举着扎啤杯，“再给我来一扎。”

老魏得意得眉开眼笑，喊别的服务员去给老路倒酒，又用破锣嗓子喊顾远。

顾远左手拿扇子，右手攥着一把肉串，扭头问老魏喊他干吗。

“顺子，你帮顾远翻两下，顾远你过来，这两位客人说你串烤得好，要敬你酒。”老魏说。

“老板，算了吧，我这儿忙不开。”顾远犹豫不决。

“别废话，快过来。”老魏板起脸命令。

顾远这才磨磨蹭蹭挪过来，低眉顺眼，羞怯得像刚过门的小媳妇。

“来来来，喝一杯。”老路拿一次性杯子倒了一杯啤酒，递给顾远。

顾远接过，一口喝了。

“这小伙子有意思啊！”老沈笑。

“是是是，不太爱说话，一棍子打不出一个响屁。”老魏笑着说，“来了半个月，我就没听他和谁聊过天。平常没活儿就一个人待着，好几个人都以为他是哑巴呢！”

顾远把空了的酒杯放在桌子上，眼睛盯着脚尖，负手而立。

就在放酒杯的那一瞬间，老沈看到那年轻人裸露的手臂外侧似乎浮现一个鸟类形状的刺青。等他想要仔细观察，那人已经把手臂背到身后。

“行了行了，去吧去吧！”老魏挥手赶顾远离开，后者如蒙大赦。

“你也忙去吧，别跟我俩这儿晃了。”老沈赶老魏。

老魏点头："得嘞，那您哥俩先喝着，有需要就叫我。"

随后，两个人又各自喝了一扎，在和老魏推推搡搡了一番之后结账离开。往回走的路上，开始东一句西一句地胡侃，聊着聊着，老沈猛然站住，目光呆滞，像是忽然失去记忆。

老路就有点儿发蒙："老沈，老沈，怎么了你这是？"

这时，老沈悠悠回过神来，右手摸着下巴上冒出的胡楂，不答反问："你还记得半年前有个齐市来的姓孙的警察吗？"

老路皱眉头，想了一会儿，吧嗒一下嘴，不确定地问："就是那个挺大高个，满脸胡楂，说话像放炮仗一样？"

"对，就是他。"老沈确认。

"记得啊，怎么了？"老路一头雾水。

"三年前，齐市发生了一起重大杀人案，凶犯逃走，被列入公安部A级通缉犯，后来半年前那个孙什么的警察怀疑凶犯逃窜至本市，挨个派出所拜访，讲了凶手的一些特征，还给咱们看了通缉犯的其他照片。"

"有点儿印象，你怎么忽然提起这个？"

"刚才老魏烧烤那个烤串的，一直低着头，起初我还以为年轻人没见过什么世面，害羞。结果他转身走的时候我看到他的侧脸，觉得好像在哪儿见过，刚刚才想起来，和那个通缉犯特别像。"

"那还等什么，打电话抓他啊！"老路掏出手机就要报警。

"哎哎哎，先别急，我也不确定是不是。这都过了半年了，而且还只是个侧脸。"老沈赶紧拦老路。

"想要确定有什么难的，咱俩这就回去问他要身份证看。"老路脱口而出。

老沈脸色都变了："你是不是傻，别忘了那人可是杀人犯，在齐市杀了四个人，万一真是，就咱俩这身体素质谁能抓得住？"

经过老沈的提醒，老路吓得出了一脑门儿冷汗："那怎么办？"

"先确定身份，明天我把老魏喊出来，再联系齐市那边，问问情况。"老沈思索了片刻，订了个计划。

第二天，老沈并没有按照计划喊老魏出来问，他怕打草惊蛇，倒不是不信任老魏，而是担忧老魏知道后反而露了马脚。他打算晚上再去老魏烧烤吃一顿，偷偷用手机拍几张照片，发给齐市，让他们来确认那个年轻的烤串工是不是通缉犯。中午的时候他把新计划和老路说了，老路有点儿紧张，苦着脸哀求说："老沈你放过我吧，你知道我这十多年最多抓个小偷小摸赌博嫖娼的，杀人犯这种我可不敢招惹。"

老沈怒其不争，骂道："你这没胆儿的家伙，又不是让你去抓，你就跟我去打个掩护，我偷拍几张照片，咱俩就撤。"

"不行啊真不行，"老路把脑袋摇得像拨浪鼓，"不知道还好，现在知道了我就胆突得，我跟你说，昨天我都没睡好，做了一宿噩梦。"

老沈气得跳脚，但老路彻底认㞞，他也没办法，只好另外想辙。然而一直到下班也没有想到别的方法，只得把心一横，只身赴会。换了便服，刚走出派出所大门，老路就在后面喊他。

等老路气喘吁吁地跑到近前，老沈没好气地问："你要干吗？"

"我，我陪你，陪你去。"老路上气不接下气地说。

3

孙牧亭刚到办公室，负责内勤的小李就说有电话找他，是清河某派出所的一位民警。

想了半天，孙牧亭也没想起来清河有他什么熟人："有留电话吗？"

"有，便笺纸，我贴你桌子上了。"小李说。

孙牧亭走到办公桌，果然看到一张写着一串数字的便笺贴在挡板上。按照号码打过去，嘟嘟两声之后，电话接通，一个喑哑的男声问："找谁？"

"你好，我是齐市公安局刑警大队的孙牧亭。"

孙牧亭刚自报完家门，那边发出"噢"的一声惊呼，急火火地说："那个叫谷元的通缉犯，我这边可能有他的线索。"

"你说什么？你们抓到谷元了？"孙牧亭声音骤然升高八度，整个办公室的人都把脑袋转过来。

"没抓到，但我可以确定他的踪迹。我可以先把照片发你，你看一下究竟是不是。如果是的话，我立刻上报。"

"好，我的微信是×××××，你加我吧！"孙牧亭有点儿按捺不住激动的情绪。

对方说了声"成"，就挂断了电话。片刻后孙牧亭的手机发出嘀的一声，他打开微信，看到一个叫作民警老沈的人申请通过。孙牧亭心说原来打电话的人姓沈，通过之后，老沈先发了一个笑脸，随后连发了五六张照片。从角度看都是偷怕的，画面是一个戴帽子的年轻人在烤串，大多数是低头，偶有几张是侧脸，唯一有一张是正面。几乎不用看正面照，孙牧亭就能确定对方就是三年前7·26杀人案的凶手谷元。

深吸一口气，孙牧亭再次拨通电话："老沈，我是孙牧亭，你听我说，千万不要轻举妄动，一切行动等我过去之后再说，我现在就订机票。"

放下电话，孙牧亭又拿起手机，昏暗的模糊不清的照片中，那个曾经熟识的年轻人谷元，正穿越时光，迎面走来。

三年前，孙牧亭刚刚被省厅从邻市调到齐市刑警支队担任队长。此前在邻市刑警队大队任职队长长达十年，一度他以为自己的终生都会在那个小小的城市里度过，因而早早就在那儿买房安家，结果没想到齐市刑警支队队长在某次追捕罪犯中意外受伤，严重到不能继续履职，省厅只好把他调过来救火。

初来齐市，举目无亲，那几日还连降暴雨，淫雨霏霏导致原本为他准备的临时住所棚顶漏雨，整个屋子里潮湿不堪。还好一位同事将位于市局三条街之隔的一间刚好闲置的两居室转租给他。房子位于一个二十世纪九十年代兴建的小区内，周围交通便利，生活设施也很齐全。如果房子出售，这些都是优势，要一一写在上面以增声色。然而于孙牧亭而言，并无区别，因他大多数时间不是在局里开会，就是在外面奔波。单独居住的房子也就是比集体宿舍方便一些，能洗个澡，多点儿隐私什么的。孙牧亭是只身赴任，妻儿老小都留在原来的城市。

好处是少了妻子整日唠叨，耳根能清静不少，但缺点也很显著，不上班的日子要自己解决吃饭问题。没结婚的时候，孙牧亭还会做点儿家常便饭，婚后，他工作忙，妻子全额负担家务，原本还记得的烹饪方法早就忘得一干二净。在吃了几顿自己动手煮的挂面和方便面之后，孙牧亭终于不得不向现实投降，彻底沦落为路边苍蝇馆子的忠实受众。

小区临近的一排商住两用房，底商大多数是餐馆，面馆、快餐、小炒、米粉、麻辣烫……应有尽有。孙牧亭逐家去尝，又观察卫生程度，随后将一家主打川渝风味的菜馆选为根据地。吃过几次之后，店主就对他这个老顾客热情有加，经常做一些不在菜单上的菜给他品尝。他也渐渐了解到这家菜馆的老板姓谷，负责经营的是长得小有姿色的老板娘谷雨，厨师是谷雨的丈夫，姓鲁，负责送外卖的是老板娘的弟弟谷元，还有一个负责招呼客人，点餐上菜的老太婆是谷雨和谷元的妈妈。

熟悉了之后，偶尔孙牧亭不爱下楼，就打电话喊谷元给他送过来。谷元是个二十多岁的小伙子，大约175厘米的身高，身材匀称，长相俊朗，但很闷不爱说话，谷雨说他弟弟当过几年兵，后来因为某些事情退伍了。当过兵的人就算退役泯然众人，依然会有一些难以摆脱的军旅痕迹，比如站立和行进的姿势，比如看人的眼睛和说话的声音。

孙牧亭没当过兵，但在警官学院受训四年，军事化的管理让他既饱经折磨又受益匪浅。其间有一名四十多岁教授近身搏击的教官出身某军某部，退役之前是特种兵侦察员，不仅是格斗高手还是野外生存专家。偶尔课间休息，会讲一些军旅趣事，也会以自己为主角说一些半真半假的任务故事。那些故事无一不惊险刺激，宛如好莱坞制作的动作大片。虽然每次讲完之后，教官都会朝他们眨眨眼说，这些都是真事儿，可不要传出去。但没人认为那些不可思议的任务是真的。一年后，课程结业，大家一起吃饭聚餐欢送教官。酒酣耳热之际，教官露出右臂，指着上面的一只很小的鸽子刺青醉醺醺地叮嘱："记住，以后遇到有这个刺青的人，千万千万要小心。"

"是一只鸟还是一只鹰啊？"孙牧亭好奇地问。

教官伸手拍了一下他脑袋："什么鸟什么鹰，这叫灰鸽子，白色的鸽子飞在蓝天下，灰色的鸽子飞在阴影中。"

即便过了这么多年，孙牧亭依然能清楚地记得当时教官说这句话时的神态，那是一种缅怀，是一种无法言说的追忆。

孙牧亭和谷元年龄相差十余岁，却不妨碍两个人成为好友，偶尔，谷元给他送完餐会在家里坐上几分钟，喝杯水，聊聊天。在孙牧亭的眼中，谷元是个很正派的小伙子，虽然性格有些内敛，但富有正义感和同情心，为人勤劳踏实，对母亲和姐姐都很好。

然而，半年后的一个案子让孙牧亭重新认识了谷元。

他还记得那是夏日的一个晚上，他没有值班，在家休息。半夜时分，睡得迷迷糊糊，被电话吵醒，值班人员通知他出现了大案子，需要立即赶到某路×××号的立德大厦。

孙牧亭立刻清醒，穿好衣服，下楼开车，夜里道路通畅车辆稀少，很快就赶到目的地。

立德大厦高达22层，5层以下，酒店、银行、服装店、餐馆应有尽有，5层至20层，属于商住两用房，至于最顶上的两层则是立德集团的老板韩立德的公馆。大厦里的普通电梯无法到达顶层，专门有两部电梯直达21和22层，且需要有特定的门卡才能进入。

韩立德的大名，孙牧亭没来齐市时就已经有所耳闻，据说多年前靠走私发家，后来洗白，进入房地产市场，也是走运，这十几年房价飞涨，他的资产也翻着番地飙升。韩立德兄弟四人，立功、立德、立言、立名，他排行老二，因此也被称为二爷。其余三兄弟也不是无名之辈，都有各自的腾挪领域。虽然表面上做的是合法生意，但背地里违法的事情肯定也没少干，只是目前还没有什么关键性证据，而且大多在经侦那边，命案这种倒是还未听说。

齐市有句话说，白天时，政府说了算，入了夜，他韩家兄弟最有发言权。孙牧亭来齐市这段时间，虽然没有直接同韩家兄弟打过交道，但各种流言听了不少，有夸张的说韩家兄弟已经买通了齐市一半的公职人员。

孙牧亭停好车，走向大厦，时间已是午夜，5层以下的店铺都已经关门歇业，5层以上倒是有很多窗子亮着灯，还有一些人站在窗口向下张望，显然是被赶来的警车惊醒。行至近前，孙牧亭发现入口已被黄白相间的警戒线围起来。站在门口的是局里的小王，对方看到他喊了一声孙队，说法医和其他刑警队的同事都上去了，现场在22层。孙牧亭点点头，走进去，里面有大厦的物业领着他来到专属电梯。进了电梯，他就看到电梯内斑驳的血迹，一分钟后，电梯停止，打开，一道走廊，尽头两扇红木门敞开着，里面传来人声。他走过去，进了木门之后就呆了一下，宽阔到令人惊叹的空间，头顶是拱形屋顶，玻璃的，能看到星空，巨大的水晶吊灯，地面上是厚厚的地毯，一侧是长长的吧台，吧台后面的柜子里都是各种酒，在炫目的灯光下折射出缤纷的色彩。另一侧是一圈白色的真皮沙发、小型舞池，以及整面的玻璃窗。孙牧亭行至落地窗前，22

层的高度足以眺望整座城市，此时正值午夜，此大厦又位于城中心，各色霓虹灯光照亮半个夜空。立于此处，有种整座城市都在掌控中的感觉。

孙牧亭想象着平日里韩立德站在此处想必胸中充满天下英雄舍我其谁的虚妄感。正想着，听到有人喊他的名字。他转回身，是警队的老陈。

“尸体在这边。”老陈说。

两具尸体，一左一右栽倒在门边，盖着白布，法医似乎已经做过初步的检查，只等装进尸袋带回去解剖。孙牧亭揭开白布看了一下，都是四十岁左右的男人，身强体壮，满脸横肉，但死状惊恐，一人喉咙塌陷，显然是被打碎了喉结，另一人胸口被刺，衣衫上有一块血迹。

“里面还有一具。”老陈补充。

破碎的木门之后是另外一间屋子，一门之隔，这一边却如同刑室，装修风格幽暗，墙上挂着宗教不明的画作，正中立着带有铁环的铁架，还有手铐、皮鞭等各种玩意儿，无不彰显出屋主本人扭曲的心理。此刻，死者穿着高档的白色睡袍，敞开着，里面赤身裸体，被吊在铁架上，呈大字状，四肢都被铁架上的手铐锁住，绷紧。

法医正在对尸体拍照，尸体表面伤痕累累，一道道的口子皮肉绽开，如同婴儿的嘴，铁架下方是一摊暗红色的血泊。

“初步推断是流血过多而死。”秦姓法医说了一句，“你看地面这摊血，面积这么大，恐怕身体里的血都流尽了。”

“这就是传说中的千刀万剐吧！”拍照的法医一边拍照一边惊叹。

“是不是千刀我不知道，伤痕那么多，估计起码有两三百道刀伤，凶器也已经找到，是把匕首。”秦姓法医扭头对孙牧亭说。

“确定死者身份了吗？”孙牧亭转脸问老陈。

“门口那两位叫祁宫和段晓光，是韩立德的保镖和打手，这个，”老陈对着尸体努努嘴，“韩立德，齐市大名鼎鼎的韩家二爷。”

“还有别的伤者吗？”

老陈盯着墙上也不知是恶魔还是天使的油画，愣了一下才回答：“有一个重伤，已经送到医院。”

“谁报的警？”

“一个出租车司机，说当时看到一个人歪歪斜斜地从路口冲过来，以为是醉鬼，没想到行驶到近前看到满身的血，于是就报了警。正好一辆巡逻车在附近，打电话叫救护车把伤者送到医院，随后跟着伤者的血迹来到这里。”

“是聚众斗殴吗？”

“目前还不清楚。看起来不像，聚众斗殴哪有都是一边死的。我倒是觉得像是仇杀，你也知道韩二爷的底子不太干净。”

孙牧亭点点头，随后像是忽然想起什么似的，问道：“有监控吗？”

“刚问了，没有。”老陈无奈道。

“怎么可能，这么大的大厦没有监控，我进来的时候就看到好几个摄像头。”孙牧亭表示不相信。

“监控倒是有，但被关了，就连大厦的保安都被赶跑了。”

“韩立德那伙人干的？”

“肯定是他们，说不定要干什么坏事儿，怕被拍下来。”老陈说。

孙牧亭骂了句脏话：“那现在唯一的线索就是那个送进医院的伤者？”

“目前来看是这样的，我已经让罗大脑袋和许抽抽过去看着了，医院那边应该没事儿。刚刚罗大脑袋打电话说死不了，救过来了，失血有点儿多，但好歹命保住了。等明天人一醒，事儿就都清楚了。现在急也没用。”

老陈说得没错，孙牧亭就把现场留给法医和痕检的同事，和老陈等人下了楼，站在楼下的空地上抽烟。手表上的时间已经是凌晨3点，夏季的齐市天亮时间早，东边的天空已经微微泛亮，抽到第三根的时候，老陈的手机响起，老陈接通电话，就听罗大脑袋在那边哀号：“人死了！”

“谁死了？”老陈有点儿蒙。

孙牧亭一把夺过电话：“怎么回事儿？”

“凶手刚刚闯进病房杀了受伤的——”

后面的话，孙牧亭没法听清，刚刚那句话宛如一道惊雷直接劈在他的脑门。

4

齐市第一人民医院的急诊部。

等孙牧亭赶到，现场还是一片混乱。他让老陈直接去查监控，自己去病房。

罗大脑袋和许抽抽哭丧着脸站在病房外，许抽抽的额头贴着一块纱布，有殷红的血迹渗出。

“我当时尿急上趟厕所，回来就看到老许倒在走廊里……”罗大脑袋有点儿不敢看孙牧亭的眼睛。

许抽抽咧了咧嘴：“孙队，我看到凶手的长相了，很年轻，背着双肩包，戴黑色棒球帽，帽檐压得特别低，我看他直接冲我走过来，就问他干什么的，结果那家伙扯着我的头撞在墙上，随后我就失去意识了。”

孙牧亭点点头，没说什么，走进病房，死者躺在病床上，脖子上缠着一根不知道什么仪器上的白色连接线。孙牧亭在病房中站了一会儿，满脑子都是一句话——这也太丧心病狂了。从事刑警十几年，从来没见到过如此凶悍的罪犯。正常的犯罪分子犯案后无不立刻远遁，而这个家伙竟然冒着被抓住、被识破的风险赶来医院灭口。

手机震动声响起，孙牧亭从兜里掏出手机，接通，电话那边老陈激动地说：“孙队，查到监控了。”

几分钟后，孙牧亭赶到监控室，除了老陈之外还有几名医院的安保人员，正对着电视屏幕，查看摄像头拍下的监控画面。

老陈见孙牧亭赶来，就让负责操控的人把视频调到一个时间点。孙牧亭看到一个戴着棒球帽、穿着运动服的人走进医院的急诊室，然后在问诊台短暂停留就匆匆离开摄像头区域。身高胖瘦都能从视频中辨别出来，但看不清脸。显然对方一直在避免自己被摄像头监拍到面部。然而医院中摄像头非常多，即便他再怎么躲避依然被拍到几张侧脸。特别是在二楼的病房外走廊打昏许抽抽时，摄像头拍到他三分之二的面部，只有额头和双眼没拍到。

“停！”孙牧亭喊停了视频，正好卡在拍到最大限度面容处，几秒之后，孙牧亭骂了一声“他妈的”，就往出跑。老陈、罗大脑袋和许抽抽一脸茫然跟在后面。等到了停车场，上了车，孙牧亭才说：“这人我认识，现在过去说不定还能堵到。你快打电话给其他人，让他们带着装备来我住的小区。”

二十分钟后，车停在谷氏饭馆的门口，孙牧亭砰砰砸门，片刻后卷帘门开，谷雨和老公穿着睡衣睡眼惺忪、满脸戒备地看着他。

孙牧亭没时间解释，厉声问：“谷元呢？”

谷雨掩嘴打了个哈欠：“这是怎么了孙哥？谷元不住这边，和我妈住17栋。”

“快快快，快带我去。”孙牧亭连声催促。

17栋就在孙牧亭所住的那栋后面，3单元202室，敲开门后，谷雨妈妈说谷元一晚上都没回来。

孙牧亭叹了口气，把谷雨拉出去说了前因后果。

谷雨听完脸色煞白，浑身抖得如同风中树叶，若不是丈夫老鲁扶着，恐怕已经瘫倒在地上。谷元杀了人，这么严重的事情，说不定就是死刑无期什么的。无期还好，死刑可就糟了。为了保住弟弟的一条命，说不得就要倾家荡产地去疏通。更糟的是杀的人是韩立德，齐市可止小儿夜啼的韩二爷。韩家不是普通人，谷雨在齐市土生土长，顿时就意识到将会随之产生的可怕后果，躺在老鲁怀里天塌了一样绝望哀号：“这可咋办啊？！”

孙牧亭安排一队干警在附近，一旦看到谷元立刻汇报。

随后回家洗了把脸，等他再赶回市局时天已大亮。

详细的现场勘察已经完成，除了杀人，还涉嫌抢劫，韩立德屋子里一个隐秘的保险柜被打开，里面还有一些钱和金条。因为不知道里面的具体财物数目，所以还不清楚究竟丢失了什么东西。

毫无疑问，这个案子肯定会变成大案，而且随之而来的影响会越发严重，称之为一场风暴都不为过。第一，韩氏兄弟其余三人肯定不会袖手旁观，他们肯定会动用自己的人去找谷元；第二，谷元的家属说不定也会被报复；第三，也是最重要的一点，没人知道韩立德保险柜中是不是还有一些其他什么东西，万一谷元拿走了韩立德手里攥着的一些不见光的证据以及某些人的把柄，恐怕会有更多的人和势力卷入其中。

孙牧亭在记事本上 条条罗列，最后在谷元的名字上重重地画一个圈，又打个问号。至今为止，依然不知道谷元的杀人动机。无论是从韩立德的社会关系还是从谷元的社会关系上来看，这两个人都没有任何交集。

他随后给局长打了一个电话，说明了一下目前的情况。局长明确指示不惜一切代价抓到谷元。务必要在最短的时间内控制住事件的发展态势。

还没到正式上班的时间，韩立德被杀的消息已经在网络上爆出来。这也是在预料之中的事情，杀人凶案，死者还是齐市大人物，几乎没办法封锁消息。随后，当地媒体开始在新闻中报道。市长的电话也打到了局长的办公室。当天7·26专案组成立，局长任组长，孙牧亭任副组长，抽调各区县警力，全力缉捕谷元。

孙牧亭看着黑白色的谷元照片被打印出来，不由感叹，昨日还是一个言笑可亲的身边人，转眼就成了通缉犯，但更令他感慨的还是谷元令人发指的战斗力，具体的伤亡数字已经出来，算上韩立德，一共四个人被杀，惊天大案。韩立德全身一共被割了576刀，失血过多而死，门口死的两个人一人被捏碎喉管，一人胸口中刀，刺穿心脏，送到医院的那人伤在肺部不致命，但随后被勒死，这就比较令人发指了。门口死亡的两个人来头不小，都是有案底的凶徒，而且身手不凡。然而谷元不仅杀了四个人，还全身而退。甚至还有余力去医院灭口。

这种战斗力可不是普通人能做到的，孙牧亭立刻想到谷元的军人出身，随后查到曾经受训和服役的某军区某部队，但更详细的资料没有权限获得。为了弄清楚谷元的背景，孙牧亭和局长汇报，希望能通过高层获取谷元服役期间的详细信息，局长看了看孙牧亭问："有这个必要吗，我们抓到他不就完了吗。"

孙牧亭沉吟了片刻说："刘局，我们必须要对犯罪分子有全面的了解，否则在抓捕过程中恐怕会出现更大的乱子。您也知道，不是什么人都能够轻松徒手杀掉四个成年人。"

随后，局长向省公安厅提交了请求，第二天下午，一位自称姓车、身穿少校军服的军官赶到齐市，孙牧亭负责接待，在市局的会议室，车少校和孙牧亭讲了一些谷元的事情。

18岁入伍，在某军区某兵团受训，随后成为一名特种兵，服役期间，受过多次嘉奖，但在一次任务中，因为某长官的错误指挥，致使一名战友死掉，谷元一怒之下，冲撞了该长官，不久之后因为不服从命令被清退。

孙牧亭随后问了谷元在军队中的受训情况，车少校肃然道："谷元精通射击，近身格斗得过全军区第一，创造过野外生存最长天数纪录，会驾驶直升机及各种车辆，在缅甸杀过毒贩，在越南追过悍匪，因为服役期间当过侦察兵，所以伪装和反侦察能力极强。”

孙牧亭越听脸色越差，心说这还怎么抓。

“对了，他手臂上文有一只鸽子刺青，你可能不知道那意味着什么——”

孙牧亭心神一震，脱口问道：“灰鸽子？”

车少校眉毛一挑：“你知道？”

孙牧亭苦笑连连：“在警官学院受训的时候，指导我们近身格斗的教官手臂上也有一只，他还警告我以后如果遇到同样有鸽子文身的人一定要有多远躲多远。”

“更多细节因为保密原则我不能和你细说，既然你知道灰鸽子的事情，那你肯定能预计到谷元的危险性，事实上，我觉得你们最好请求武警部队协助抓捕，”说到这里，车少校歉意一笑，“对不起，我没别的意思，实在是，应对谷元这种能力的犯罪分子，普通警察能起到的作用有限。”

孙牧亭有点儿尴尬，说：“好，我知道了，谢谢你专门赶来。”

送走车少校，孙牧亭和局长汇报了一下了解到的情况，局长在电话那边沉默良久，说：“先找人吧，和下面人说不要轻举妄动，以掌握信息为主，不准个人逞勇斗狠，真到具体抓捕环节，我会去找武警那边协助。”

话虽如此，但真到了关键时刻，又有几人能抓得住谷元，孙牧亭在微信群里转达了局长的话，随后重点补充了一句：鉴于凶徒非常危险，兄弟们注意安全，尽量避免正面冲突。

转眼到了第三天，谷元依然毫无踪迹，如同人间蒸发一般。据老陈的线人说，韩家兄弟已经疯了，暗地里悬赏百万给能提供谷元线索者，发动了所有手下的混子去找。

孙牧亭点了点头，这些都是预料之中的情况，上午回去换衣服的时候，他看到谷家的饭馆已经被砸，卷帘门被打开，门窗都碎了，好在谷雨早已带着母亲和丈夫离开齐市。

时间走到第四天，“黄金三天”的破案时间已经过去，撒出去几百名警力，却依然没有半点儿消息。

从案发到现在孙牧亭只睡了不到四个小时，胡子拉碴，满眼都是血丝，实在坚持不住，就躺在办公室的沙发上打盹，没想到稀里糊涂睡过去，再醒来已经过了三个小时，赶紧起身，到洗手间洗了把脸。回来时，小王说有他的快递。

孙牧亭折过身去收发室取。是一个比A4纸要大很多的东西，外面套着塑料袋，上面的快递单上写着他的名字和电话，发件人处却是一个陌生人的名字和电话。回到办公室用剪子打开，里面是一个牛皮纸的档案袋，档案袋里是一个黑色账本，翻看第一页，一张纸滑落，上面写：孙哥，我是谷元，对不起给你添麻烦，我也是迫不得已，这是在韩立德的保险柜中拿到的账本，或许对你有用。

孙牧亭颤抖着手打开账本，上面写着人名、地点、金额、事由。

这是一本贿赂明细。

孙牧亭在里面看到一些熟悉的名字。他闭上眼睛，在椅子上坐了许久，随后拿着账本出门，在单位附近找了一家复印店，将账本逐页扫描、复印若干份，装在不同的纸袋里。回到局里，到收发室写了几份快递单，分别贴在不同的纸袋上。然后问负责收发快递的老周快递员什么时候来取。老周说下午4点。孙牧亭看看手表还有十分钟，就在收发室里等着。没想到五分钟后，快递员就来了，孙牧亭把那几个纸袋交给快递员，并目送他离开。

一周后，7·26特大杀人案的凶手依然在逃，齐市却起了风暴。首先是韩氏兄弟因为涉黑被连窝端，韩家老四拒捕被当场击毙，老大和老三被逮捕，连同一起逮捕的一共78人；紧接着，省纪委派出多个调查组进驻齐市多个机关单位，随后若干人被约谈、被控制、被移送检察机关。

原本应该处于风暴中心的孙牧亭，却成了最无关紧要的人。

毫无疑问，7·26特大杀人案已成悬案，公安部发了A级通缉令，但孙牧亭知道以谷元的本事，说不定早已潜逃出境。

因为案件无法侦破，孙牧亭受了处分，不再担任刑警支队的队长，变成一名普通刑警。

后来，随着韩氏兄弟的势力在齐市被连根拔起，谷雨和老鲁重新回到齐市，谷家的饭馆也重新开业。孙牧亭去吃过几次饭，味道一如往常。谷雨一家对他依然热情，但那只是店家对客人的态度，而不像之前那种透着亲近的温馨。或许是因为他们是罪犯的家人，而他是警察的原因。

官方上，谷元是杀人嫌犯，但在民间，却流行另一个版本，谷元不仅不是坏蛋，反而成了惩恶扬善的英雄。

孙牧亭算是知情人，他知道谷元确实惩恶，甚至成了随后铲除韩氏兄弟犯罪团伙的导火索，以及齐市反腐风暴的起因。但他依然想不通，谷元为何要杀韩立德，还赶到医院灭口。他揣测，谷元是为了掩盖什么，联想到韩立德死亡时屋内的状态，以及法医给出现场中有未知者的血迹的报告，这起案件中还有另一个神秘人的存在，但国内的DNA库只针对失踪者、有前科者和死亡未确定身份者，通过未知血迹无法在这三类DNA库中找到匹配的对象，几乎再无其他办法。

随后的两年中，孙牧亭像普通的刑警一样工作，但7·26杀人案却成了他的心头刺。他搬离了原来的小区，但每个月都会去谷氏的饭馆吃饭，和谷元的妈妈聊两句，也不知道是不是巧合，某次路过，晚饭的时间，孙牧亭就进去吃饭，电视中正播天气预报，谷雨要换台，谷妈妈说等一下，等播完清河市的天气情况，谷雨换了台。孙牧亭吃完饭，回到局里，从抽屉里掏出7·26的档案，里面谷元的社会关系一栏，所有谷家的亲属都没有在清河的。

谷元妈妈为何会关注清河的天气？唯一的可能，谷元藏在清河。

当然这也只是猜测，半年之后，孙牧亭某次休假，专门到清河市走了一圈，挨个拜访市区的派出所，并介绍案情和谷元的情况。

没想到，半年之后，真的传来消息。

5

如今刑警支队的队长是老陈，孙牧亭跟他说谷元可能藏匿在清河，老陈非常激动，和孙牧亭一起去找局长。前任刘局长一年前调任外地。新局长姓常，年轻有为，听说有可能破掉三年前的大案，顿时兴奋异常，指派孙牧亭带领两名干警先去确认情况。如果确实是谷元，需要上报省厅，联合清河市所在省厅共同抓捕。

齐市距离清河市1300公里。

第二天中午，孙牧亭一行乘飞机抵达清河，随后赶到老沈所在的三道沟派出所。

老沈之前已经收到孙牧亭的电话告知，所有行动暂时保密，于是老沈只好请假出来见孙牧亭。寒暄后，开始说明情况。老沈详细讲了事情经过，并在纸上画出老魏烧烤的方位和布置。谷元认识孙牧亭，因此，他不能出现，只好让另外两个人到店里确认，同时勘查地形，为之后的抓捕做准备。

等到晚上饭点，跟孙牧亭来的两名便衣去老魏烧烤踩点，一个小时后，两个人浑身酒气地回到附近的宾馆，一见孙牧亭的面就点头，说百分之百是谷元。孙牧亭松了一口气，掏出手机给局长打电话，汇报结果。局长听完，说明天早上会提给省厅，也许上午就能出一个方案。

三个人各自休息，第二天上午，局长的电话打过来，说："齐市省厅和清河省厅已经开过通气会。从清河调武警部队过来协助抓捕。今天下午有一个会在清河市局，鉴于你最了解情况，代表我们这边去吧。"

孙牧亭放下手机，喊另外两名同事一起赶往清河市局。

会上，孙牧亭介绍了三年前的案情，以及谷元的危险性，临末提出先由他去尝试劝说。谷元不是穷凶极恶的悍匪，当年所犯的凶案也可能另有隐情，如果能够兵不血刃让他接受逮捕就最好，实在不行再进行强行抓捕。

省厅和市局的领导讨论了一下同意了孙牧亭的意见。

下午4点半的时候，武警部队已经就位，所有逃脱的方向都有充足的武装力量守卫，狙击手占据周围的制高点，一旦谷元出现危险性举动，就会被击毙。

孙牧亭里面穿了防弹衣，外面是一件长袖衬衫，缓步走向老魏烧烤。这一刻他已经设想了很久，早在7·26案发之后，他就曾经在脑海中排演，如果真出现谷元被包围的情况，自己一定要劝说他投降。只要人活着，一切都有可能，死了就彻底完了。对自己，对家人都是难以接受的打击。

还没到用餐时间，老魏烧烤的员工有的扫地、穿串，有的摆桌子擦桌子，都在老魏的指示下做着准备工作。没多久，老魏就发现不对，平常非常勤快的顾远，今天却坐在店里一把椅子上望着外面发呆。

“小远，你也动弹动弹啊！”老魏瞪着眼睛踢了一下谷元的椅子。

“老魏，”谷元依然没动，“我说你也该找一个新的烤串工了。”

“你要干吗？不准撂挑子啊！”老魏额头的青筋都暴出来了，顿了一下，口气又软了，“老子供你吃供你住的，你要感恩啊，至少坚持完这两个月，工资给你涨一千。”

“你先别激动嘛，我也是迫不得已，这一个月来也算是受你照顾，工钱我也就不要了，我还没想清楚要怎么走，如果殃及到你，先和你说一声抱歉。”

“我怎么听不明白你这句话是啥意思？”老魏满脑袋雾水。

谷元依然是一副人畜无害的模样，笑了笑：“现在不明白没关系，一会儿你就明白了。”

这句话说完，孙牧亭已经走到门前，大喊："老板，给我来两扎啤酒，一盘花生一盘毛豆。"一边说一边径直走到谷元面前的桌子边，拉椅子坐在对面，咧嘴一笑，"小元，好久不见。"

"孙哥，没想到能在这里见到你。"谷元脸上没有惊喜，仿佛已经预料到。

"是啊，我也没想到。"

"你俩认识？"老魏诧异道。

"老板，劝你一句，赶紧走。"孙牧亭跟老板说。

"对，老魏，今天关店吧！"谷元也劝。

"小远，是你仇家吗？别怕，有你魏哥呢，"老魏竟然颇为硬气，接着转向孙牧亭，声色俱厉地威胁道，"兄弟，别跟这儿闹事儿，那边就是派出所，信不信我现在就打电话报警。"

孙牧亭无奈之下，掏出警官证亮给老魏看："看好了，这里真的很危险。"

老魏还是有点儿不信："你这是真的吗？我听说现在联合国秘书长的证都能做出来。"

孙牧亭简直无语，心说这人心怎么这么大啊！也没心思再去管他，恰好服务员接了两扎啤酒送上来，他端起一扎一口气喝下去三分之一，喝罢抬头看谷元，问："这三年过得不容易吧？"

"还好。"谷元云淡风轻地答，面前的扎啤一口没动。

"想家没？"

"肯定想啊！"

"那跟哥回家，成吗？"孙牧亭两眼一瞬不瞬地盯着谷元。

"你觉得我还能回得去吗？"

“为什么不能？哥帮你求情，你当年寄给我的那些材料，原件都还在我那儿，一直给你留着，也算是大功一件。”

“可我杀了人啊！”

“是坏人。”

“真的？”

“真的。”

“我还能见到我妈，见到我姐？”谷元眼圈有点儿红。

“都能，都能。”孙牧亭看到谷元眼中滚动的泪水。

“好，我跟你回去。”谷元说，随后拿起面前的扎啤杯，和孙牧亭撞了一下，仰脖一口气喝光。

饮罢，把杯子蹾在桌子上，伸手扯掉头上的帽子，站起身，以迅雷不及掩耳的速度从孙牧亭的身上夺走手枪。

孙牧亭还没反应过来，枪已经到了谷元的手里。黑洞洞的枪口正对他的眉心。

此时，老魏两只手各端着一盘子花生和毛豆走过来，看到谷元手中的枪，扔掉盘子转身逃走，其余服务员也各自奔逃。

“谷元，”孙牧亭厉声喝道，“你别冲动。”

“对不起，”谷元哑着嗓子凄然一笑，“孙哥，我啊，回不去了，如果跟你回去，我保的那个人就会暴露。我只想让她安安稳稳地过日子，和一个人承诺过的，就算搭上这条命，也在所不惜。”

“他是谁？值得你付出这么多，”孙牧亭一步步逼近，“想想你妈，你姐！”

谷元一步步后退，向着门外：“哥，你别过来，我知道你这把枪里没子弹，我拿到手就知道了，重量不对，不过别人不知道对吧，那些在外面的武警、狙击手……”

“谷元，别出去，出去你会死的。”孙牧亭大喊。

“死啊，没什么可怕的，当你爱的人死了之后，人活着也不过是行尸走肉罢了。”谷元说罢，凄然一笑，转身向外面走去。

8月末的时节，5点左右，太阳已经到了西边，阳光斜射。

孙牧亭眼睁睁地看着谷元走向夕光，站在店门口的空地，那一排整齐划一的桌子间，向着西方，伸展双臂。

短促的几声枪响，谷元像被鞭子抽了几下，转着身子，砸翻一张桌子和两把椅子，仆倒在尘埃中。

6

“晓辰，你的拿手菜什么时候能好啊？我都快饿扁了。”白鸥斜躺在客厅的沙发上哀号。

厨房里传来男人的声音：“你也不来帮帮我，就知道瞎喊，再等会儿，马上就好了。”

这是位于清河美院附近的一处居民区，房子是张晓辰租的，两人是恋人，也是同班同学，就读于美术学院壁画系，将要迈入大四学年。暑假两人没回家，给一个新开张的公司画了十几面墙，一共赚得劳务费一万二，今天收到钱，原本要找个馆子搓一顿，后来想到半个多月累死累活赚这么点儿钱，不能挥霍，就决定从超市买食材回来做。白鸥先下厨做了一个红焖大虾后，轮到张晓辰的糖醋排骨，却不想两个人慢手慢脚，一顿饭搞到下午1点还没吃到嘴里。

白鸥肚子早已抗议了半天，但还是苦苦忍耐，为了转移注意力，就打开挂在墙上的液晶电视，电视中正在播本地的新闻：“昨天下午，在淮阳路的一家餐馆外，本市警察击毙了一名公安部A级通缉犯，据悉，该通缉犯是三年前齐市7·26杀人案的元凶，犯案后潜逃至今，可能是潜逃多年放松警惕，于是被三道沟派出所的民警认出，随后省厅调派武警战士对其进行围捕，围捕过程中，该名嫌犯企图逃跑，被早已经埋伏好的狙击手击毙，正验证了那句话——法网恢恢，疏而不漏。”

“啪”，白鸥的手机从手中脱落，掉在地板上，但她没有去捡，反而怔怔地盯着电视屏幕。新闻画面中，那个她朝思暮想的人脸朝下趴在地上，血迹和面容都被马赛克遮挡。

三年前，她在齐市读高三。

某天放学，一个长得很帅的大男孩儿来找她，问她是不是叫白鸥。她说是。那人自我介绍说叫谷元，是她哥的战友。白鸥的哥哥叫白骏，三年前去当兵，不幸的是前段时间在一次任务中牺牲。她得知消息后哭了整整一夜。自从十年前父母车祸死掉，她和哥哥被叔叔收养，虽然是亲叔叔，毕竟还是和真正的父母有差别，因此她非常依赖哥哥。哥哥学习成绩不好，又不想给叔叔家添麻烦，就决定去当兵，没想到就此一去不回。

白鸥不信，那个叫谷元的就掏出一张相片给她看，是她哥和面前这个人的合照，两个人穿着白色的背心，短簇的头发，搂抱着，咧嘴大笑，背景是军营之类的建筑。

那人收回相片，珍重地塞进钱包的隔层。又说了一遍自己的名字、电话号、住址，汇报完，咧嘴一笑，揉了揉她的头说：“我答应过你哥，要照顾你，无论你遇到了什么困难，都可以给我打电话。我每周会来看你一次。”

白鸥当时有点儿蒙，除了她哥之外，还是首次有人揉她的头，而且看起来也不比自己大多少，于是凶巴巴地抗议道：“你谁啊，我才不用你管。”

“别闹，从今以后我是你哥。”叫谷元的人又想要去揉她的头，她想躲却没躲开，只能任对方把她的头发弄乱。

从那以后，那个叫谷元的年轻人果然时不时来看她，骑着一个小小的电动摩托，有时候周末带她去吃饭，有时候给她送自己家餐馆做的吃的。慢慢地白鸥开始习惯谷元的存在，在他的陪伴下，那些枯燥的学习和考试似乎都变得不那么难以忍受了。和他在一起的时候，会听他说一些他和她哥哥的事情。每次说这些的时候，谷元的脸上总是会泛起光彩，双眼中灼灼地烧着两团火。

那一年白鸥十九岁，心思敏感的她渐渐地开始察觉到谷元和她哥哥之间不同寻常的关系。

于是她把自己对谷元的爱慕之心深深压下。

7月25日，她收到了美术学院的录取通知，随后打电话告诉谷元。谷元在电话那边高声欢呼，听起来比白鸥都要激动和兴奋。

“小白，我们明天晚上去庆祝。”谷元说。

白鸥“嗯”了一声，内心深处涌起温暖的感觉。

第二天，她下午早早出来，到说好的地方等，片刻后谷元骑车赶到。带她去一家韩式餐馆吃烤肉，吃完烤肉已是夜里，又去KTV唱歌。谷元五音不全，却能将一首《灰鸽子之歌》唱得有模有样，那歌是怎么唱的来着：“我们不惧死亡，我们斗志激昂，我们不会遗忘，我们放声歌唱……”

从KTV出来已近午夜，谷元送她回家，一路骑行。她把脸贴在他的背上，嗅着他身上的气味，夜风轻拂，她希望回去的路永无尽头。

到巷子口，她恋恋不舍地下了车，叔叔家的灯还亮着，她催他早点儿回家，然后转身向楼门口走去。

摩托车声响，她心想，他离开了。这时一辆奔驰商务车忽然停在身边，她还没反应过来，就被一个男人一把扯进车厢。紧接着一团散发着呛鼻气味的毛巾之类的东西捂在她的口鼻之上，她连救命都没来得及喊就晕了过去。等她再次醒来的时候，已是第二天早上，却发现自己赤身裸体，只穿着一件奇怪的睡袍，躺在自己屋子的床上。可是她分明记得自己被陌生人绑架到一辆面包车上，难道是一场梦吗？不对，她昨天穿的衣服都不在，现在穿的睡袍上还有血迹，她跑到洗手间，看到脖子上有一处小小的伤痕，像是被刀划伤。

她苦苦思索却依然无解。于是她想到打电话问谷元。但谷元的电话却已经关机。

她隐隐觉得有不好的事情发生，却没想到，不久之后就在电视中听到了谷元的消息。

特大杀人案，怎么可能？被杀的人还是韩立德，她忽然想起那件睡袍，胸口处刺有花体的H，这两者之间有关系吗？她闭上眼睛仔细回想，昨夜似乎没有彻底的昏迷，破碎的记忆偶尔浮现：一个男人的狞笑，她的衣服被撕碎，晃眼的灯光，凄厉的惨叫，有人抱着她跑，粗重的呼吸喷在她的脸上，是谷元，那是他的呼吸！

随后更多的消息被披露，杀了三个人后，谷元又赶到医院灭口。

白鸥静静地流泪，他是在保护自己，用生命。

一个月后她去清河上大学，住进宿舍，参加军训，上课……经历着普通人的经历，但这经历是另一个人用生命换取的。

现在，他死了。

"你这是怎么了？"张晓辰端着菜出来的时候，看到满脸泪痕的白鸥吓得差点儿扔了手中的盘子。

"没事儿，"白鸥笑了一下，擦掉脸上泪痕，"想起我哥了。"

"你吓死我了，别想了，快吃饭。"张晓辰盛了饭给白鸥。

白鸥接过饭碗，大大地吃了一口饭，又夹了一块排骨放在嘴里，眯着双眼，脸上浮现出享受的神情，稍顷睁开眼，欢呼道："亲爱的，你做的排骨可真好吃。"

两个人一边吃饭，一边说着话，白鸥忽然停下来，问："你听到什么声音了吗？"

"什么声音？"张晓辰不解。

"有什么东西在飞。"

"嗨，对面楼，有人养鸽子，早上起得早能听到鸽哨声。"

"我怎么没看到。"白鸥扭头向窗外张望，不见鸽子的身影，只是时而听到翅膀扇动的声音，她想起谷元手臂上那只小小的鸽子刺青，以及KTV中他唱的那首《灰鸽子之歌》："我们不惧死亡，我们斗志激昂，我们不会遗忘，我们放声歌唱……"